百家文学馆

民间樟城

陈剑锋 著

中国文联出版社

图书在版编目（CIP）数据

民间樟城 / 陈剑锋著 . -- 北京：中国文联出版社，
2016.6（2023.3 重印）

ISBN 978 - 7 - 5190 - 1530 - 5

Ⅰ.①民… Ⅱ.①陈… Ⅲ.①民间文学—作品综合集
—东莞市 Ⅳ.①I277

中国版本图书馆 CIP 数据核字（2016）第 149162 号

著　　者　陈剑锋
责任编辑　王素珍
责任校对　贾文梅
装帧设计　中联华文

出版发行　中国文联出版社有限公司
地　　址　北京市朝阳区农展馆南里 10 号　　　邮编　100125
电　　话　010 - 85923025（发行部）　　　85923091（总编室）
经　　销　全国新华书店等
印　　刷　三河市华东印刷有限公司

开　　本　710 毫米×1000 毫米　　1/16
印　　张　20
字　　数　288 千字
版　　次　2023 年 3 月第 1 版第 2 次印刷
定　　价　78.00 元

文化地理与地域经验的文学书写

——《民间樟城》的意义解读

胡磊

地域文学往往通过对民间文化的关注而呈现其地域个性。在东莞，有一批忠实虔诚的民间文化发现者、传承者和书写者。他们中有不少人，是以作家的身份和姿态介入地域文学创作和民间文化研究的。陈剑锋就是其中的典型代表。

陈剑锋创作的民间文学作品集《民间樟城》，是其十余年来潜心于民间民俗文化的挖掘、整理、创作和研究的成果。作品以南方小镇东莞樟木头的民间故事传说为叙事个案，通过一个个有渊源可考的故事传说和生活图景的生动叙写，展现了一个富具人文底蕴和市井百态的世俗风情小镇。作品中的故事仙话传说都弥漫在浓厚民俗文化的氛围中娓娓道来，渐次展开。故事中人物事件与地域人文的揭示关系，从某一侧面反映了岭南文化特别是客家文化的神秘与深邃。陈剑锋到东莞樟木头从事新闻记者工作十多年，余暇兼事文学创作。为了广泛搜集樟城民间文化资料，了解当地的历史风物和地理民情，他几乎跑遍了该镇所有的自然和人文景点，做了大量的文献检索和文字笔记。通过对以樟木头为中心的客家小镇的文化考察，了解并揭示东莞客家人的民俗民情和民间脉象，他选择以民间故事传说和历史典故演绎的形式留住日渐消失的传统文化。通过多年来的厚积薄发和集腋成裘，他发表在各类报章杂志上的有关文章引起文化界的广泛关注，文学评论家祝成明评价其作品说，"纵观《民间樟城》一书，作品涉及的范围之广，时间之长，内容之丰富，笔法之灵活，多层次、从多角度、全面地记载了樟木头的民间传说、姓氏源流、民间风俗、古镇风物、历史故事和现代盛景，可谓是一部樟木头的民间文化史，一幅壮阔悠远的新'清明上河图'，一条樟城人精神'返乡'的必经之路。这对樟木头民间文化的发掘、保护和抢救意义深远，功劳巨大，值得点赞。"

《民间樟城》是独具地域色彩和文化魅力的乡土叙事。从20世纪80年代"寻根文学"兴起至今，作家多从文化史迹、文献史实、人文印记中探寻地域文化，挖掘其文学价值。经过多年的提倡与解读，如今读者看到众多贴着地域标签的作品时抑或很难产生共鸣。现在一说起地域文学，很多人更多地就联想到非虚构纪实，诚然这是相对典型的规范化叙述方式。我认为，在凸显地域文化符号的非虚构纪实散文和报告文学的书写之外，关于地域题材的文学书写方面，实际上还有其他一些可探索的空间，诸如民间文学的叙述空间，关于地域文化地理的泛文学书写，虽然其中部分文本自觉不自觉地带有沿袭方志和文史文献的书写模式，但是不能不承认这也是一种创作样式与文学表达。评论家王鸿生提倡创作要"去文人气"，作品中的语言、材料需要从生活、历史中重新发掘，而又不带有古董的感觉，不能当成考古对象，文学就是要活生生的。宽泛地讲，民间文化涵盖民俗文化、民间文学和民间艺术。陈剑锋没有被一些概念标签束缚住创作思维，他朴实的叙述中不乏民间的故事、眼光和韵味。他长期浸淫于客家文化的体验和研究，逐渐自然形成并上升到文本意义上的一种渗透。他耐着性子长期沉潜下来，整合多年来他主编的报纸上的有关资料，做了大量民俗方面的考察笔记，不仅对樟木头镇民间文化发生的历史背景和促成变革的因素进行了梳理，同时对地域民俗的主题元素、艺术魅力、历史传承等进行了提炼和分析。文本中大量关于民间故事传说的巧妙运用，使他的作品产生一种别具一格的民间文学的叙事风格，从而形成有别于其他文学的文本显现形式和另类品质。《民间樟城》几乎囊括了樟木头镇地域文化史上所有的人文传说、民俗风物和事件背景，书写了这片土地千百年来的时风世俗与风雨沧桑，并融会贯通自然地糅为一体，这恰恰是当下东莞许多作家创作中所不具备的。

因此可以说，《民间樟城》在对客家民俗与地域经验的书写上，是方志纪事模式的一部延伸之作，是在一定程度上打通了历史民俗空间、文学价值空间和文献意义空间的一部作品，是我们认知当下地域文学创作中如何把握和利用题材问题的一个启示性作品，也是对岭南客家文化地理空间的一次温暖的想象和构建。它在情感审美上像我们踩在脚下的土地，真切而又朴实。

文学的地域性具有根系的作用，它能部分地决定作家的创作特色、文学含义和成长高度。地域文化作为作家的生成背景与最初的文化接受源头，是探讨作家创作的重要参照维度。学者汪辟疆曾在《近代诗派与地域》中写道："若夫民函五常之性，系水土之情，风俗因是而成，声音本之而异，则随地以系人，因人而系派，溯源于既往，昭轨辙于方来。"地域文化对文学发展一直存有时而隐蔽、时而显著的影响，这不仅影响了作家个人的思维方式、气质脾性、审美志趣，还孕育出了一些特定的文学流派和作家群体。正如沈从文之于楚文化、李劫人之于蜀文化、赵树理之于晋文化、莫言之于齐文化，这些作家的文学创作无不打上文化地理的烙印。文化地理对文学的影响是一种综合性的影响，既包括地形、气候等自然条件，也包括传统文化形成的人文环境种种因素，例如历史、风俗、方言等。文化地理尤其是地域文化的传承、保护和突破，需要作家的文学书写。这既是文学的根基之所在，也是文学与生俱来的印记。因而从这层意义上讲，文化地理背景是陈剑锋文本写作的资源凭借和有意识的追求。他的作品具有一种鲜明的地域感和历史感，他善于将这些传说中七零八落的知识谱系转化为一种文学性表达。有关小镇的由来传说、姓氏源流、民间风俗、古镇风物、戏剧曲艺等，如今都散落流传于民间，有的已无法延续，有的只能留于记忆，有的则作为非物质文化遗产得以保护留存。这些非物质文化景观所涵盖的以文物、史志、神话、传说等为代表的历史文化，以客家人日常生活习俗、节日庆典、祭祀、婚丧等为代表的民俗文化以及以人情世故、人际交往为表象的道德伦理文化等，都形成了樟木头人富于地域色彩的精神气质和心理内涵。所有这些文化景观构成了客家人特有的文化地理环境，也成为陈剑锋《民间樟城》主要的创作原点和重要的写作资源。他把这些环境要素作为文化解读的文本，然后又以文学文本的形式加以构建和显现。

当一个作家置身于地域文化色彩很强的地方时，这是他的有幸，也是他的不幸。地域既是一个载负希望的方舟，也是一个需要突破的囚笼。作家与地域的关系是互动共进的，只有这样，才能写出真正有价值的文艺作品。如今，随着社会信息化媒介渠道的多元化，地域文化的交流日益频繁，作家关注的地域性话题也在求同存异中走向趋同，需要以更多的突破来实现地域文学的个性化诉求。我想，作家心存传统文化、坚守文学底线、直面社会问题的风骨不会改变。通过一定地域文化的文学表达，向时代奉献带有泥土芳香的文学作品，表现出其文化个性的多元、丰富和现代生命力，是作家的责任和价值所在。陈剑锋有关本土题材的这种创新创作样式是东莞文学地域个性的另一侧面呈示，也是东莞文学作为中国地域文学生态存在的价值所在。这些作品为扩大东莞地域文化影响所作的特殊贡献，应该受到重视和关注。在创作日益强调地域文化色彩的今天，东莞文学呼唤作家对地域文化与民间文化的热切关注，期盼乡土人文题材创作传统的尽快回复。从这一意义上说，陈剑锋的这种因近水楼台的地缘优势而生发出的自觉的文学艺术实践，愈加显示出其必然的非凡的开拓性意义，其文本中散发出来的丰富的知识信息含量，也指陈其仍有更多的创作空间值得企盼和期待。而这，也正是《民间樟城》及其创作现象带给我们的启示所在。

（**胡磊**　东莞市文艺评论家协会副主席兼秘书长，国家二级作家，文学评论家。）

留住樟城的乡愁

祝成明

二十多年前，陈剑锋和我在赣东北茅家岭的山脚下，在一所美丽的大学校园里一起写诗，办文学社，激扬文字，怀揣梦想，挥霍着人生中最美好的青春年华，然后各奔东西，独自品尝了漂泊和悬浮的酸甜苦辣。谁曾料到，十几年后，在东莞，我们又意外地重逢了。正是文字和诗歌，影响和改变了我们的人生道路。屈指算来，剑锋师兄扎根"小香港"樟木头已近二十年。这座美丽、温馨的南方小镇赠予他安居乐业的生活和事业空间，我为他高兴。这一方面得益于他自身孜孜不倦的努力和坚持，另一方面也与樟木头的灵秀与气质有关，师兄找到了与这方水土融合与共生的文化因子，在这里展示了自己精彩的人生，同时也为樟城的内涵和精神风貌添上了自己浓墨重彩的一笔。

当师兄将厚厚的一沓《民间樟城》书稿交给我，并嘱咐我写篇序言的时候，我有点惶恐。一则我不是德高望重的长者，毫无影响力可言；二则我在专业上无甚专长与建树，没有底蕴，笔力浅薄，恐不胜任。恭敬不如从命，既然师兄如此盛情，我也就勉为其难了。

近年来，对于地域文化、民间文化和乡村文化的关注呈热升之态，尤其是"乡愁"已经成为刚刚离去的 2015 年的一个关键词。建设"美丽乡村"的理念已经深入人心，还需落实到位，重在对乡村文化进行挖掘、保护和传承。既要金山银山，又要绿水青山，从文化的层面上来说，没有文化底蕴的支撑，没有文化的抚慰和关怀，这个目标终究是纸上帝国，行之不远。师兄的大作《民间樟城》适逢其时，为当下城镇化浪潮里浮躁和无家可归的心灵找到了"生命之根"。

我们知道，民间文化指的是由社会底层的劳动人民创造的、古往今来就存在于民间传统中的自发的民众通俗文化，是一种"自娱自乐型"的文化。它立足于民众生产、生活的具体背景，以一种通俗活泼的形式，所自发创造出来的用以娱乐民众自我的文化形态。著名作家、民俗文化专家冯骥才认为，所谓"民间文化"是相对于"精英和典籍文化"而言的，是人民大众用心灵和双手创造的文化，是人民大众自发创造、满足自己的一种生活文化。它积淀深厚，博大灿烂，并且与人民的生活和理想深深相连。民间文化包括民俗、民间文学、民间艺术三大部分。我们平常所说的"民间文化遗产"主要是指农耕社会积淀和遗留下来的文化财富。我们为之自豪的中华文化从来都是由两部分组成的：一部分是蕴含中华民族精神思想传统的精英和典籍文化，一部分是表现民族情感和特征的民间文化。精英文化是一种"父亲文化"，给我们精神和思想；而民间文化是一种"母亲文化"，赋予我们情感和血肉。然而精神和思想也是在有情感和血肉的前提下才会产生的，精英文化也是民间文化孕育出来的，就是屈原、李白，也是《诗经》陶冶出来的；就是王维、吴道子，也继承着岩画、壁画的血脉。因而大作家冯骥才称我们的民间文化为"母体文化"。

同时，民间文化是中华民族的精神和情感的重要载体，是民族亲和力与凝聚力的核心。如春节，是农耕文明非常重视的节日，它是中国民间文化的盛典，承载着很多中国人的民族理想：祈福、辟邪和团圆。由于民间文化是一种自发性的文化创造，基本处于自生自灭状态，其口传心授的传承方式与精英文化相比相当脆弱。有些民间文化往往是在没有传承人的时候，就如断线风筝，即刻消失，人去曲终。有资料显示，20世纪60年代中期，北京的工艺品有300种之多，而到20世纪末，只剩下30余种。可以说，每一分钟我们的山野里、山坳里、深邃的民间里，都有一些民间文化及其遗产消失，都有一些风情独异的古村落转眼不复存在。

那么在这个意义上说，剑锋师兄这本《民间樟城》专著的价值就凸显出来了。樟木头镇位于东莞市东南部，民风淳朴，拥有近五百年建镇历史，是东莞市唯一的纯客家古镇，目前正在编制中国历史文化名镇规划，争创"中国历史文化名镇"。樟木头历史悠久，文化底蕴深厚。据《民间樟城》记载，樟木头，原名泰安。泰安作为粤港要道，历来是兵家必争之地。传说在清初年间，皇帝派出官员巡视海防，途经泰安。当时泰安承宝山山脉仙气和黄大仙留下的树种，千年樟树，漫山遍野，阵阵凉风带来阵阵的清香。巡按大人一路南下，舟车劳顿，香风飘过，遂觉心旷神怡，于是下令安营扎寨。巡按大人坐于一棵千年古树之树头，询问当地的向导，是何树木如此神奇？向导禀告为樟木树，而大人所坐的树头为樟木头，再告之黄大仙的传说及樟木树的功效。巡按大人哈哈大笑：樟木树能驱瘴，樟木头能留人，真是一个财丁两旺、人杰地灵的风水宝地。于是下令地方官将此地易名为樟木头。从此，泰安就改名为樟木头。纵观《民间樟城》一书，作品涉及的范围之广，时间之长，内容之丰富，笔法之灵活，从多层次、多角度、全面地记载了樟木头的民间传说、姓氏源流、民间风俗、古镇风物、历史故事和现代盛景，可谓是一部樟木头的民间文化史，一幅壮阔悠远的新"清明上河图"，一条樟城人"返乡"的必经之路。这对樟木头民间文化的发掘、保护和抢救意义深远，功劳巨大，值得点赞。

时代愈往前，人离简素、质朴愈远，然而也更希望返璞归真，找到心灵的家园。樟木头作为剑锋的第二故乡，《民间樟城》所书写和提供的，全部是浓浓的、挥之不去、萦绕心头的乡愁。德国诗人诺瓦利斯说："哲学其实是乡愁，是处处为家的渴望。"一方水土养一方人，也养一方具体的乡愁。乡愁是对家乡的感情和思念，是一种对家乡眷恋的情感状态。对故土的眷恋是人类共同而永恒的情感。远离故乡的游子、漂泊者、流浪汉、移民，谁都会思念自己的故土家乡。在家学习、创业和生活的吾土吾民，也会对自己家乡的前生今世充满疑惑和兴趣，对脚下的这片土地心怀热爱和感激。"乡愁"几乎是所有艺术作品的一个母题，民间文化更是"乡愁"的集中地和展示台，樟木头麒麟舞等非物质文化遗产就是其中的优秀代表。随着岁月的流逝，民间文化更好地表现了人们对美好的旧事物的怀念，对乡土遗风古韵的记录和留存，对樟城童年的记忆和思念，成为我们寻找家园的一个精神向度。

俱往矣，樟木头这个美丽古镇现已转身成为"小香港""南粤小明珠"。高速行驶的时代列车将一些美好的东西抛在风中，我们需要将它们一一捡拾，擦去岁月的风尘和历史的污垢，留存心中，那么，留住乡愁，留住岁月，留住怀旧，留住热爱也就成为可能。剑锋师兄用他的《民间樟城》刨出了樟城掩埋在时间之下的隐秘之"根"，也为樟城人找到了一条通往家园的"还乡之路"。

（**祝成明** 江西广丰人，文学硕士，广东省作家协会会员，青年评论家。）

目　录

第二辑　姓氏源流

第三辑　民间风俗

宝山仙话

　　山清水秀，定有仙家所聚；人杰地灵，实为山行龙脉。宝山，地处樟木头境内，接昆仑之龙脉，延伸接连黄旗山而成明珠。历代风水大师赞许为风水宝地。古老相传，留下了很多仙家传说，犹以黄大仙的传说最为脍炙人口。

——题记

黄大仙与宝山的传说

一千多年前的东晋时期，人间正逢乱世，瘟疫横行，民不聊生。玉皇大帝于是派绿毛仙龟下凡，择善良人家，馈赠仙胎以济世救民。

晋朝咸和二年八月，即公元 327 年，在浙江金华北山双龙地界，诞下了一对双胞胎，哥哥叫黄初起，弟弟叫黄初平。

弟弟黄初平，15 岁起就跟道教先祖葛洪上山学道修仙 40 年，终登鹤成仙，人称黄大仙。哥哥黄初起则是在黄初平成仙后才由绿毛仙龟引渡成仙，所以人们称为黄二仙。

黄大仙得道教先祖葛洪真传，精通岐黄炼丹药理，时常施丹布药，拯救黎民百姓。一时万家称颂，很多地方都建祠供奉。

有一天，他跨仙鹤云游来到粤港交界之地，突然一束地气灵光，直冲霄汉，按下云头，注目一看，原来是地藏明珠衍生而成的宝山。

黄大仙成仙后，经常云游各地，体恤民间疾苦，劝化黎民百姓。

只见当地民风淳朴，五谷丰登，人人相助为乐，大慰仙怀，不禁脱口而出："这真是国泰民安的好地方。"从此，这里就叫泰安（即樟木头原来之名称）。

黄大仙非常喜欢这个集天地之灵气而成的宝山，于是驻足泰安，落到凡间引证仙缘。

樟木头的由来

樟木头，原名泰安。泰安作为粤港要道，历来是兵家必争之地。

传说在清初年间，皇帝派出官员巡视海防，途经泰安。当时泰安承宝山山脉仙气和黄大仙留下的树种，千年樟树，漫山遍野，阵阵凉风带来阵阵的清香。

巡按大人一路南下，舟车劳顿，香风飘过，遂觉心旷神怡，于是下令安营扎寨。巡按大人坐于一棵千年古树之树头，询问当地的向导，是何树木如此神奇？向导禀告为樟木树，而大人所坐的树头为樟木头，再告之黄大仙的传说及樟木树的功效。

巡按大人哈哈大笑：樟木树能驱瘴，樟木头能留人，真是一个财丁两旺、人杰地灵的风水宝地。于是下令地方官将此地易名为樟木头。从此，泰安就改名为樟木头。

百果洞的传说

很久很久以前，黄大仙在宝山引证仙缘。宝山脚下，有一个自然小山村，多年来一直有种怪病。当地的小孩出生后，不仅面黄肌瘦，头发稀疏，还不爱吃饭，晚上还经常啼哭。村民每年都好几次到寺庙烧香拜神，祈求神灵的保佑，并多方寻医问药，却一直没有好转。

见村民之苦难，黄大仙心有不忍，于是托梦告诉村中一位长老。此病是一种"马骚病"，是一只千年猴精在作怪。而猴好百果，可种植百果供奉，并留下了百果仙种、百年仙丹。

村中长老于是发动村民种植荔枝、芒果、沙梨、柿子、木瓜、石榴等果树。从此之后，怪病消失，人人身健力壮，安居乐业。而荔枝、芒果等果树亦岁岁繁荣，并成为村民改善生活的"摇钱树"。

村民为感激黄大仙的恩德，将此地称之为百果洞（即今天的樟木头的百果洞）。如今的百果洞人寿果丰，财丁两旺，生活富裕，已发展成为樟木头人口众多的一个社区。

历时至今，当你进入百果洞人的家里，他们都会告诉你世代黄姓氏族，以及世世代代供奉黄氏宗祠的故事……

宝山福寿泉的传说

话说黄大仙、太白星君和福、禄、寿三仙相约到南海为普陀神君祝寿，一路云游南下。转眼便来到了黄大仙当年曾引证过仙缘的宝山。只见山顶仙气冲天，再闻听有关的故事，太白星君和福、禄、寿三仙都禁不住要驻足游玩。

"既然宝山是如此福旺之人间仙地，一路大家也略觉疲渴，不如就借此宝山小憩一阵吧！"于是，五仙拨开云头落足宝山。

五仙来到宝山山顶上的一小亭，望见宝山的美景和当地五谷丰登、民风淳朴的情形，心境不由大为舒畅。

福星仙翁于是说："寿星仙翁，傍着好山好景，让我们品品您的长寿仙茶如何？"福星取出长寿仙茶，再用仙寿壶中的仙水冲泡，顿时仙气四溢，茶香满山。

品着长寿仙茶，五仙雅兴大起，不由相互指点宝山胜景以传佳话。不觉时辰已近黄昏时分，便欲起身离去。临行前福星对着壶中余下的仙茶道："宝山，好一处人间仙境，不如就将这长寿仙茶留于此处，以结宝山福、禄、寿之仙缘吧！"

说完便把仙壶抛向宝山的一山涧，壶中的仙茶顺着山涧流下，霎时

间便形成了一股清泉，千百年来一直长流不息。

　　当地的居民把它称为"福寿泉"。福寿泉的水不仅甘甜清澈，而且飘溢出淡淡的茶香。据说常饮福寿泉水还能延年益寿，滋补容颜，为你带来福旺之气。

"宝山石瓮出芙蓉"的传说

　　在宝山山坳，有一个天然生成的大石瓮，是老东莞的八大景之一。

　　相传是宝山山脉灵气与银河水相引，由宝山龙口喷出一股清泉聚合在这个石瓮，再分流到山田之中滋润万物。

　　当年黄大仙为了劝化世人，写了九本奉劝善戏，与八仙共同演绎教化世人。黄大仙告诉何仙姑宝山的好去处。

　　有一天，何仙姑来到宝山，但见白云舒卷，紫气飘逸，灵光闪闪，仙气冲天。她来到大石瓮边，只见天水潺潺，清透无尘，仿似仙家另一个境界，便有一种沐浴戏水的冲动。仙人戏水，仙气荡漾。何仙姑再取过芙蓉花篮，洒入仙水。不小心散落了几粒芙蓉仙花籽，谁知竟立时入瓮生根，长出一片芙蓉仙花。

但见出水芙蓉，美艳多姿，仿似人间仙境。何仙姑不禁称赞："好一个宝山石瓮出芙蓉。"自此，"宝山石瓮出芙蓉"便成为东莞的一大美景。

樟木头"观音绿"的由来

樟木头"观音绿"是果中之王，它的名字隐藏着一段鲜为人知的故事。传说很久以前，樟木头观音山下种植了成片荔枝，但一直产量不高，果实味道一般。

果农们聚集一起，来到观音山上祈求观音娘娘指点迷津。当时，某果农求得一上上签，但不解其意。恰逢一位得道僧人（石涛大师——明末清初四大佛僧之一）经此，其手托一奇鸟。经僧人指点，果农在观音山下寻得一仙泉（观音赐泉），便从仙泉中收集到了五月初五龙舟水、七月初七七夕水和九月初九重阳水，再加上奇鸟粪便配制成仙果水，并遵照僧人指点的方法悉心浇灌荔枝。

最终，果农们愿望成真，荔枝丰收，且果子形色味极佳。而在观音山采摘的荔枝尤为特别，果子带点绿但口味清甜。后来，果农为这荔枝取名为"观音绿"。当时，僧人还曾用"观音绿"配制成药丸，为众人调理身体，使其强身健体，容光焕发。

观音山的由来

广东最享有盛名的佛教圣地樟木头观音山，作为国内的一个著名旅游景点，她的名字由来已久，据说最早可以追溯到唐朝。那么观音山到底是不是和观世音菩萨有关联呢？其中又蕴藏着什么传说？

相传，观音山为大慈大悲观世音菩萨初入东土时的停留之地，盛唐时期，山顶便建有一座很小的观音古寺了。据观音山观音寺法师延祥介绍，观音山是大慈大悲观世音菩萨来到东土之后，停留且修道的第一个场所。大慈大悲观世音菩萨共有 36 个化身，观世音菩萨只是他其中的一个化身、一个塑像。

观音山也由此而得名并从唐朝一直沿用至今。2000 年，净高 33 米、重达 3000 多吨，全世界最大的玄武岩观世音菩萨像雄踞观音山顶，观音寺也焕然一新。大雄宝殿、藏金阁等建筑均已落成，香火不断，游人如织。

观音山送子泉的传说

送子泉位于观音山佛缘路口 800 米处。古老相传，有一对林姓夫妇久婚无子。一天，两人来到观音山拜谒观音后，当路过这个泉水旁时，发现两条巨蟒在泉边一边饮水，一边旁若无人地"颠鸾倒凤"。说来神奇，两人同时感到口渴难忍，于是他们忍不住饱饮了此泉中的水，之后回去不久，他们就有了一个儿子。

此事一经流传，人们都认为是观世音菩萨感其心诚的结果。因此，人们感观音之恩德，将此泉称之为"观音送子泉"。

这对林姓夫妇得子后在观世音菩萨面前燃灯三年，以谢观世音菩萨送子之恩。送子泉泉水出自观音山深层岩隙，水质甘洌，饮之如饴，更有许多善男信女为得富儿贵子争饮此水，非常灵验。正是："小径无雨绿为源，空翠湿衣水自泉；送子观音亲点度，灵山信众泽万年。"

观音山感恩湖之传说

相传三百多年前，泰安郡（樟木头镇旧称）内有一座苍茫的大山（现如今的观音山），大山西面的山脚下有一个不知叫什么名字的小潭。潭水清澈见底，鱼虾成群。潭边有一间茅屋，茅屋里住着看山人阿牛。

阿牛孤身一人，终身未娶。他每天除了巡山护林外，空闲时就坐在潭边看鱼虾戏水，有啥心事也不厌其烦地向潭里的鱼虾一遍遍地倾诉。天长日久，鱼虾们竟与阿牛产生了一种心有灵犀的默契。阿牛高兴时，它们会在水中纵情欢跃，不时逗得阿牛哈哈大笑；阿牛不开心时，它们则成群结队地浮游在水面，一副黯然神伤的样子，齐刷刷地默听阿牛诉说心中的不快。因此，尽管山里的生活很清苦，阿牛也从不捕吃潭里的鱼虾，更不准外面的人打它们的主意。阿牛已将潭里的鱼虾视作自己生命的一部分了。

有一次，一个进山人看到潭里的鱼虾越来越大，就动了抓一些回去佐餐尝鲜的念头。但阿牛一听，当即拿出拼命的架势，厉声道："谁敢动潭里的鱼虾一根毫毛，我阿牛就和他拼命。"吓得进山人从此不敢在阿牛面前提半个鱼字、虾字。经过这件事后，阿牛连巡山时也竖起耳朵，静听湖边的动静；还不时半路折回，以防有人乘他离开时伤害潭里的小生命。幸好，山外人进山捉鱼摸虾的事一次也没有发生过。

日复一日，年复一年。阿牛的年岁渐渐大了，潭里的鱼虾也越来越多，越来越大。据说最大的鱼竟有100多斤重；虾呢，也有杯口那么粗。直到一个月黑风高的晚上，拖着病体的阿牛正艰难地在茅屋里熬着千辛万苦才挖采来的山草药，不知怎的一不小心就引燃了茅草屋。一下子，整个茅草屋就成了一片火海，火光冲天。眼看火势就要蔓延到近在咫尺的枯草落叶和森林了。那样的话，后果就不堪设想了。当时，已成火人的阿牛只能悲怆地、绝望地呼号着、挣扎着……

说来也怪，就在这当口，一件不可思议的事发生了。茅屋边小潭里的鱼虾竟不约而同地一蹦上岸，争先恐后地往火海中跃去，并在火海中不停地蹦跳，拍打火苗……待到山下的村民闻讯赶来灭火时，大火早已熄灭。现场只散发出浓浓的焦熟鱼虾的香味，而阿牛则不知去向，而更让人惊奇的是，有细心的村民竟发现所有鱼虾的尸身都是同样一种姿势，毫无例外地头朝西尾朝东，而且有序地组成了一个大大的"佛"字。曾

到过阿牛的茅草屋的村民都说，"佛"的大小刚好填满了原来小茅屋的位置。一见此情景，所有在场的村民都齐刷刷地跪下了，咚咚咚地叩了三个响头，此时上空有一朵五彩斑斓的云彩，云彩里有一个不断变幻着姿势的伟岸身躯。更有人言之凿凿地说，那变幻着的身躯是观音三十三身的演绎。

观音山感恩湖的故事让后来者唏嘘凭吊，不断地传唱着一个神秘而凄美的故事传说。

观音山 "飞来石" 的由来

在离樟木头观音山山顶的不远处，便有一道景观突兀在人们的眼前：一尊岩石上镌刻着紫红色的"飞来石"大字，字体雄浑飘逸。

关于"飞来石"的由来，传说：禅宗六祖一偈"菩提本无树，明镜亦非台，本来无一物，何处惹尘埃？"被五祖弘忍看中，认为已经彻见本性，可以传承自己的衣钵，于是秘密召见慧能，授予衣钵，立为禅宗六祖，并嘱咐他"善自护念，广度有情，流布将来，无令断绝"。

因当时禅宗内部争夺五祖衣钵十分激烈，慧能得法后，为防人谋害，连夜离开五祖道场湖北黄梅，秘密回到南方。唐仪凤元年（676），慧能在广州法性寺（现光孝寺）戒台前菩提树下受戒，正式称"禅宗六祖"。

相传，"禅宗六祖"禅师曾于大尖山（今观音山）驻足，今山上"飞来石"位置原来只是一开阔的平台，乃当年"禅宗六祖"歇脚的地方。忽一日，晴天惊雷，乡民见这里有物轰然落地，尘埃四起。事后一看，只见一巨石傲立土中。后人传闻，法石飞来之日，乃六祖大师菩提树下受戒之时也。

这也印证了"法自真传，见性成佛"的记述。真可谓"一石飞来觅佛踪，持性护法万世功。雁影松风辉耀日，物华天宝此山中"。

观音山"八仙游"的传说

山与水铸就了观音山凝固的美,美丽的传说织就着观音山流动的美,山中的青石、森林、湖泊、小溪和瀑布都在静静地演绎着一个个动人的故事。

在观音山仙宫岭的山顶上,有一处道教的古遗址。相传太上老君、元始天尊的弟子火龙、缥缈两真人曾为这里的美景所迷恋,在这里结庐而居,其遗迹仙人居至今仙风道骨犹存。

紧挨仙宫岭的耀佛岭在樟木头民间也广为流传着关于"八仙游"的传说。相传很久以前,八仙游到观音山,说笑游玩间,何仙姑肩上的花篮中的一棵花苗不慎滑了出去,正好落在观音山耀佛岭上,只见那花苗一触及肥沃的土地便奇迹般地生根、发芽。眨眼间,茂盛成林。

众仙拍掌称奇,驾落竹林驻足观看。这一看不打紧,众仙的模样都一一印在了竹林之中。远远看去,竹林有时好像八人齐聚密商大事的样子,有时又像两人对视,有时又三人成影或又单人独处。或站或立,或卧或躺,像极了那跛足的铁拐李、满脸络腮胡的汉钟离、倒骑驴的张果老、飘逸的吕洞宾、秀气的何仙姑、不羁的蓝采和、温和的韩湘子、持重富态的曹国舅。其形态各异,变化万千。

至今,观音山耀佛岭的那片秀竹林,都无不让游人在叹为观止的同时而又遐思翩翩。

凤山古庙的由来

传说南北朝时期，有异姓结义三兄弟，长连杰、次赵轩、季乔俊。三兄弟同习武于名师薛贤通门下，得师精心传授，三人武艺超群。

适一日，宋天子御驾征匪贼，反遭贼围。三兄弟闻讯，跃马下山，救驾成功。天子问三人原委，感其忠君爱国之功，欲封之为侯。三人曰："吾等来自山野，愿乞归林。"天子见其无意为官，只好随其志曰："卿等既志在山林，朕封汝等为'三山国王'如何？"三人均拜谢而不受。

后又一次宋国受北方番族入侵，三兄弟为天子击退北番，天子再赐三人为"镇国大元帅"，三人仍不愿受封。天子见其志坚，改赐"先斩后奏宝剑"。

从此，三人隐山不仕，长兄居巾山，次兄居明山，三弟居独山。不久，三兄弟相继逝世了。天子闻讯，甚感痛惜，亲率文武百官赴巾、明、独三山吊祭，遂封"南天使者"。

此三山均在揭西县内，三王遗泽照本处百姓平安、生产丰收。为报恩典，大家筹资建起"三山国王庙"（亦称"霖田庙"）。庙建成后，天子亲临驾到，御笔赐牌。这样，"三山国王庙"成为客家人崇拜的地方。后来传遍潮阳、惠东、台湾等地，许多地方能见到"三山国王庙"。广州有二王爷庙，清溪上元乡有大王爷庙，都是由客家人筹建的。

樟木头蔡氏绵基公裔孙，明末清初先后从河婆迁入樟木头开基，并在官仓河边的凤山山腰建庙宇奉"三王公"，因处凤山，故庙被当地人称为"凤山古庙"。此庙在某一时期成为樟木头客家人乞求风调雨顺、宗教信仰的庙宇，甚至成为蔡姓人氏的祖庙。

官仓蔡氏开基的传说

官仓蔡氏自明崇祯五年（1632 年）由揭西县河婆迁居而来，至今已有 384 年历史。据传蔡氏是入居樟木头最早的客家人。当年在石新大和村私塾教书的河婆人蔡志和，在教学的业余时间登山赏景，被官仓窝的环境迷住。官仓窝山清水秀，茂木平川，有"五马归槽"之势，确属风水宝地。

后来，蔡志和在春节回乡期间，向宗亲父老讲述此事。当时，河婆蔡氏人多地少，生活维艰，求出路图外迁已成为时兴。当时听了蔡志和传来的好消息，随后派人实地考察，发现情况果然属实，于是经商议决定择吉日相率六房（养贤、仰贤、石山、哲吾、扬吾、同源）迁入官仓开基。迁入官仓后，始聚官仓窝，搭起茅棚，人畜同舍，开荒种植，很快就安定了生活。这就是官仓蔡氏开基的历史雏形。

随着时光的流逝，官仓蔡氏遵循祖德遗训，睦族安邦，艰苦创业，

人口逐年繁衍。显然，官仓窝地盘小，如果继续困在官仓窝就没有发展余地，于是，族人买下近处异姓的资产，逐渐向周围扩迁，约二百年时间，形成了纯蔡姓的家园，俗称樟木头镇石马河以东的"蔡屋统（洞）"，辖区包括官仓石新、柏地、金河、裕丰五个乡。目前，官仓蔡氏常住人口一万多人，占全镇人口 65%，另迁居外地也有一万多人，成为东莞区域内蔡姓之望族。

官仓蔡氏的由来

传说蔡氏祖宗原是以打铁为生计的，最早迁徙至樟木头的时候，官仓地界已住着陈姓望族，只好屈尊在观音山脚下（现实验小学的山脚边）落脚。

住在观音山山脚下的蔡氏出行十分不便，听说官仓是一块风水宝地，所以就日夜琢磨着想搬出山脚迁至官仓地界发展。于是，请教"风水佬"。"风水佬"暗中支招，叫蔡氏每天晚上在进官仓的路边，偷偷放置两盏点燃着的油灯，夜夜如此。

蔡氏依计而行，每天半夜点灯，天刚放亮则收灯。所以，每到深夜人们都能看到村口有两团火光，飘忽不定，随风一闪一灭……大家都不知是什么东西，有人说像两团鬼火，有人说是某野兽的两只眼睛，更有人传言肯定是得罪了观音山的观音菩萨，是灾难将至的预兆。有人还特意上观音山拜观音、求菩萨，但神火依然不灭，所以传言说什么的都有，且越传越神奇，越传越邪乎。

一时间，整个官仓闹得人心惶惶，每家每户夜晚均不敢出户。日子一长，有些人家就沉不住气，敬畏神灵，不敢再在官仓住下去，慢慢地，也就东一家西一家地迁出了官仓，直至空村。

于是，居于山脚下的蔡氏便顺理成章地"进驻"官仓，繁衍生息。终于，成樟木头一望族。

姓氏源流

　　比文化悠久的是文字，文字记录历史，姓氏开枝散叶，继而是一个族群的故事。蔡氏、罗氏、黄氏、刘氏在樟木头是大姓、望族，族内人才辈出，其历史文化非常珍贵，姓氏文化也非常值得后人好好挖掘。俗语说"同姓三分亲"。看到自己的姓氏文化起源历史，一般都会给这个姓氏的人带来一种暖心的归属感。因为中国人历来有认祖归宗和落叶归根的朴素情怀，姓氏所代表的就是一种朴素且严肃的文化。只有后人不断地挖掘认识，这种文化才会得以延续下去。

——题记

辗转赣闽粤安居樟木头　繁衍成莞唯一纯客家镇

——樟木头客家先民源流

我是谁？我从哪里来？我向何处去？

五千年的华夏文明，孕育出了中古时代脱颖而出的一支独特的民系——客家人！它的诞生，它的得名，迄今仍是众多国际及国内学者需要不断加以破译的历史之谜。在中华整体文化中，独有客家文化在汉民族中是不以地域得名的，却遍布了全国，尤其是南方的十多个省份。自公元四世纪世界民族大迁徙以来，客家先民从中原、江南，先后来到了粤、赣、闽"客家大本营"，在千年迁徙、万里长旋的历史大变动中，他们经磨历劫、千锤百炼，把伟岸的身影投射在华夏古国的土地上。

粤、赣、闽三角地带地处东南丘陵、山脉的集中地，小盆地星罗棋布，武夷山脉、南岭山脉和赣江、汀江、梅江三条大江相交接，形成中原大地与东南沿海相隔离的天然屏障。

樟木头地处岭南，岭南古称"南越"。据考古发现，距今约3000

年至2500年前，岭南一带已居住着古代百越族及其先民。他们刀耕火种，繁衍生息，过着十分原始的生活，逐渐形成一些氏族部落，古文献称之为"仓吾""南蛮""乌浒""南瓯""骆越"等，说明这里居住着一些"百越"分支的古老氏族。由于历史的原因，原来的百越族已逐渐消失、迁徙或与中原南下汉族融化，只有古代极少数民族能留存下来。到明末，已经很少。故直至明末清初，著名学者屈大均《广东新语》称："真粤人，则今之瑶、僮、平鬃、狼、黎、岐、蜑诸族是也。"屈大均并认为，蜑人是岭南土著人。民国时期的学者徐松石认定："蜑人是南中国最初土著的一支，最原始和最众多的岭南部族在东江以西，当为僮、蜑人和黎人。"

所以，在客家人到来之前，包括樟木头在内的岭南地带是人烟稀少、交通阻塞、野兽出没的原始森林，只有少数百越族、畲族、瑶族等当地土著居住，生产力水平极其低下。大量的客家先民由北而南迁移至此，相对当地土著原居民而言，流落到南方的客家先民，被周边的其他民系称为"客人""客户""客家"，也就是指外来的人。

后来，客家先民利用先进的农耕、建筑技术和带来的农作物种子，伐木垦荒，筑坝造田，逢山开路，遇水搭桥，经过不断扩大发展，他们扎根在赣南、闽西、粤东三角地带，并与当地的土著居民融合进来，展现出一幅生动而精彩的自给自足的耕读文化图，创造了既不同于汉族，又有别于当地民族的独特方言、习俗、文化，形成了汉民族一支独特而优秀的客家民系。最后，身入他乡即故乡的客家人"反客为主"，自称为"客家"。

客家，在客家语和汉语广东方言中均读作"哈嘎"（HAKKA），既是自称又是他称。原有"客户"之意，后来为"客"，是与土著居民的对称，以后相沿成自称，作自我介绍时也说"系（我是）客家人"。

至于客家的名称由来，则在五胡乱华中原人民辗转南迁的时候，已有"给客制度"。《南齐书·州郡志》云："南兖州，镇广陵。时百姓遭难，流移此境，流民多庇大姓以为客。元帝大兴四年，诏以流民失籍，使条名上有司，为给客制度。"

客家民系的形成是个历史过程，客家先民开始南迁（不是成批迁徙）应在汉末晋初，历六朝、隋、唐、五代十国时期，到北宋末、南宋中、12世纪中叶完颜亮南侵结束而最后完成。大体空间均在当代客家人聚居区域，即赣、闽、粤三角地带，而后再播迁别处。客家人作为汉民族中一个重要民系，21世纪初人口在5000万以上，加上后来播迁到海外的3000万华侨，客家人的总数已达8800万人，约占汉族人口的6%。

据《樟木头镇志》记载：1987年东莞市有常住客家人24万多，约占全市常住人口的15%，其主要分布在一些山区镇。2005年樟木头总人口为144905人，其中户籍人口为23587人，分布在全镇各个村庄。

就各村庄原籍常住居民而言，樟木头是东莞市唯一的纯客家镇。

樟木头各村的客家人，据各社区相关族谱记载，大部分是在明末清初第四、五次客家人大迁徙中，从闽西、赣南、粤东、粤北迁来的后裔。

据民国7年（1918）《吴氏重修族谱》载：樟木头吴氏念五郎已于南宋德祐年间（1275）居住洋凹。为已知的樟木头最早有记载的客家先民。

明朝以前，樟木头已有官仓、柏地、洋凹、大细锅先后立村。明末清初，由于大量客家人南迁，樟木头的村庄已发展到四十多个，各村居住着姚、麦、谢、陈、林、翟、古、彭、郑、黎、余、邱、张、侯等十多个姓氏，其中麦氏住樟木头围，姚氏住白果洞（现为百果洞社区），余、邱、刘、张等姓住珊珠棚，谢氏住新坪吓，陈氏住柏地，林氏住沙井，翟氏住赤山，侯氏住赤布，古氏住古坑，彭氏住筋竹排，郑氏住南湖，黎氏住泥坑。至2005年除个别姓氏后裔仍住原村外，都已迁到别处择居。此外，明末清初，樟木头的大细锅、上九栋、下九栋、阴坑、急水坑、观音肚、牛牯石、石壁头、排沙围、宝山窝等村的客家人，也都由于原居地山高林密，生活环境恶化等原因他迁，如下九栋的邱氏已迁徙到马来西亚，1972年还有亲属专程从马来西亚樟木头村寻根；牛牯石的曾氏已移居清溪；石壁头、排沙围的移居柏地；系马围的则移居田心村，其余村原居民迁往何处不详，至21世纪初这些村庄只剩下遗址残墙，或是让现代化的高楼大厦所取而代之。

阅读延伸：客家方言的分布

　　客家人把不讲客家话看成是忘本叛祖的行为，流传 " 宁卖祖宗田，不卖祖宗言 " 的祖训，使客家人的后裔顽强地保留客家话而世代相传，越是侨居国外，就越被强化，即使十代八代，前高祖已迁离客家地区，到了海外或国内非客家地区，其后裔亦能讲客家话。

　　客家人讲客家话，既是客家文化的重要载体，也是客家民系的主要标志。客家话大体分布在我国福建省西部、广东省东部、江西省南部，即传统上说的闽粤赣交界地区，以及广西、湖南、四川、台湾等 7 个省、区 200 多个纯客家市县。此外，分布在福建、浙江、江西、广东、安徽等省的一些地区的畲族有 36 万多人，大多也操客家话。在海外，如马来西亚、新加坡、印度尼西亚，以及美洲、非洲等地的华侨、华裔也有不少是说客家话。客家话分布的地区如此广大、分散，其形成与客家人千百年来一次又一次的迁徙流亡是密不可分的。

罗氏分源一世祖罗钦居潮州府
族史迷云六世孙繁衍迁罗屋村
——樟木头罗氏的起源

源万——**樟木头罗氏源自豫章**

　　罗姓源头有四种说法。一是出自女云姓，为颛顼帝之孙祝融氏之后裔，以国为氏；二是赐罗姓而得，为隋、唐、明时赐姓；三是据《通志·氏族略》所载，自西周以后有罗国后人以国名为姓；四是出自他族或他姓加入。在樟木头《罗屋村族谱》中记载，樟罗村罗氏一世祖罗珠，汉惠帝命其守九江郡兴灌侯，筑豫章城（今江西南昌），遂迁居豫章沟。后人几经迁移，至第五十一世祖罗洪德娶妻九人，生子十八人，居汀州府宁化县。但其后裔却因繁衍、生计，或升官而散迁，传至一百五十二世为始祖，复订谱序。据樟罗村现存的《豫章罗族谱》记载，该村罗氏为分源太祖罗钦之后。罗钦先住潮州府饶平县；后人经揭阳汤坑迁居东莞樟木头。清乾隆年间，罗钦六世孙罗启辉移居新围（今罗屋村）立村。

今方——樟木头罗姓人口有 1200 多人

从历史上看，东汉末年三国鼎立时期，罗姓已播迁到蜀汉之地的四川；自隋唐以至宋代，罗姓开始由江西、两湖一带大举向全国各地发展；到了明清时期，罗姓足迹几乎遍及全国东西南北，并拓展到海外。据 2007 年 4 月公安部公布的数据显示，罗姓全国人口排在第 20 位，蔚然成为中华大姓。自罗钦四世孙罗乾瑞、罗广瑞于明代迁居东莞樟木头以来，至今已经有 400 多年的历史。罗氏后人遍布东莞境内的樟木头、清溪长山口围、东城火炼树，以及香港等地。其中樟木头人数最多，有1200 多人，主要分布在罗屋村、坪一村、大围村。

钩沉——罗氏得姓始祖名曰罗匡正，为祝融后裔

据《中华罗氏通谱》记载，罗氏得姓始祖为罗匡正，也即是罗郐，原籍陕西巩昌府陇西县零阳东乡。周武王三年，因镇宜城有功，敕封为宜城侯，食采宜城地方百里。此处有罗水之阳，故国名为罗。在湖北襄阳府宜城房州隔界处，今南漳县东南八十里。罗匡正为罗国建国者，后被追赠安南王。其念及远祖祝融，居火正，光融天下，取火字之义，又号逼阳。后裔以罗国之"罗"为姓。匡正提起的祝融为罗氏开宗始祖。祝融为沃土荆源人，"以功列五祀，居火正，甚有功，能光融天下。帝命曰：'祝融'"。都城在郐国，即今河南郑州府新郑县祝融墟。据记载其"在位百年，天下治平"。在册记载的还有豫章源流的始祖罗珠。其字怀汉，号灵知，称大农令，又称洪崖先生，系罗匡正四十一世孙。出守豫章沟时，刚直不阿，为奸臣所不容，以松柏示节操。死于汉景帝丙戌二年，享年 91 岁，葬于江西。

姓氏之旅——樟木头一世祖罗珠源自豫章郡

抚宗族之今昔，展樟城之史貌。在东莞，罗氏分布之广，为他姓所不及，遍布樟木头、莞城、中堂、谢岗、塘厦、寮步、常平、横沥，以及大朗等镇区。从《东莞槎涪罗氏族谱》记载中可知，罗氏主要来自襄

阳、长沙、豫章三郡。东莞罗氏均源自豫章郡（今江西南昌）。这在樟木头樟罗村等地罗氏后人所存的族谱中得到了确认。为颛顼帝之孙祝融氏之后裔，以国为氏。

据樟木头樟罗社区罗屋村所藏的《豫章罗氏族谱》记载，樟罗社区罗屋村罗氏一世祖为罗珠。时间可以追溯到汉初，即公元前206年左右。其时他任张留侯，居住在湖南长沙城东；至汉惠帝时，被命守九江郡兴灌侯，筑豫章城（今江西南昌），遂迁居豫章沟。之后，在长达一千多年的历史里，罗氏先辈先后移居了很多个地方。

这在罗屋村现存的祠堂是无法找到痕迹的，年代太长远了。在《樟木头镇志》的记载中，罗氏四世祖罗臣恭于汉平帝五年（5）避王恭乱，徙居河南汝宁府罗山县；四十六世祖罗宁郎赐进士第，管赣州宁都县，于是搬来宁都鸦鹊林（今江西）居住；再到第五十一世祖罗洪德（镇志记为"洪清"，取族谱"洪德"之名），娶妻九人，生子十八人，加女一人。自此，这支罗氏枝繁叶茂。

分源太祖罗钦后人迁居樟木头

罗洪德后裔繁衍，或因生计、或因升官而散迁，支派众多。樟木头罗氏追溯上去，分源太祖为罗钦。这在罗屋村所藏的《豫章罗氏族谱》均有记载。当时罗钦住在潮州府饶平县立歌都百诵乡柑子园。从江西到广东潮州府，其间是谁最先入粤？

罗氏入粤存在着不少谜团，就中堂等地的罗氏入粤始祖罗彦环来说，官至镇国节度使，但在壮年时期从北宋的首都河南开封府迁到当时还是南蛮之地的广东，个中总有一些蹊跷；而樟木头罗氏，并不在中堂罗氏之支派，在罗屋村所藏族谱中提及"洪德公广东发迹"，但此外无其他记载，并且该谱又载其死后"葬于宁化"，自有矛盾之处，其他资料均没有明确记载。

"分源太祖罗钦先住潮州，后迁汤坑。"根据罗屋村所藏族谱记载，《樟木头镇志》那段说法并不准确。当时罗钦"因出阵亡"，后来其妻子张氏带着两个儿子昌六郎和十一郎搬到揭阳汤坑居住，并且把罗钦的骸骨带来葬于洪公岭。所以严格意义上讲，罗钦并未到汤坑已经去世。再后来，罗钦之孙罗沧溪、罗沧波的儿子罗乾瑞和罗广瑞，迁居东莞县珊珠棚村，即如今樟木头石新社区所辖珊珠棚村。

罗启辉清乾隆年间迁居罗屋村

在《樟木头镇志》的记载中，罗乾瑞和罗广瑞两兄弟到樟木头后，因有分歧，只能选择分开居住。当时，罗乾瑞移居田心村，罗广瑞迁往清溪镇的长山口围。过了不久，两人又协商同住田心村。罗广瑞回迁。个中细节所存族谱中没有详细记载。后来，罗乾瑞的儿子罗以任回原籍携其祖父罗沧溪遗骸迁葬田心乡老围，也即是如今的大围村。罗屋村所存族谱中记载，时间为大明天启年间。

该谱同时记载，清乾隆年间，罗以任之子罗启辉自老围移居新围立村，即如今的罗屋村，原名苟美围。这里面又有了时间记载矛盾，明天启与清乾隆相差近百年，他们父子做两事时间怎么可能相差如此之久？在罗屋村，目前保留下来有立村始祖罗启辉祠堂，里面明确记载罗启辉为清乾隆年间来此立村。可见，罗以任回揭阳迁父遗骸时间记载错误。

罗启辉生有二子，分别为罗明义和罗明轩。他们生子十一人。罗氏分族再次枝繁叶茂。至今，在罗屋村中的人，不少知道启辉公为其立村始祖，但谁为明义、明轩儿子后人，因所存族谱不全，已经难以一一确定。不过，经过近三百年的繁荣，罗屋村罗氏后人又迁居东城火炼树、香港等地。如今，祖先住过的老围，即大围村，也有少数罗姓人口。

后世忆访——族谱为罗氏后人从香港手抄回来

受访者：罗仕林，罗屋村罗氏后裔，79岁。

笔　者：你们这本族谱是怎么保留下来的？

罗仕林：这是我叔叔罗振华从香港带回来的，都是他自己抄写的。20世纪60年代，他去了香港。改革开放后，20世纪80年代初，他回来罗屋村，听到有村人收藏着族谱，他赶紧复印收集起来了，带回香港。后来他再次回来探亲，便手抄了关于我们罗屋村这一个支派的罗氏族谱回来给我们。

笔　　者：祠堂呢？目前还有哪些？

罗仕林：原有的"罗氏宗祠"（豫章堂）建于连屋大围，因年久失修，自行毁损，后改建民宅。目前在罗屋村的"启辉罗公祠"为罗屋村罗氏子民的祖公祠。当年就是启辉公来此地立村的。"启辉罗公祠"始建于清代乾隆二年（1737），曾于嘉庆、光绪及1938年多次重修，保存完好。每年春节祠堂都贴春联，而大门的对联内容是固定不变的，均以"启祖有德，辉世重光"来表示对启辉公的敬重，也寓意着对我们罗姓重振族业的期盼和信心。我们罗氏逢年过节，都往祠堂祭祖设宴，而结婚嫁娶也要在祠堂祭祖设宴的，到20世纪70年代以后就不流行了。

笔　　者：那你们祖先迁来东莞大概是怎样的情况？知道入粤始祖吗？

罗仕林：我们罗屋村罗氏出自豫章郡，都是罗珠后裔。当年五十一世祖罗洪德之后，支派众多，我们这支是分派始祖罗钦的后人。他住在潮州府。不过他上面是哪个祖先来广东的，因为族谱没有记载，加上年代久远，我们也说不清了。

笔　　者：那你们跟中堂罗氏没有关系？

罗仕林：他们入莞始祖为罗贵，我们入莞始祖有两个，乾瑞公和广瑞公，从族谱记载看，没有直接的关系。

笔　　者：你们这支分布情况如何？

罗仕林：主要在罗屋村，有八百多人，还有几户在大围村，另外，圩一有二百多人。在樟木头之外的，我们后人有在香港的，还有在东城火炼树等地的。

笔　者：平时有什么交往吗？

罗仕林：有联系，会约着去揭阳拜祖。去年，就是火炼树那边罗氏找到这边来，我们才知道有个分支在那边。他们书记带队，先是来了十多个代表，确定后，今年年初再来，带了六十多人。

名人志——

（按人物出生年月次序排名）

罗珠：字怀汉，号灵知，君用公之次子。于秦始皇丙辰年生，寿九十一。原籍湖南长沙府浏阳县东乡纯江人。公初仕汉惠帝，时为治粟内史，清廉自守，品性刚直。景帝初年，改治粟之官为大农令，故后世称为大农公。至汉惠帝时，被命守九江郡兴灌侯，筑豫章城（今江西南昌），遂迁居豫章沟。

罗谭顺：男，1920 年出生，樟木头樟罗罗屋围人。1943 年 1 月参加游击队，成为东江纵队中的一名战士，1944 年下半年在大岭山被国民党军包围，突围战斗中牺牲。

罗顺全：1933 年 11 月出生，樟木头樟罗村人，1951 年 7 月参加工作，1959 年 4 月加入中国共产党。1951 年 7 月被选任樟木头樟罗乡副乡长；1952 年至 1959 年 7 月，在广州铁路局所属场区当工人，1962 年 8 月至 1979 年 5 月，在广州铁路公安处一科任干事；1979 年 5 月至 1990 年 12 月，在广州铁路局纪检委任主任干事、副科长、科长；1991 年起任调研员。

罗桂友：女，1933 年 11 月生于马来西亚，原籍樟木头罗屋村人。1950 年 10 月，从马来西亚回国，在家乡罗屋村做家务；1952 年 11 月至 1984 年 8 月，派往广东省粤西农垦分局海康垦殖所那插农场工作，先后任河口农场割胶总辅导员、高级技师。其间，于 1970 年参加中国共产党，1975 年 1 月出席第四届全国人民代表大会，1976 年至 1977 年任云南省第五届省委委员、省委常委，1979 年分别被授予云南省劳动模范和全国劳动模范，1982 年参加中国共产党第十二次全国代表大会和全国归侨、侨眷、侨务工作者先进集体、先进工作者表彰大会，1984 年 1 月被评为全国农林科技推广工作先进个人。1984 年 8 月退休后在云南省昆明市定居。

罗玉康：1934 年 7 月 1 日出生，1959 年在广州海关工作；1970 年任广州海关办公室科长；1984 年任内港处长；1988 年任湛江海关关长（副厅级）；1991 年任广州莲花山海关关长；1994 年退休（副厅级）。

罗金华：（1935-2005），樟木头樟罗村人，中共党员。1955 年 3 月至 1959 年在中国人民解放军服役；1959 年 3 月调广州市公安局工作；1982 年调广东省国家安全厅工作；1997 年退休（正处级）。

罗赐光：1941 年 5 月出生，樟木头罗屋村人，法律大专学历。1959 年 1 月参军，1964 年 5 月加入中国共产党，历任战士、副班长、班长、排长、参谋、干事；1967 年 6 月调广州警备区越秀区武装部工作；1976 年 12 月，转业到广州市公安局六处任科员；1979 年 10 月调任广州市人民检察院法纪处任副县科级检察员、正县科级检察员、副处长、处长、副局级调研员等职；2000 年 8 月退休。曾多次被评为五好战士、技术能手、先进工作者、优秀共产党员，获二等功一次。

罗官和：1949 年 8 月出生，樟木头罗屋村人，1972 年 3 月参加工作，1968 年 12 月加入中国共产党。1968 年至 2005 年 2 月，历任樟罗大队党支委、大队民兵营长、共青团樟木头公社委员会书记、樟木头公社党委副书记、樟木头区委副书记、樟木头镇委副书记、樟木头公社革委会副主任、樟木头镇镇长、樟木头镇人大主席团主席等职。2005 年 2 月退二线。

罗运来：1951 年 7 月出生，中共党员，大专学历。1972 年 4 月参加工作，1980 年 11 月参加公安工作，历任东莞市公安局樟木头派出所副所长、樟木头公安分局局长、樟木头党委委员、樟木头党委副书记、凤岗镇党委副书记、凤岗公安分局局长等职，现任东莞市公安局助理调研员。曾 12 次获东莞市公安局嘉奖；荣立个人三等功两次，个人二等功一次。

罗松茂：1952 年 7 月出生，樟木头罗屋村人，1971 年 8 月参加工作，1973 年 11 月加入中国共产党。1971 年 8 月至 1986 年 11 月，先后任樟木头广播站负责人、团委书记、革委会副主任、党委委员、管委会副主任、樟木头公社党委副书记、区长；1986 年 11 月至 1990 年 12 月，历任黄江区（镇）委副书记、纪委书记、镇长、镇委书记、镇人大主席团主席。1991 年 5 月定为副处级，2000 年 12 月定为正处级干部。2003 年 11 月，任东莞市林业局局长、党组书记。

罗伟伦：1963 年 3 月出生，在职本科学历，樟木头罗屋村人，1990 年 10 月加入中国共产党。1990 年 10 月至 2008 年 8 月，先后任樟木头镇政府加工办副主任、招商办主任、樟罗管理区主任、樟罗管理区党总支部书记、财政分局局长、会计核算中心主任、副镇长兼樟罗管理区党总支部书记、镇党委委员等职。2008 年 8 月至 2013 年 9 月任樟木头镇党委副书记、镇长。2008 年至 2010 年年度考核评为优秀，记一次三等功。

罗水发：1968 年 2 月出生，本科学历。1991 年加入中国共产党，1987 年至 2010 年 7 月先后任樟木头镇东威塑胶厂出纳员、樟木头政府加工办办事员、报关组组长、安全办主任、招商办主任、坪镇社区党总支书记、党政办副主任、公用事业服务中心主任、经贸办主任等职；2010 年 7 月至今任樟木头镇副镇长。

罗建军：1968 年 7 月出生，樟木头镇罗屋村人。1995 年 5 月加入中国共产党。1988 年 7 月开始参加工作，曾获全市公安机关社会管理创新工作先进个人、涉法涉诉信访工作先进个人等荣誉，荣立个人二等功。

1988 年 7 月至今，历任樟木头派出所治安员、樟木头派出所办事员、樟木头公安分局治安股股长、樟木头公安分局副局长兼樟木头派出所所长、塘厦分局副局长、清溪党委委员兼清溪公安分局局长、东莞凤岗镇党委委员兼公安分局局长等职。

地理志——罗屋村罗氏 800 余人

清乾隆年间，罗启辉迁居，至今近三百年，传十余代，目前全村有 800 多人，均姓罗。其后人迁居香港、火炼树等地。火炼树有罗姓人口上千人。现在在樟木头境内，除罗屋村外，大围村有几户，牙一有 200 多罗姓人口。其余均为分布居住。

中堂槎涉村等地罗氏

在东莞，除樟木头这支罗氏外，还有罗贵一支。分居中堂槎涉村、东莞英村、莞城西门、谢岗黄曹村与塘厦横塘村等处，其中，中堂全镇的罗姓人口有近 2000 人，九成在槎涉村，主要居住在里明、旧楼、新涌这三个自然村。

蔡国遗民以国为姓念蔡度
入粤后裔辗转粤地思祖恩

——樟木头蔡氏的起源

源志——樟木头官仓蔡氏源自河南

蔡姓是以国为姓的，出自姬周。据《元和姓纂》所载，公元前11世纪，周武王姬发灭商后将弟弟叔封于蔡（今河南上蔡西南），建立蔡国。后因叛乱被放逐，叔度之子胡忠于周朝，被复封于蔡，史称"蔡仲"。战国时期，楚灭蔡于公元前447年。蔡氏立姓于公元前1046年，即与国同时成立。据记载，唐末，蔡炉原居固始，因黄巢之乱由固始迁建阳；其后裔蔡星兴迁广东梅州松源；后来，蔡绵基迁居揭西县河婆；明崇祯五年（1632年），蔡廷兰以及族人迁东莞樟木头官仓窝开基，后又迁往官仓河边立村。另外，东莞还有一支沙头蔡氏，原籍汀州（今福建长汀），祖先迁广东南雄珠玑巷；宋末，蔡安徙东莞靖康场（今长安镇沙头）。

今志——官仓蔡姓有1000多人

目前在东莞主要有两支蔡氏。其中沙头蔡氏早在宋代就由蔡安迁徙东莞靖康场（今长安镇沙头），其后裔于明末分支居今宝安；清初又分支居今深圳蔡屋围。据了解，目前长安沙头八成是陈姓，蔡姓人数寥寥无几。另一支官仓蔡氏，自从蔡廷兰以及族人迁樟木头官仓以来，随着人口的繁衍等原因，后裔又迁居丰门、赤山、刁龙、泥陂、古坑、柏地、石马、石新等地，称为樟木头望族。目前樟木头蔡氏发源地官仓有蔡氏1000多人。

钩沉——蔡氏得姓始祖度公

蔡氏得姓始祖度公，姬度乃姬昌之子，蔡由姬衍，故尊称姬昌（文王）为原祖。蔡仲仍蔡度之子，仲者二也（昆、仲、叔、季），以奉蔡度之祀，复封蔡国侯君，即蔡氏二世祖。

公元前11世纪，周武王灭商后，武王姬发大封同姓诸侯于各地，将其弟叔度（文王第五子）封于蔡（故址在今河南上蔡西南），让他与管叔、霍叔一起监督被封在商朝旧都的殷纣王之子武庚禄父，管理殷商遗民，史称"三监"。武王死后，周成王年纪太小，周公旦（武王的弟弟，又称周公）因此临朝摄政。叔鲜、叔度对此不满，联合武庚及东方夷族作乱，周公奉命兴师讨伐，并予以平定，事后处死了武庚与管叔，并将叔度放逐。不久，叔度死于迁所。其子胡，能认识到父亲的过错，不与之同流合污，且遵守文王德训，与人为善，周公听说后便派他到鲁国辅佐自己的儿子伯禽。由于胡政绩卓著，周公奏请成王改封胡于蔡，以奉叔度之祀，是为"蔡仲"。蔡国子孙就以国为姓。

姓氏之方——官仓蔡氏"系出闽省"

宋末就有蔡安到东莞靖康场（今长安镇沙头）定居了。本来蔡氏的寻找是从沙头开始的，但了解到沙头目前是陈姓的天下，蔡姓人口寥寥无几，有关资料也损失殆尽，只好放弃。后来几经周折，才获知蔡氏是樟木头的大姓。官仓，就是这个望族的发源地。几百年不变的名称，让蔡氏的寻找变得简单起来。

有族必有祠。位于官仓围心的蔡氏宗祠幸得保存下来，像一个坐在那里守望着子孙的耄耋老人，历经沧桑。走进蔡氏祠堂，我看到第二进屏侧壁上左右有木刻对联一副："系出闽省，自西山九峰以及，虚斋理学昌明，充足光照一姓；家居广南，从梅州揭邑而来，莞水渊源久远，庶几蕃衍千秋。"这几乎点明了蔡氏迁徙历程中的所有足迹。

唐朝末年，黄巢大乱。在《樟木头镇志》记载中，蔡氏入闽始祖蔡炉（《续编蔡氏族谱》里记载是蔡福粤）带着53个姓氏从济阳浩浩荡荡地南迁。与其他很多姓氏一样，他选择了福建宁化县作为他的落脚点，那是一个叫赤岗高梧的村落。这也就是对联中所说的"系出闽省"。虽然蔡炉是从济阳迁来，但蔡氏的起源并不是在那里，而是源自古老的蔡国。蔡氏得姓始祖叔度和他的儿子胡两度被封于属于今河南境内的蔡地，建立了蔡国。后来，蔡国被楚国灭后，子孙便以国为姓。

入粤始祖后裔经梅州、揭阳到官仓

无论是在泛黄的族谱中，还是在官仓老人的记忆中，一个叫"绵基公"的名字被反复提及。这在祠堂第三进的后壁上排列着的列祖列宗神位里一样可以找到。是的，他就是官仓蔡氏追溯到揭阳的始祖。但揭阳也只是蔡氏迁居官仓历程的其中一个落脚点。在这之前入粤之后，还有一个更重要的地方，那就是梅州。这也就是祠堂里对联中所说的"从梅州揭邑而来"。之所以说梅州更加值得纪念，是因为经过很多年后的今天，他们还保留着那时候在那里讲过的语言。

官仓，蔡氏。与众不同的就是，他们是客家人。从福建到梅州，再从梅州到揭阳，然后从揭阳到东莞。一千多年后，很多陌生的地方都成了故乡。这就是典型的客家人。蔡氏也不例外。不过在蔡氏族谱中，并没有记载当年蔡星兴为什么要从福建搬到梅州松源居住。据记载推断，蔡星兴的父亲蔡涣，字福粤，生于北宋政和丁酉年（1117年）。福粤公与其上祖均居住在福建宁化高梧，亦卒葬于宁化高梧。当时南宋太平盛世，蔡氏在朝为官的较多。蔡星兴因选择风水宝地而迁居松源，也是南宋初入粤最早的蔡氏家族，而另一宗支蔡安由赣迁南雄是在南宋末，次其后也。蔡星兴的后人蔡显瑞、蔡廷兰等以及族人才迁来东莞樟木头官仓窝开基，后再迁往官仓河边立村。

蔡氏后人曾富冠东莞

等到蔡显瑞和蔡廷兰等人从揭阳迁来樟木头官仓的时候，已经是明崇祯五年（1632）的事情了。不过让人吃惊的是，在各种资料的记载中，均把蔡东湖列为官仓蔡氏的始祖，蔡东湖可是蔡廷兰的爷爷的爷爷。经过多次翻译，老人口中很官仓化的客家话，我才弄明白。原来在清咸丰年间，官仓蔡氏后人把蔡东湖及原配朱氏等遗骸迁来葬在了官仓，加上因为当时来官仓的有蔡廷兰多人，故而把蔡东湖尊为始祖。从蔡绵基算起，蔡东湖是他孙子的孙子了。

在官仓，提到蔡氏，就不能绕过一个人——东莞清代四大财主之首的蔡殷宝。在官仓，寻找蔡氏，就不能不到蔡殷宝的三家巷走走一清一色水磨青砖、重檐叠瓦的清代建筑群。走在宅弄深处，曲径通幽，不知深几许……就像如今已经无人能说清蔡殷宝到底有多富有。据说他43岁时财富已经达到了20万两白银，并创建了一个东莞规模之最的庄园。

翻开《樟木头镇志》便可发现，当年，蔡殷宝发迹后，便以现在官仓围心为中心，分别建了三家同一巷的房舍，每家住屋三间，九间屋组成了一条巷子。后来，再扩建两条巷子，共建房舍140间。官仓人称之为"三家巷"。

地理志——樟木头官仓蔡氏

官仓村位于樟木头镇东部。明崇祯五年（1632），蔡廷兰以及族人迁东莞樟木头官仓窝开基，后又迁往官仓河边立村。目前樟木头丰门、赤山、刁龙、泥陂、古坑、柏地、石马、石新等地蔡氏均为官仓蔡氏后裔。目前，官仓村有人1100多人，其中大多数为蔡姓，有1000多人。

长安镇沙头蔡氏

沙头蔡氏早在宋代就由蔡安迁徙至东莞靖康场（今长安镇沙头），其后裔于明末分支至今居宝安松冈沙埔村；清初又分支居赤坎（今深圳蔡屋围）。据了解，目前长安沙头有户籍人口6300多人，其中80%是陈姓，其他姓氏人口大约1000人，其中蔡姓人数很少。

名人荒——蔡星兴：官仓蔡氏入粤始祖

蔡星兴，蔡福粤第二个儿子，蔡禄兴弟弟。姓李氏，生有一子蔡寿传。

五代十国时期，从福建宁化县赤岗高梧村迁居广东梅州松源。其后裔蔡绵基再迁居揭西县河婆尖田尾开基。官仓姓居祖蔡志和（1619年迁入）、蔡廷兰（1632年迁入）、蔡显瑞（1650年迁入）共六房份，由长老商议，敬奉蔡东湖为官仓蔡氏始祖，乃属河婆蔡氏始祖蔡绵基后裔。

蔡东湖：樟木头官仓蔡氏始祖

蔡东湖，生于明正德七年（1512），卒于1576年，享年65岁，姒朱氏。据《蔡氏族谱》记载，明末，蔡廷兰与诸弟迁居樟木头官仓。蔡廷兰为蔡振益之子，姒罗、邓、梁氏，生有正睿、正道、正凤、正元四子。蔡振益为蔡东湖曾孙，而从揭阳始祖蔡绵基为一世算起，蔡东湖为五世。蔡东湖卒于明万历四年（1576），葬于揭西河婆，其后裔迁入官仓后至清咸丰年间（1851－1861），往河婆东湖墓"请灵"，以银牌迁葬于官仓，其遗骸仍留在河婆，并立为太祖，是为官仓村蔡氏始祖。

蔡殷宝：清代东莞"四大财主"之首

蔡殷宝（1734－1785），号恕轩，字器之。少年聪敏，乡人称他为"诗童"。在他老师程叔公的影响下，蔡殷宝到石龙经商。因重信誉、善交往，他生意越做越大。清乾隆年间（1736－1795），蔡殷宝在官仓以祖屋为中心，为3个儿子扩建三家巷，房舍140间，占地12万平方米；1775年，他又建庄园3间，占地2万平方米，其中有跑马坊，并养马40匹。同时，蔡殷宝还大量购置田产，至1750年，有13800亩。当时莞邑有四大财主，而蔡殷宝有"莞邑银王"之称，为四人之首。

蔡丽金：将战犯送上断头台的检察官

蔡丽金（1900－1952），乳名品三。1918年9月考取"国立北京法政大学"政治科（即今北京大学政治系）。1929年至1932年分别在广东高院、福建高院工作，1932年12月辞职，回东莞申办律师牌，在广州挂牌开业。1937年3月，蔡丽金接到司法部函令，任合浦（今广西）

地方法院检察官。1946 年 10 月被国民政府任命为国民政府广州军事行辖主任检察官，1947 年 3 月 27 日对日军华南头号战犯田中久一依法宣判，并监督执行枪决。

蔡子培：原广东省物价局局长

蔡子培（1913－1998），1938 年 4 月加入中国共产党。1940 年调到河源县，先后任中共河源县县委书记、东江纵队第二支队第二大队大队长。后任路东人民抗日总队副总队长、东江纵队路东第三线指挥员等。1946 年 6 月，随东江纵队北撤山东，历任华东军政大学政治大队政治处主任、第二高级步兵学校政教系副主任、中国人民解放军通信兵政治部宣传部长、政治部党委常委等职。1949 年后，历任河北省财贸政治部副主任、党组副书记，广东省物价局局长、党组书记等。

后世忆访——一年祭祖分四次

受访人：蔡王春，《东莞石马官仓·蔡氏族谱》（民国二十五年立）、《续编蔡氏族谱》（1990 年出版）等收藏者，官仓蔡氏后裔。

笔　者：东莞大部分本地居民是讲白话的，你们讲的却是客家话，蔡氏祖先是从梅州迁来的吗？

蔡王春：是的，我们官仓蔡氏祖先曾经经过梅州松源。蔡氏源自河南蔡国，唐末，我们祖先迁来福建，然后星兴公又从福建迁到广东梅州。后来，绵基公迁居揭西县河婆；直到明朝，蔡显瑞、蔡廷兰等以及族人才迁来东莞樟木头官仓窝开基，后又迁往官仓河边立村。

笔　者：你们蔡氏迁来官仓的最早是谁？记载中始祖是东湖，但来官仓的是廷兰？

蔡王春：在族谱记载中，最早来官仓的是显瑞和廷兰等先祖，不止一个人。到了清咸丰年间，官仓蔡氏后人把蔡东湖及其原配朱氏等遗骸迁葬于官仓后，干脆就立他为太祖。所以蔡东湖就成了官仓村蔡氏始祖。从揭阳始祖蔡绵基为一世算起，蔡东湖为五世。

笔　者：在你们的族谱中，我看到一些记载与镇志有出入，比如入闽始祖的名字，还有从蔡东湖到蔡廷兰之间一个先祖的名字，有地方写是乐吾，有地方写是乐居？

蔡王春：其他的我也不是很清楚，但你所提到的这个，听先人留下来的说法，应该是乐居，乐吾是印错了。

笔　者：你手上甚至还有民国时期编写的族谱，哪里得来的？怎么保存下来的呢？

蔡王春：这本《东莞石马官仓·蔡氏族谱》是民国二十五年（1936）编写的，是我爸爸花钱跟当时的编者购买的，至于价格是多少就不记得了。"文革"期间，到处在"破四旧"，族谱也列入其中，我们就把它藏在我妈妈的房间里，放在桌子下面一层的暗格里。因为是妇女的房间，当时的红卫兵就没有进入搜查，族谱才得以保存下来。

笔　者：东莞还有哪里有官仓蔡氏后裔？

蔡王春：其他地方不是很清楚，但在樟木头境内，比如说石新、柏地、金河、裕丰等社区的蔡姓人口，都是官仓蔡氏后裔。蔡姓是樟木头大姓之一。

笔　者：那平时大家有来官仓拜祭祖先吗？

蔡王春：有，樟木头周边其他蔡氏的村落和惠东县蔡氏都有人过来拜祭。清明是官仓村民拜祭自己直系比较近几代的先人，至于东湖公等祖先，我们是平时拜祭的，而且分时间段，一个时间段只拜祭一个，不会一次全部拜祭完。春分拜裴然公，清明拜殿宝公，秋分拜东湖公，重阳拜仰东公及显瑞公。一年有四次。

笔　者：但在《樟木头镇志》记载的是"（蔡氏）实行每年春冬二祭"？

蔡王春：这并不冲突，不是共房的并不需都要拜祭，每年春冬二祭是指每个祖先都要一年祭拜两次。其中，东湖公为始祖，樟木头所有蔡姓都要来拜祭。按祖规，每次祭祖都要在祠堂内摆酒设宴。这摆酒设宴也有讲究，但凡60岁以上的男丁才能来，不但可以来，而且可以堂堂正正地来，按辈分坐席，而女人是没有资格来的，不过到了殷宝公时就讲究"男女平等"了，男女都可以来，并且来了还每人发一个红包。

历史存疑

1. 在《樟木头镇志·官仓村蔡氏》记载中，提到官仓蔡氏入粤始祖为"蔡兴星"。但在《东莞石马官仓·蔡氏族谱》（民国二十五年立）、《续编蔡氏族谱》（1990年出版）中记载均为"蔡星兴"。同时有记载其大哥为蔡禄兴。据古人起名同辈人字相同习惯，应该是"蔡星兴"。

2. 在《樟木头镇志·官仓村蔡氏》记载中，说到官仓蔡氏入闽始祖为蔡炉，当时他带着53个姓氏从济阳南迁福建。但在《续编蔡氏族谱·蔡氏族谱引》里记载却是"福粤公至于唐末，避黄巢之乱，始徙于闽……"两者是同一人还是记载有误？亟待考证。

写作手十——姓氏的朴素与严肃

在中国的传统文化中，家族向来是国家最重要的组成部分。从大的方面说，一个姓氏，就是一部迁移发展史，传承与积累着历史传统和文化背景；从小的方面看，人各有姓，姓氏是家族成员的一个符号，人与人交往首先从互通姓氏开始。《白虎通·姓名》称："人所以有姓者何？所以崇恩爱，厚亲亲，远禽兽，别婚姻也。"此"别婚姻"三字抓住了"姓"出现的原因以及作用。

在东莞这座现代化城市里，人们都熟知她时尚靓丽的外形，但是内在的历史以及她曾经的苦难与辉煌，却鲜为人知。今天，拨开历史的云雾，我们以姓氏为线索，踏访出一条清晰的线路，勾勒出樟木头官仓蔡氏的来龙去脉、今昔之貌，从而还原樟木头官仓蔡氏历史的局部变迁，让人对樟城历史文化沿革，有更加深入的了解和更为深入的体验，并心生敬畏与尊重。

俗语说"同姓三分亲"。看到自己的姓氏，将给人带来的是一种暖心的归属感。因为中国人历来有认祖归宗和落叶归根的朴素情怀，姓氏所代表的本身就是一种朴素且严肃的文化。

远古之祖传为帝尧裔孙
樟罗刘屋发祥莞深宗亲

——樟木头刘氏的起源

源志——源自河北

远古之祖传为帝尧裔孙，樟罗刘屋发祥莞深宗亲。在樟木头《刘氏族谱》记载中，樟罗刘屋源自祁氏。祁氏之刘有同源的两支：一支直接出于刘累。《新唐书·宰相世系》载："帝尧陶唐氏子孙生子有文在手，曰'刘累'，因以为名。"其子孙以刘累中的"刘"字为姓，成为中国最早的刘姓。另一支出自土会，其实也是刘累后裔。在《樟木头镇志》记载中，樟罗刘氏来自刘国（今河北唐县），七十三世祖刘荣迁居江西赣州府宁都太华山铜鼓村；唐僖宗时，刘祥三兄弟避黄巢之乱，迁居福建汀州宁化县石壁洞；宋朝末年，刘开七由福建宁化迁广东兴宁县开基；明万历三十一年（1603），刘开七十二世孙刘良宝妻赖氏以及三个儿子从潮州府惠来县迁来广州府东莞县田心村（即今樟罗）定居。

今志——樟木头有刘姓人口近2000

刘姓为中国主要姓氏之一，也是全球华人十大姓氏之一。在中国古代就有"刘天下，李半边"的说法，而在中国北方则有"张王李赵遍地刘"的说法，可见其重要性与人数之多。东莞樟木头刘氏自刘良宝妻子赖氏带着拱东、念东、启东三个儿子定居樟罗刘屋以来，经过400多年的繁衍，目前有后裔居住在东莞樟木头、深圳宝安观澜等地。其中樟木头樟罗刘屋有800多人，全部姓刘；凹芝头村有刘姓人口500多。另外，樟木头凹背村、牙一村、旗杆吓村等也有刘姓人口近600人。

姓氏之一——为避黄巢之乱迁居福建

即使在全中国，刘姓也是一个重要的姓氏，不但人数多，而且影响大。单从东莞来说，刘姓遍布各镇区，姓氏的寻找困难不小，所以我把目光从整个东莞的范围缩小到一个镇来。本来常平田尾村的刘福远早在南宋末年就入莞定居该地，但我还是选择了于明朝万历年间才来樟木头田心村（即今樟罗）定居的刘良宝妻儿。因为这里有着完整的族谱。

从源头上来看，无论是常平的刘氏，还是樟木头的刘氏，其实都是刘累后裔，来自河北唐县——至于为什么不是姓唐的来自此县就不知缘故了。说到这位刘氏得姓始祖刘累，还真是有点与别的姓氏不一样。传说他出生时，手上的纹样竟然是"刘累"字样，家人就以此作为他的名字了。当然，古代的字跟现在的字是不一样的，那时候"刘累"两个字到底是怎么样的显示，我们已经难以说清，不过后人跟着他以"刘"字为姓却成了事实。刘姓来源众多，这是中国最早的刘姓。

刘累的趣事还不止如此，传说他还精通养龙技术，为夏朝第十三任皇帝孔甲驯养几条龙，并被孔甲赐姓御龙氏。谁知道好事不长，有一条龙死了，他怕孔甲治罪，赶紧携带家眷从今河南偃师县逃到了鲁山县。在樟木头《刘氏族谱》的记载中，自此之后，传至七十三世祖刘荣，他就搬到了江西赣州府宁都太华山铜鼓村居住；到了唐僖宗时，刘祥三兄弟为了逃避黄巢之乱，迁居福建汀州宁化县石壁洞。

从兴宁到樟木头用了四百年

南宋末年，在刘福远搬到常平田尾村时，樟木头田心村刘氏一支先祖刘开七才从福建宁化迁广东兴宁县开基。或许从时间上推算，刘开七来广东更早一些。当年（1200—1240）他被授予广东潮州府总镇，是入粤当官的。但这些跟来田心村的祖先相隔太久，我在刘屋的刘氏宗祠里，找不到关于刘开七的蛛丝马迹。所有关于这一切的记载，只能坐在开阔的祠堂里，从泛黄的族谱中寻找。

从刘开七传下，只有一子刘清叔，但却有十四个孙子，并且让人吃惊的是，他十四个孙子起的名字全部带水旁——巨源、巨淲、巨洲、巨渊……他刘开七这一支派刘氏便从这里枝叶繁茂了。樟木头樟罗刘屋一支刘氏就是第四个孙刘巨渊的后人。

从南宋末年到明朝万历年间，三百年的时间，刘巨渊的子孙才从兴宁县一步一步走到了樟木头，揭阳、惠东等地都留下了他们的足迹，可谓几经周折。但几百年过去后，无论在上述地方的哪一处，生活着的后人都如刘屋刘氏宗祠里墙壁上刻着的那句诗所言："年深处境皆吾境，日久他乡即故乡。"写这句诗的刘广传我都查不到是他们刘屋的哪一代祖先了。

刘良宝被误认作开基始祖

从潮州府惠来县来广州府东莞县时，这里叫田心村，樟罗村是后来的叫法。这些在《樟木头镇志》里都有详细的记载。但镇志中记载的刘屋是刘良宝来此地开基的，这却与我在刘屋刘氏宗祠门口挂的一块牌子上看到的说法有出入。牌子上是这样说的："刘氏先祖刘良宝妻赖氏，于明万历三十一年（1603）自潮州府惠来县迁来田心洞（今樟罗）。"这表示来这里的是他的妻子赖氏。

在祠堂里，一再询问多个上了年纪的老人，他们都公认刘良宝并没有来过此地。"良宝公是开七公第十二世孙，当年他在惠来县居住，死后，他的妻子赖氏才带着他的三个儿子拱东、念东、启东来田心定居，我们这一支是念东的后人。"这一老人的说法很快在几本族谱中找到了证明：刘良宝确实是死后才由后人迁葬刘屋的，只不过后人习惯把他当成始祖，一再传颂，便讹为来此地开基始祖。

赖氏带着她的三个儿子，一路南来，最终选择了田心村作为定居之地。各种缘由，已经无法获知。四百多年过去了，田心变成了樟罗，但也变成了刘姓族人的家乡。目前在樟木头多个社区以及深圳宝安观澜，还有香港等地均有他们的族人。

后世忆访——"《刘氏总族谱》是从香港买回来的"

受访人：刘石谭，樟木头樟罗刘屋人，樟木头刘氏后裔，长者，收藏了多本《刘氏族谱》。

笔　者：在中国古代就有"刘天下，李半边"的说法，可见刘在中国历史的重要性，而最出名的自然数西汉的刘邦，你们樟罗刘屋刘氏跟他有关系吗？

刘石谭：这个不好说，从族谱记载上看，应该不是他直系的后裔。在族谱中，我们刘氏起源于河北省唐县刘国。十八世祖刘景迁居南京府沛县，七十三世祖刘荣迁居江西赣州府宁都县。然后，再从福建入粤。汉代开国皇帝刘邦是七十五世，但老家在江苏丰县金刘寨村，估计是已经分开了。

笔　者：你们刘氏先祖开七公入粤后，中间好像还经过几次辗转，才迁到东莞？

刘石谭：是的。宋末时，开七公入粤是在兴宁县居住，后来有后人到潮州揭阳河婆生活，到刘良宝妻子赖氏过来时，已经是从潮州府惠来县来的了。从此可见，来樟罗刘屋前，其间至少经过了兴宁、揭阳、惠东几个地方。

笔　者：你们刘屋刘氏是最早入莞的刘姓吗？目前后人大约分布在东莞哪些地方？

刘石谭：这个不是很清楚。因为刘是大姓，而且我们又是明朝才过来，估计不会是最早的，并且我们这支刘氏的后人分布得也不是很广，目前主要是集中在樟木头樟罗和宝安观澜，还有一些零散地居住在各地。

笔　者：这里当年还不叫樟罗吧？

刘石谭：是的，以前叫田心村。刘氏先祖来这里开基后与邻村的罗屋围、连屋围、背围等村统称为"田心洞"，再后来才并入樟罗。

笔　者：我看到你们祠堂门口写着刘良宝妻过来这里，但族谱上开基始祖又是刘良宝，怎么回事？

刘石谭：其实当年，刘良宝并没有真正来过田心（现樟罗）村，在他死后，他的妻子赖氏才带着拱东、念东、启东三个儿子过来定居的。后来后人才把他的墓迁到刘屋来。我们现在刘屋主要是念东的后人。

笔　者：你们刘氏宗祠是樟木头镇级文物保护单位，可以介绍下吗？

刘石谭：樟罗刘氏宗祠始建年代不详，具体是哪年建的，已经无法查到了。到了 1995 年，我们刘氏族人筹资重修。整个祠堂的建筑坐北朝南，三开间二进两连廊形制，总进深 26 米，面阔 11.3 米，占地面积93.8 平方米。

笔　者：你怎么藏有那么多本《刘氏族谱》？

刘石谭：《刘氏总族谱》（民国七年重辑）是从香港买回来的，大约在 1994 年或 1995 年，我们刘屋有后人迁居宝安观澜，他们去香港联系刘氏宗亲时，发现有一本民国编的族谱，就复印了回来，我也就出钱复印了一本；《刘氏大族谱》是 20 多年前我从河源手抄回来的；《刘氏族谱》也是从兴宁县那边手抄回来的。因为都是这几十年的事情，在"文革"后，所以都保存得不错。

轶闻花——刘屋村刘氏结婚必祭拜祖先

据介绍，按照习俗，刘屋村历代的刘姓人口男丁结婚都必须祭拜祖先。在早些年，结婚的刘姓新人都会在宗祠里摆酒宴请亲朋好友，要祭拜过祖先后才回家。现在村里的年轻人结婚都喜欢在酒店里摆酒庆贺，但他们仍会回到刘屋村的刘氏宗祠祭拜祖先后才回新家。

在刘屋村，不仅是结婚要祭拜祖先，逢年过节和重大的事情也要到宗祠祭拜祖先。每逢大年初一至十五，村里的人都会陆陆续续到宗祠烧香祭拜祖先。生了男孩子的人家则会在大年初六来宗祠举行点灯仪式，以前的点灯仪式很隆重，现在则把隆重的点灯仪式改为了在宗祠里面祭拜祖先和张贴上好兆头的对联。

钩沉——刘累为樟木头刘氏得姓始祖

据《史记》记载，刘累，字华美，尧之裔孙，刘聚义长子，生于夏卢帝三年癸未（公元前 1898），生活在夏代孔甲年间。因出生时手上显现"刘累"纹样，家人以为吉祥，遂以"刘累"为名。他精通养龙技术。孔甲帝得到雌雄二龙，就命刘累养龙，因刘累养龙有功，孔甲赐他"御龙氏"，后来一龙死，刘累将其制成肉羹献给孔甲帝。孔甲食之味美，命令刘累再献，刘累因惧怕龙死之事暴露，遂迁到现在的河南省鲁山县昭平湖地区，在此垦荒渔猎，最后卒葬于此，刘累子孙后来便以刘为姓，成为中国刘姓的最早起源。

地理志——樟罗刘屋刘氏

樟罗社区刘屋是樟木头刘姓发源地。自明万历三十一年（1603）刘良宝妻子赖氏带着拱东、念东、启东三个儿子定居樟罗刘屋以来，经过400多年的繁衍，目前已经迁居宝安以及东莞各地。现在樟罗刘屋有人口 800 多，全部都是姓刘的。

樟罗其他地方刘氏

樟罗社区位于樟木头镇中心区，正处广州、深圳、惠州三市的交界处，总面积 6.8 平方公里，共有包括大围、新围、罗屋、凹芝头、凹背围、刘屋、背围、旗杆吓、塘吓埔在内的 9 个自然村小组。除了刘屋是刘氏发源地外，目前凹芝头、凹背围、旗杆吓均有刘姓人口，都是刘屋后人。其中，凹芝头有 500 多人，凹背围有 300 多人，旗杆吓有 80 多人。在樟罗全部近 3500 人的户籍人口中，刘姓大约占了一半，有 1700 多人。

坪镇社区坪一村刘氏

坪镇社区位于东莞市樟木头镇中心区，管辖面积 4.2 平方公里，下辖 6 个居民小组，包括 5 个自然村小组（樟木头围、新村坑、牙一村、坪二村、九明村）和 1 个居民小组，总户籍人口为 8868 人，其中牙一村有刘姓人口 160 多，也源自刘屋。

名人志——刘开七：樟罗刘氏入粤始祖

刘开七，字必高，号三郎，生于南宋（1192），刘乃龙的第七子。宋朝末年，刘开七官授广东潮州府总镇，由福建宁化县迁广东兴宁县开基，为樟罗刘氏一支入粤始祖。娶黄氏、龚氏，生有一子刘清叔，又有十四孙，名字均带水旁，樟罗刘氏为第四孙刘巨渊后裔。其死后葬于兴宁县北厢岗背高车头黄蜂嶂下行山。

刘良宝：被尊为樟罗刘氏东莞始祖

刘良宝，号东岭，刘开七第十二世孙。娶赖氏，生有拱东、念东、启东三个儿子。明万历三十一年（1603），刘良宝妻子赖氏带着三个儿子从潮州府惠来县移居广州府东莞县田心村（即今樟罗）。后迁葬樟木头樟罗。因此，刘良宝并没有过来樟罗，但被尊为樟罗刘屋开基始祖。

刘文锦：樟木头刘姓首个秀才

刘文锦，出生于清道光年间，樟罗凹背围（村）人，于清光绪年间考取秀才，也是樟木头刘姓人口中第一个秀才。

刘美才：全国基层畜牧三站先进个人

刘美才，1936 年 9 月出生，1964 年起在樟木头农业公司、兽医站任副经理、站长。1991 年被中华人民共和国农业部评授予"全国基层畜牧三站先进个人"荣誉称号。

刘伯平：东莞市劳动模范

刘伯平，1937 年 8 月出生，1990 年当选樟木头镇副镇长，兼先威塑胶玩具厂厂长。该厂生产总值和经济效益均在镇前列，被省人民政府评为"先进集体"；其个人被中共东莞市委、市政府评为"东莞市劳动模范"，曾任第八届东莞市政协委员。

刘炳元：原鸦片战争博物馆馆长

刘炳元，1942 年 7 月出生。曾任虎门中学教师、教研组长、政工组长。1979 年起在虎门林则徐纪念馆、鸦片战争博物馆从事文博工作，并任馆长，任职期间被国家文化部、人事部评为"全国文化工作先进集体"。刘炳元本人也两次获得"广东省文化系统先进工作者"。此外，刘炳元在学术研究方面也颇有成就，共发表学术论文 30 多篇。

帝高阳之苗裔远徙惠长乐
百果洞黄姓以遣子诗认祖

——樟木头百果洞黄族源流

抚宗族之今昔，展樟城之史貌。从源志的角度看，樟木头百果洞黄氏源自河南。

对于黄姓来源的说法众多，但最主要的有两种：一是源自远古嬴姓，五帝之一颛顼后裔分许多氏，其中之一为嬴氏，嬴氏又分14个分支，其中之一为黄姓；二是陆终次子南陆公受封于黄，建立黄国（今河南省潢川县），遂以国名为姓；陆终是黄帝儿子颛顼的后代。所以就以上两点看，黄姓属于黄帝直系子孙。还有一种说法是：黄氏先祖发源于今内蒙古西拉木伦河流域，因崇拜家中的黄莺而自称"黄族"。黄氏先祖在商末周初建立黄国（今河南信阳市潢川县），被周朝封为黄子国，子孙以黄为姓。另外，黄姓源于少昊金天氏黄夷氏族之后以及改自他姓。

据《樟木头镇志》载，白果洞（百果洞旧称）黄氏是以黄振云迁于惠州府长乐（今五华），后又迁海丰王云洞为一世祖。二世祖黄有声转迁广州府东莞县樟木头田心乡，三世祖黄旭春复迁白果洞村立业。20世纪90年代，白果洞改称百果洞。

宋元时，黄氏盛于闽粤。现今，黄姓是中国第七大姓氏，《百家姓》中排名第96位。广东黄氏人口占全国黄姓人口总数约19%，是黄姓人口第一大省。黄氏其后代在莞邑大地上繁衍生息，繁衍近百房。那么，樟木头百果洞黄族的源流究竟又是怎样的呢？

系黄峭公派系，认定僚公为一世祖之源头

2006年6月，东莞黄氏族谱编委会编有《黄氏族谱——江夏堂东莞黄氏一编族谱》。其中，对百果洞村黄族源流情况作了说明，根据其记载内容，或许可以帮我们厘清樟木头百果洞黄族的源流。

编族谱，在于溯本源、清血缘、联宗支、树前勋、励后人，做到承先启后，继往开来，发扬光大。《黄氏族谱——江夏堂东莞黄氏一编族谱》的"谱序"是这样记载的：黄族人系熊氏轩辕黄帝宜系苗裔，黄帝二子昌意生颛顼，即高阳氏，颛顼帝第八代孙陆终之次子惠连，与兄樊人协助大禹治水有功，受封黄州，建立黄国，黄国人以国名为姓，此乃是黄族之起源，距今4260余年，传至今约180世代，现全国姓黄人有7000多万，排第7位，是中华民族之大姓，黄族历史悠久，源远流长，几经兴衰，全靠先祖顽强拼搏，才有当今之发展，及族人之兴旺繁荣。

东莞黄族都是惠连公、峭山公和希圣公之后裔。希圣公择居莞邑至今，已有870年，约30世代，流派虽不远，其源亦清。据了解，族人过去很少有族谱，个别现存的都是家谱之类，而且是在百年前编的，抄传中有不少错漏，对后人会产生误导，更加难以延续。

樟木头百果洞是单一姓黄的社区，共有800多人，其情况特殊，与别黄姓村不同，根据该社区族人黄金松在其叔公留存的残谱，其称，该族人系黄峭公派系，附有祖诗数首，诗意都相同，无疑之。称僚公为一世祖，是黄峭公七子和邓氏生之三子城公之子；又称是黄峭公第十子和吴氏生之次子化公后裔，属系不明。梅州史料记载，僚公是黄峭公第廿子和郑氏生之六子井公之后裔。尽管如此，系属虽不清，但无影响其认定僚公为一世祖之源头。

黄氏在百果洞立业有550多年历史

族谱，乃一宗族之宪志也。综文献，溯源流；知本根，辨主支；明世系，秩昭穆；述宗风，敦亲情；扬先德，志现况，未可道尽其之功能。振骨靡，匡淋漓；励人心，裨世道，隆郡望，景名贤；振家声，启后昆，

轨正史，开新纪，亦难概括其之意义。《黄氏族谱——江夏堂东莞黄氏一编族谱》记载的"百果洞村黄族源流情况"的世系如下：

一世祖僚公，字良臣，城公次子，为二十名进士，拜为理寺，升琼州太守，住古梅州，后居程乡，嘉应之西厢五马坊水巷口，后裔分流到程乡河田水南；长乐（即今五华县）梅林；龙川永安中镇及海陆丰等地。僚公妣周氏，生二子，长实吉，次庆吉（东莞希圣系家谱称，僚公生三子，庆吉、庆华、庆寿；梅州族谱称，僚公生四子，庆吉又名实吉，庆华、庆寿、庆荣；博罗及东莞石排黄家莹之谱称，僚公生五子，多一个庆安）。各地谱载虽然不同，可能抄传有误，但实质一样，僚公寿81岁，葬高峰祥云出洞。

二世祖庆吉公，僚公次子（别地称长子），任龙川知县，妣杨氏，生二子，长名享，次名琼。别地谱称庆吉生之二子，为日新、日升；东莞希圣公系称，庆吉生一子，名佐材。

三世祖享公，字宗义，号龙潭，庆吉之长子，住背波鹤薮树下立籍，妣张氏，生一子，名九一郎。

该家谱有称，三世祖佐材，实吉之子，妣耶氏，生三子，名伯一、伯六、伯九。佐材文学科第，先任龙川知县，后升汀州府通判，住程乡西厢五马水巷口，葬大竹塘乌石镇天才玉枕形。佐材之长子伯一，为四世祖，号时齐，妣刘氏，生二子：名文卿、震卿。震卿为文学科第，钦点翰林，官至侍讲。以上谱载情况，与梅州谱及东莞希圣系谱吻合。

四世祖九一郎公，享公之子，迁潮州府揭西县兰田都田坑立业（从四世之后分流），妣刘氏，生四子。长大六郎，字法强，妣陈氏，迁惠州府长乐县（今五华县）泉沙约坪立业；次大八郎，字佛神，妣林氏，迁潮州府大博县枫根立籍；三大十郎，迁高州府延平县立业，又迁揭阳高沙；四法明，妣林氏，迁惠州府长乐县沙丝，住鼓楼坪立业。

五世祖大六郎，乃九一郎之长子，妣陈氏，生一子，名安。

六世祖安公，乃大六郎之子也，从长乐移居惠州府陆丰县霜田都五云洞，罗峰林坑立业。妣方氏，生一子，名建安。

七世祖建安公，乃安公之子，为人积德施仁，置田八十亩，妣罗氏，生五子。长文真,次武真(兄弟居广州),三清真住潮州,四秀真迁海丰,五才真迁南京立业。

八世祖秀真公,建安之四子,迁海丰,入赘本都下沙村吕寿春家,吕公元嗣,纳秀真养老,生一子一女(外考)。吕寿春故,公奉母龚氏携寿子回宗。后吕氏生三子,长德山,次仁山,三秀山,仍住揭阳县(揭西)祖卿五云洞林坑光,葬门前墓。

九世祖德山公,秀真之长子,妣宋氏,生四子,长良福,次承福,三广惠,四洪福。

十世祖广惠公,字淳显,德山之三子。承继此公,我房本根。娶妻本都彭士达之女,生三子。长宗成,次宗享,三宗爱。

十一世祖宗享公,广惠之次子也。享公娶本都徐秉通长女,生一子,名振云。

十二世祖振云公同长子有声公,从揭阳移居广州府东莞县第六都田心乡大围连屋村居住立业,时于明朝英宗天顺年(1457—1464),后来受到张家人欺侮,又迁到百果洞村,至今约550年。

黄氏支派分流较多,百果洞黄氏属黄峭山派系

自古以来,客家人"宁卖祖宗田,不卖祖宗言"。战乱中,故土可以放弃,但祖宗的历史、祖上的遗训,却是万万不可舍弃的。于是,有的学者认为,客家人的故乡是在纸上的,也就是在一部族谱中。所以,客家人极其重视族谱的修编,尤其重视族谱对后代的影响,他们"以郡望而自矜",借祖上的光荣来激励后人建功立业,同样,靠自己的奋斗来"光宗耀祖"。而他们也无意中留下了他们大迁徙的历史踪迹。于是,这也成了历史学家们追寻的证据。

从《黄氏族谱一江夏堂东莞黄氏一编族谱》所记载的"百果洞村黄族源流情况"看,百果洞社区黄氏先祖几经艰辛,求生存,求发展,从梅州到揭西,到长乐,到海陆丰,再到揭阳,然后到东莞百果洞村。前者经历十一世代,到百果洞村后繁衍子孙,数代相传,奉黄振云为一世

祖，二世祖有声公，三世祖旭春公，四世祖玉璋公，五世祖志扬公。

百果洞至今还保留了两个宗祠，一是志扬黄公祠，祠内立五世祖志扬黄公牌位，以及六世祖立华、立芳牌位。二是景宁黄公祠，祠内立七世祖景宁黄公牌位、八世祖应金黄公牌位、九世祖荣达黄公牌位和十世祖成群牌位。两宗祠相距仅40米远，香火不熄，且两宗祠门口对联均写："祖德重华垂骏业，宗功长锡振鸿图。"

黄振云在百果洞传衍至今约20世代，且留有祖诗一首：振有春玉志，立景应达成，德修开世业，积善显家扬，庆锡源流远，徽传奕代荣，天恩从可授，捷步上支程。

应该说，百果洞村家谱记载源流较为清晰，代代相传。一世祖僚公，二世祖庆吉，三世祖佐材，四世祖伯一，这四代先祖与梅州族谱，东莞黄族太始祖希圣以及清溪洞黄族之先祖完全相同，也是梅州居住，百果洞之先祖四世九一郎公之后就自成一派，总而言之，虽然支派分流较多，但仍不离其宗—峭山公。

黄峭山赋《遣子诗》视为认祖相亲之凭证

据《黄氏族谱——江夏堂东莞黄氏一编族谱》载：黄峭山在后周广顺元年，即公元951年，80岁时，朝廷腐败，兵祸连绵，为避战乱，遣散儿孙，以图发展。三妻各留长子侍奉，其余十八孩儿不留恋故土，自信闯天下，相地而居。临行时，峭公赋诗一首，称《遣子诗》，又称《外八句》《认宗诗》，各地儿孙如能背诵，则是同宗，视为认祖相亲之凭证也。

诗曰："骏马登程往异方，任从胜地立纲常。吾思异境犹吾境，汝在他乡则故乡。朝夕莫忘亲命语，春秋须荐祖宗香。漫云富贵由天定，三七男儿当自强。"

东莞黄族绝大部分是峭公七子城公派系，城公为峭公三妻郑氏所生。为使子孙能区别是哪位祖婆分流，郑祖婆将峭公之《遣子诗》第一句骏马登程往异方，改动"登程"二字为"匆匆"二字（上官祖婆改为"行行"，吴祖婆改为"悠悠"），因而东莞流传之《认宗诗》，第一句为"骏马匆匆出异方"，各地《认宗诗》句中，个别字与峭公诗虽有出入，因年代久远，抄传难免有错，但原意相同，不能称有讹也。

如：郑祖婆将峭公之《遣子诗》改为："骏马匆匆出异方，任从随处立纲常。身居外境犹吾境，日久他乡则故乡。朝夕莫忘亲命语，晨昏须荐祖宗香。唯愿苍天垂庇佑，三七男儿总炽昌。"

黄氏在樟木头分两大块，除百果洞集居黄氏外，牙镇的樟木头围也一色是黄姓，这两者有何渊源呢？根据《樟木头镇志》载："樟木头围黄氏则是黄峭山后裔黄永成，于清乾隆年间由揭西五云洞到惠州某豆腐村，再到樟木头创基，立黄玉溪为一世祖，黄九真为二世祖，黄永成为三世祖。"那由此看来，樟木头围的黄姓与百果洞的黄姓均属黄峭山后裔，只是支派不同而已。

阅读延伸一：百果洞存《黄氏族谱》序

众多的谱牒，记载下了一姓又一姓千里辗转的轨迹，尤其是先祖的地望、家族的渊源，于是，有了"以郡望而自矜"的传统。百果洞存：《黄氏族谱》序，曰：且夫人之一身，虽天地之钟毓，实宗祖之贻遗也。我黄氏一族，由江夏而来，既千百有余载矣，则世绵远、族衍人蕃。殆不知上祖立籍何地、始何人矣。厥东莞樟木头田心百果洞立籍，以振云公为我之始祖也，所传。

阅读延伸二：樟木头围存《修黄氏族谱序》

人生有大典曰君曰亲，人生有大道曰忠曰孝，故成天下之大名者，尽天下之大道。此家谱之与国史不容轻缓也，夫千百年以上之祖不得见，而于谱见，追远之心能不遂乎。故立谱者仁人，孝子之心也。知谱者亦仁人，孝子之念也，溯我黄氏之祖也。

附：江夏源流古诗赞

南宋名臣题

梅花江上旧华堂，阀阅久传江夏黄。

百里花封留政绩，千年翰苑擅文章。

绵绵世泽流孙子，赫赫家声起汉唐。

一见谱图应起敬，令人远仰昔高阳。

第三辑

民间风俗

　　樟木头客家人在数百年来的繁衍生息中，沉淀、积累、形成了属于自己的特色民俗文化。这些民间风俗，犹如散落民间的一颗颗"珍珠"，虽底层、小众，或式微、湮灭，但却在流逝的岁月中不断滋养着民众……

——题记

过年：樟木头人如何过大年

当鞭炮开始响起，当春联、窗花、剪纸、福字、年画把院落房屋装点得花花绿绿，当满屋子开始飘起糖果、熏肉的香味，当母亲开始踩着缝纫机在后半夜为我们赶制新衣，我们期盼已久的新年便宣告成熟了。

在孩童的心里，过年是生活的顶峰，也是每个孩子一年一度灿烂的梦。小时候过年，我会有怎么也放不够的鞭炮，还有为了等压岁钱，给爷爷奶奶磕头时盼红了的眼睛，然后，便是纵情地欢乐，我们把一切吃好穿好玩好的想法都放在这个特殊的日子……

生活似乎在过年这一瞬间便靠向了理想水平，在过年的日子里，生活完全被理想化了，理想也被生活化了。此刻，瓶子表示平安，金鱼寓意富裕，松树象征长寿……此时生活中的一切形象，都用来图解着理想。

当生活开始浓重地敷染上理想的色彩，顿时，闪闪发光。

——题　记

十里不同风，百里不同俗。千百年来，客家人在由北向南的长途跋涉和频繁的迁徙中，形成了各地不同特色、各具风情的传统风俗。

"百节年为首"，过年是我国最隆重的传统节日。客家人有着族亲团结、尚礼好客的优良传统，围屋里的春节更有着一番浓郁的亲情。然而，樟木头作为东莞唯一纯客家镇，它的年俗，有些在发展中越来越淡，有些在文化传承中甚至消失。

时值年节，为究本溯源，笔者走访老一辈本地居民，参考《樟木头镇志》有关内容整理出此文，是想透过这个窗口，让大家了解樟木头客家人老一辈是如何过大年的。

"冬至大过年"

冬至是农历二十四个节气之一，日短夜长，以后日渐长。冬至，家家加菜过节，"剥"鹅过节，送灶神上天，有"冬至大过年"的说法，虽远不及过年热闹，但樟木头人很看重。

"百节年为首"

从年二十五"入年架"始至除夕，是过年的准备阶段。外出的人都要赶回家过年。"入年架"后，教育小孩不能相骂，不讲不吉利的话，并择定吉日在屋内扫尘，清洗厨桌板凳，洗晒被褥蚊帐，干干净净过大年。

"无鹅不像年"

客家人最讲究过年吃鹅。据镇文化站退休老站长刘永业讲，过年可以不杀猪、不杀鸡，但一定得有鹅，有"无鹅不像年"之说。这大概跟从前客家人颠沛流离，生活较贫困有关。鹅个头大，长得快，耐饥少病，没有饲料时还可用青草喂养，非常适合客家人迁徙时带在身边。且肉多，可以"大碗喝酒，大块吃肉"，体现客家人豪爽的性格。村家户户都养鹅，少的几只，多的十几只，一到春节，鹅的叫声此起彼伏，未见人影，先听鹅声，饶有情趣。

食年饭讲究多

在年饭餐桌上，如何进食也有一番讲究。鹅头由长者吃，翅膀给出门的男人吃，读书的孩子吃鹅臂（腿）。酒倒洒在桌上视为发财，碗被摔碎看作会添丁，掉落了筷子当作有食缘……

"守岁"拿红包

年三十，主要事情是"上红"（贴春联和红纸），表示红红火火。之后，张灯结彩，贴门神、贴年画、布厅堂、设香案、摆供桌、祭祖先、备年饭。下午，大吉水沐浴，更衣，老少穿新衣、戴新帽。门前扎"葱蒜"，示"吉祥"。

"团年饭"前，先给祖先筛酒，将酒洒地，然后才开始吃。桌上要多放几副碗筷，以示请祖先回来一起过年。

守岁，也称"点岁火"。长辈给晚辈发红包，哪怕四十未婚未嫁都可以拿红包，孩童初一早起，摸到枕头下压着的红包，最开心。

"点灯"好添丁

除夕夜，灯亮至天明，每个房间都要整夜通明，甚至牛栏、猪舍也要点上，"点灯"谐"添丁"。居于大岭山的客家人则用特制的三盏油灯分别点在厅、门、灶上到天亮。如一夜通明，这将意味来年吉祥平安、万事亨通。从明朝至今，"除夕"，家家户户贴春联、摆橘子、杀牲、放鞭炮迎接新年。到了下午，用橘子叶沐浴，更衣，每家每户门前扎上"葱蒜"，表示吉祥。

比赛"上头香"

大家掐好表，看准零点，23时一过，家家户户一齐点火放鞭炮迎新年，不敢落后，意为送旧迎新。老站长说，那鞭炮声是此起彼伏，响彻云霄。有年竟把他家门墙上的电表箱震掉下来。"鞭炮最后一响是一定要响的，不响兆头不好！有时最后一响不响怎么办？那就点燃扎着稻草的竹竿用烟熏，熏也要熏响"。

初一舞麒麟

初一逢人见面说好话，互祝愿。与川籍客家人世代流传的舞鸡、舞春牛活动一样，樟木头客家人则舞麒麟，各个社区的麒麟互相拜访，群众共同参与，增添春节喜庆。一般中饭后开始舞，舞之前，先到本村同宗同姓家"参门"，再去同姓异村或有亲缘关系的村庄互相以麒麟拜访。每到一村一院，先拜祖宗祠堂，再拜左邻右舍，这叫"迎春送福"。麒麟队所到之处，各家各户放鞭炮、摆供品、给红包，感谢麒麟带来吉祥。所到之处，一路鞭炮锣鼓迎来送往，好不热闹，好不气派。舞麒麟，为农家带来节日的欢乐，同时，也寄托着丰收、祥和的祝愿。

年初一不扫地、不倒垃圾，怕扫走财气，有些还有吃斋不杀牲的禁忌。

初三"聊日添"

年初二始，探亲访友，相互拜年。年初三"聊日添"（再玩一天），初三"赤口"（即吵架）一般不出门，并可以开始清扫垃圾，叫"送穷鬼"，扫晦气，年初四"各人打主意"（计划一年的农事）。

年初五以后，各姓按规定的不同日期"出年架""接神开灯"，由公家出一部分钱，新生男孩的家庭出一部分钱，购买花灯、灯笼在祠堂、公屋或家里厅堂的子孙梁悬挂，宴请亲戚或宗族，叫"饮灯酒"，吃年糕。

"接灯"祈男丁

老站长介绍，新中国成立前"接灯"很讲究，刘屋村是年初六至元宵节"接灯"，官仓蔡氏则从年初八开始。"接灯"前要把庙里"神明"请进祠堂，每天敬香供奉，由"丁头"（当年生了男孩的男人）为头，没有生男孩的都要在"神明"前跪拜，以求添丁。

他说，官仓蔡氏宗族甚至规定，凡是当年生女孩的妇女都要出门躲避，"接灯"时，"丁头"他们则四处寻找，有的被找到后令其跪在祖宗牌位前"打屁股"，以此惩罚她为什么不生男孩？屁股一边打，大家一边笑。"这是严重的重男轻女做法，新中国成立后就没有这些陋习了。"

元宵：樟木头客家人"偷"菜闹元宵

随着元宵佳节的到来，人们都以不同的方式欢度元宵佳节，俗称"闹元宵"，其实，一个"闹"字就意味着这个节日的别样风情。樟木头客家人除了在元宵节这天赏花灯、吃汤圆、猜灯谜、舞麒麟闹元宵外，还会干一件"另类"的事：去偷菜，也就是"偷青"。虽然随着时代的变迁和城市的发展，"偷青"习俗日渐式微，但目前仍有部分青年男女会在元宵节这天到本村或邻村人家的菜地里"偷青"，任由村里人谩骂。以前，在客家古镇樟木头过元宵"偷"菜，被偷者要开口骂人，骂得越凶偷菜和被偷的人当年越好运。这一客家习俗从古流传至今，现在"偷"菜的多为中小学生。

"偷青"习俗樟木头自古就有

"正月十五'偷青'的习俗在樟木头自古就有。"樟木头文化站原站长刘永业介绍说。元宵节当天下午，一般由"公尝"和生男孩的家长出钱设宴做"饮灯酒""结灯"，"偷青"则是在元宵节前一晚10时以后，村中青年男女到本村或邻村人家的菜地里"偷青"，"摘取一些蔬菜、葱、蒜之类消夜，而菜地主人在元宵当日就大声骂，骂得越凶越好，表示可去掉'衰东西'，一年行走好运"。

"公尝"：通常指新中国成立前在客家地区的城镇乡村各地都有该姓族或祖宗上代留下的或众人捐集的公共财产，俗称"公尝"。其大体有两类：一类是祖传"公尝"，即该姓族或本房上代祖公给后代分财产时，留下一部分作为公尝财或公尝田；另一类是捐捡"公尝"，即由该宗族各房各户捐集的财产。

刘永业称，"偷青"在樟木头盛行于 20 世纪五六十年代之前，但逢遇到"偷青"的，凤岗客家人不但不生气，而且会很高兴，不会骂人，"樟木头客家人则不同，菜地主人高兴是高兴，但要骂，要狠狠地骂，越骂大家都越好，因为所'偷'的青葱、青蒜和生菜，意为聪明、会算、生财等吉祥之意。"他表示"这是一种活动，不会受到处罚"，并笑称年轻的时候也曾在这天去人家菜地里"偷"过不少菜。

"偷青"主流为读书的中小学生

随着城市的发展变化，越来越多的田地变成了高楼大厦，可偷的菜地也越来越少，但仍有人会沿袭这个习俗。本地客家青年巫建强称，现在"偷青"的大部分是在读书的中小学生，这些小朋友一般都会在元宵节早上四处找菜地"偷菜"，大多会到古坑、樟洋社区这些偏一点的地方去找菜地，其他地方都很难找到菜地了。"估计今年偷青的学生较多，因为今年元宵节刚好遇上星期日，这些小朋友放了假才有时间去做这件事。"

新莞人也跟着本地人一起"偷菜"

而来自四川的张小姐是樟木头某企业的一名文员，她老家元宵节有"四偷"的习俗："一偷汤圆二偷青，三偷橹灯四偷红。"她听说这里的客家人也在元宵这天"偷青"，于是除了和好姐妹们相约逛街、赏花灯、吃汤圆、猜灯谜外，顺便找块菜地，偷一些生菜回来"打边炉"。"让人家骂去，越骂越走好运啊！"她笑着说。

正月廿：樟木头客家人举石、煎"版"、补衫

闹完元宵，年就结束了，而在客家古镇樟木头正月廿却有着"补天川"的风俗，并流传着一句"做死都不够补天川"的俗语。正月廿当天所有人放假在家举石头、煎"甜板"、补衣衫，20世纪五六十年代盛行"正月廿补天川"习俗。

相传这一习俗源于远古时代"女娲补天"的神话传说，是客家人祈求好年景的一项风俗，但随着"文革"中"破四旧"运动的到来，这一习俗目前已基本绝迹，仅停留在老一辈人的记忆里。

正月廿在家缝衣衫

在81岁的官仓社区村民蔡立生的记忆里，樟木头一直以来都有"正月廿补天川"的风俗。他介绍说，就是在每年的正月廿那天，所有村民不下田干农活，男男女女、老老少少都要在家缝补衣衫，煎"甜板"，用双手向头顶上托举石头。"我们客家人用这些仪式，来祈求当年风调雨顺，农业有个好收成。"他说。

"这就好比上天破了一个洞，我们用缝补衣衫的方式来补住天上这个洞，用双手向上托举石头也是补'天'的意思，让天不随便漏水。"蔡立生说自己年轻时就曾在这天缝补过衣衫。

习俗可能源于"女娲补天"

"'正月廿补天川'的习俗是在我镇非物质文化遗产工作普查时查到的，具体怎么补法也只有这些80多岁的村民知道，我们后生是不清楚的。"樟木头镇文广中心有关负责人称。樟木头的客家人流传"做死都不够补天川"的俗语可能也来自这一习俗。这位负责人还表示，"据

考证分析'正月廿补天川'源于'女娲补天'的神话传说，远古时代'女娲补天'所创造的是一个让人类和平生存的世界，所表现的是大无畏的浩然气概，'正月廿补天川'所表现的是樟木头客家人祈求好年景的景愿，意思都差不多"。

煎"甜板"也是"补天"

"有这项习俗的时候，正月廿这天就好比过节放假一般，大家都不用下地干活，更不能担水。"官仓社区蔡氏后裔、长者蔡王春说。

如果说缝补衣衫与双手向头顶上托举石头等形式代表"补天"的意思，那么正月廿这天煎"甜板"又是什么来由呢？蔡王春称："煎'甜板'时所用的锅就如同是'天'，一块块'甜板'就好比一块块石头。煎'甜板'的时候，那一块块'甜板'不就粘住锅底补好了'天'吗？其实这些都是我们客家人祈求好年景的一项风俗。"

据了解，樟木头客家人虽然讲究"正月廿补天川"，但在当天所有的"补天"仪式都不用焚香、祈祷，并于20世纪五六十年代在樟木头围、官仓、金河、裕丰、石新、柏地等社区广为流行。"由于'文化大革命''破四旧'认为这是一种封建迷信活动就给废止了，现在也没人再补了。"蔡王春说。

阅读延伸：女娲补天的传说

我国古史神话传说中，有一位女神，她叫女娲。女娲是什么样的呢？传说她是人首蛇身。女娲是一位善良的神，她为人类做过许多好事。比如说她曾教给人们婚姻，还给人类造了一种叫笙簧的乐器，而使人们最为感动的，是女娲补天的故事。

传说当人类繁衍起来后，忽然水神共工和火神祝融打起仗来，他们从天上一直打到地下，闹得到处不宁，结果祝融打胜了，但败了的共工不服，一怒之下，把头撞向不周山。不周山崩裂了，撑支天地之间的大柱断折了，天倒下了半边，出现了一个大窟窿，地也陷出一道道大裂纹，山林烧起了大火，洪水从地底下喷涌出来，龙蛇猛兽也出来吞食人民。人类面临着空前大灾难。

女娲目睹人类遭到如此奇祸，感到无比痛苦，于是决心补天，以终止这场灾难。她选用各种各样的五色石子，架起火将它们熔化成浆，用这种石浆将残缺的天窟窿填好，随后又斩下一只大龟的四脚，当作四根柱子把倒塌的半边天支起来。女娲还擒杀了残害人民的黑龙，刹住了龙蛇的嚣张气焰。最后为了堵住洪水不再漫流，女娲还收集了大量芦草，把它们烧成灰，堵塞向四处铺开的洪流。

经过女娲一番辛劳整治，苍天总算补上了，地填平了，水止住了，龙蛇猛兽灭迹了，人民又重新过着安乐的生活。但是这场特大的灾祸毕竟留下了痕迹。从此，天还是有些向西北倾斜，因此太阳、月亮和众星辰都很自然地归向西方，又因为地向东南倾斜，所以一切江河都往那里汇流。

春分：樟木头客家人春分好"艾"

雨霁风光，春分时节。对于春分的民间习俗，樟木头客乡人好"艾"却鲜有人知。

万物竞长的季节，樟木头客家人祖祖辈辈流传着艾草是"辟邪""百毒不侵"的宝贝，吃着艾草做的艾糍，熏着艾草做的艾条，是樟木头客家人春分时节的养生之道。

好食艾粄防疾病

樟木头镇官仓社区的李婆婆今年已经70多岁了，她说，春分摘艾草、做艾粄是樟木头镇客家人多年的习俗，每年春分她都会亲手做上好几笼糯软清香的艾粄，让儿孙们好好解馋。

据介绍，艾粄一般分咸香和清甜两种。李婆婆介绍，做艾粄先要将采摘回来的鲜嫩艾草洗净，放在锅里加水烧沸，捞出去水剁碎，与糯米粉混合压成一块块薄皮，再加馅捏成一个个绿绿的小粑粑，蒸熟后就成了有名的客家美食——艾粄，也叫艾糍。

"从香港来的外甥，在家吃了不算，每次回去时还要带上二三十个，说这是给香港朋友带的最受欢迎的手信。"李婆婆得意地说。

"碧绿软绵的艾粄是用野菜做的，含很多纤维，所以多吃两个也不担心会长胖，而且据说还能辟邪祛病呢！"李婆婆的孙女蔡美娟笑着说。

樟木头客家人老一辈流传下来说艾能"辟邪"，如今看来，艾是春

分适时而长的植物,客家人好"艾"是表达了自己对生活美好憧憬的愿望。

樟木头医院中医科主任夏水银介绍说,艾草本身是一种草药,有芳香化湿的作用,对于在清明这个氤氲漫天的季节,特别是在湿气严重的广东,确实可以起到预防感冒等传染病的作用,艾粄有着暖胃、生津、固阳的功效,但也不宜多吃。

樟木头客家人认为,春分是自然界阴阳二气达到平衡,阳气在数量上开始超过阴气的转折时刻,这个时节饮食起居不当容易出现气血紊乱,导致疾病的发生。夏水银建议,春日饮食宜淡,在饮食上宜选用利于升发阳气又清淡可口富有营养的甘、辛、温之品,吃些新鲜艾草做成的艾粄,有利于促使体内积热的散发。

好用艾灸去病痛

樟木头客家人还会在春分时采摘艾草,回家后,用艾煲水洗澡或将艾晒干熏身体病痛部位。"据说这段时间的艾草水可以祛除风湿、医治疥疮。"李婆婆如是说。

用艾条熏灸也是樟木头客家人春分的一种习俗。"春天里百花齐开,春天生机勃勃、万物复苏,令我们意气风发,但我们往往在春季会春困、乏力。"客家人把这些原因归结为春季肝火最旺,潜藏了一冬的病灶"跑出来",所以春季一定坚持用艾灸来养生保健。

以往每到春分时候,天气稍微暖和了,樟木头客家人家家户户都会拿出往年已经晒干的艾草,去梗取叶,用一张约30厘米×30厘米的草纸仔细地把这些干净的艾叶像卷烟一样卷起来,称为"艾条"。只要把艾条点燃,来回地熏灸穴位就达到治疗的功效。

如今在樟木头的农贸市场、药店也有了制作好的"艾条"出售,"今年冬季漫长,新一季的艾草迟了上市,所以今年的艾条都比往年贵了。"樟木头镇一家药店的艾条就要卖5元/条,比去年贵了2元。

也有不少在樟的美容院今年开设了艾灸的服务,受到了市民的欢迎。"逢春分节气前后,前来做艾灸的人特别多,在樟木头本地客家人的'带动'下,不少其他地方的客人也来体验了一番,都说效果不错。"樟木头镇某美容院负责人称，春分前后到店做艾灸的市民比平时一般多了4成。

用艾灸可养生保健

据了解，艾灸最早始于黄帝，《黄帝内经》"大风汗出，灸意喜穴"，说的就是一种保健灸法。《庄子》记载圣人孔子"无病而自灸"，也是指用艾灸养生保健。

"艾草是纯阳之物，通十二经，走三阴，调理脏腑，扶阳固脱，平衡阴阳，去寒湿，活血化瘀等很多功效。艾灸也是民间较为常见的一种灸法。"夏水银介绍，艾灸具有效果明显、简便易行、经济实用的优点，几乎没有什么毒性和副作用，只要认真按照治疗原则和操作规程，对人体一般不会产生不良反应。

中医建议市民在使用艾灸的时候要专心致志，耐心坚持，施灸时要注意思想集中，不要在施灸时分散注意力，以免艾条移动，不在穴位上，徒伤皮肉；极度疲劳，过饥、过饱、酒醉、大汗淋漓、情绪不稳，或妇女经期忌灸；凡暴露在外的部位，如颜面，不要直接灸，以防形成瘢痕，影响美观。

清明：樟木头清明"无客不思亲"

清明，最是一年惆怅时。虽然节未到，但人们已经开始准备扫墓、祭祀亲人了。扫墓是生命与历史赋予我们的神圣使命，是活着的人与远去的灵魂进行沟通的唯一方式……

在客家古镇樟木头的风俗中，"联宗祭祖"、烧"衣草"、吃艾裁、"打叫末"……让我们看到清明节的哀思满溢，看到天人两隔后的愁肠百结。

——题　记

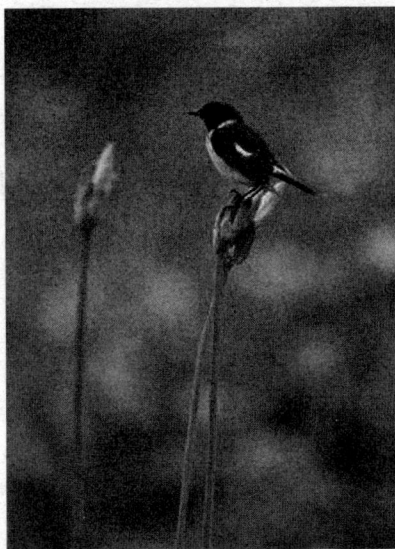

暮春三月，江南草长，杂花生树，群莺乱飞……

清明时节，气候清爽温暖，草木萌发，改变了冬季寒冷萧瑟的景象，在农业和林业生产上开始春耕春种，故有"清明谷雨紧相连，浸种春种莫迟缓""清明前后，栽柳种树"的谚语。樟木头是东莞市唯一纯客家古镇，有着色彩斑斓的民俗文化。由于迁徙和地域的关系，与其他地方的客家人相比，虽有"千里不同风，百里不同俗"之说，但"慎终追远"的传统风俗却是一致的。

上香，让自己心安

离清明节还差几天，在香港定居的蔡能达就急急地往樟木头老家赶。"每当清明节到来的时候我总要抽出点时间到母亲的坟头好好坐坐，和她聊聊只有我们母子之间才能明白的事情，当然更多的是我对她的思念。"他说。

蔡能达，六十出头，鬓间缕缕发丝早染上了几抹岁月沧桑。他二十多岁就去香港闯荡。四十多年来，他说他再忙，每年清明都会暂时抛开手头上的生意，回樟木头官仓老家祖坟前上一炷香，否则一年都不心安。

据他介绍，樟木头客家人在清明节这天，在外地工作的人都必须回乡祭祖，给祖坟除草、压土，一是表示对祖宗的思念，寄托对一脉相传的先人的追思；二是表示赚钱不忘祖宗。一般有联宗祭祖和家庭祭祖分别进行。新中国成立后，联宗祭祖的活动少了，家庭祭祖仍盛行。

对于幼时的他来说，记忆中的清明节是那口香甜的艾粄；是坟堆"金塔"上的那铲新土；是伯父在坟前燃放的鞭炮；是父亲洒向坟前的三杯清酒；也是伯父、父亲肩头锄把上扛着的畚箕，而他和堂哥、堂姐还有弟弟跟在他们屁股后面的场景。

清明又叫"思亲节"

"清明无客不思亲"，故樟木头客家人把清明节称作"思亲节"。

蔡能达介绍，樟木头客家人祭祖一般仅限两个时间，一是重阳，再一个就是清明，但官仓蔡氏则不同。"我们分四次，春分拜裴然公；清明拜殷宝公；秋分拜东湖公；重阳拜仰东公。这很有讲究的。"他说。

新中国成立前实行土葬，如若"起骨"，樟木头客家人也只有在清明这天才能把祖人的骨骸起出，其他时间是不能动的。人们用锄头清除自家祖坟周围的荒草和杂物，并兜上几锄新土。清明的坟冢如果没有兜土锄草的，大半都是无后的一种标志，所以，中国人传统"延续香火"的观念也就代代相传、生生不息。

动情于"打叫末"

清明节是农历二十四个节气之一，属于农历的三月节，多在公历4月5日，太阳到达黄经15°时，就是清明的开始。

据蔡能达回忆，新中国成立前清明祭品一般有烤全猪、烤全鹅、全鸡、酒、艾粄、鸡屎藤、"衣草"和鞭炮。其中，鸡屎藤因为味道不好，有点臭，早就很少有人做了。"其实鸡屎藤是一种草药，有祛风开胃的功效，我做小孩的时候吃得多。"回忆往事，他恍如昨日。最让人动情的，他说莫过于自己牧童时代的"打叫末"。过去农耕时代，清明祭祖时，鞭炮一响，一帮牧童就围上来，"拜山"的人主动给牧童们一些艾粄，大家都很高兴，并形成一种习俗，叫"打叫末"。

"那时可开心啦。"说这话时，他的眼睛泛着光……他还介绍说，这一天是民间祭扫祖先坟墓的节日，从 20 世纪 80 年代末开始，各机关单位、厂矿、学校多在这天组织人们到烈士墓前祭悼，宣传革命先烈的事迹，进行革命传统教育，表示对先烈的缅怀。

"衣草"，成时代印记

在万物生长满眼葱翠的三月，我们跟着蔡能达去扫墓。扫墓是生命与历史赋予我们的神圣使命，人们注定要年复一年地走在那条山路上，倾听来自阳光、土地与小草的遥远回声，感受生死寂灭的绚烂与静美，这是活着的人与远去的灵魂进行沟通的唯一方式……

从他的口中我们得知，樟木头客家人祭祖"拜山"时，是不忌男女的。只见他来到母亲的墓前，先拔草、锄草，再摆祭品，烧"衣草"，点蜡烛，把酒洒在地上，燃放鞭炮……一切都按旧时的习俗进行。然后，在"金塔"上用新土盖一张白纸。他说这是表示子孙已回来祭拜过祖先，整个"拜山"仪式到此也就结束了。

"酒，起码三杯，洒在地上，再烧'衣草'。"他认为，从"衣草"的变化之中，也可看出时代的脉络。新中国成立前一般烧些纸帽、纸衣、纸裤、纸鞋、纸袜；20 世纪 80 年代与时俱进，变为"三转一响"，如纸手表、纸自行车、纸缝纫机、纸收音机等物品；90 年代"美金"坚挺，有烧"美金"的、烧"楼房"的；如今时代更进步，烧"轿车""电脑""飞机"等，五花八门。

他讲现如今也流行清明那天，选择不烧纸、不烧香、不摆供，而是插上一束鲜花，种上一棵青松，或是在网上书写对亲人的哀思来扫墓。"这样显得文明多啦！"蔡能达说。"城建规划发展快，有些祖坟迁来迁去，唉，做鬼也不得清闲。东莞市第八高级中学选址建在官仓，我们蔡氏老祖宗东湖公的墓都迁走啰。"他一边为家乡日新月异的变化而高兴，一边又显出对世事的无奈……

阅读延伸一：艾粄

樟木头客家人将艾草晒干，碾成粉，与米粉混合一起，添入白糖，制成糕，呈翠绿色，入口绵香，嚼起来有滋有味，此为艾粄。是清明节祭祖的必备糕点，据传食之能避瘟疫、除疾病，保全家人安康。

阅读延伸二：联宗祭祖

新中国成立前，很多老祖宗都置田产，每年都收一笔租谷。每到清明节，人们便利用这笔租谷，联合房族亲属去祭扫祖墓，耗资巨大，有时还会引起宗派纠纷。

新中国成立后，联宗祭祖已废除。20世纪90年代末个别地方又逐渐恢复。

阅读延伸三：清明节的由来

清明的起源据说是为纪念春秋时晋国公子的臣子介子推。因晋公子重耳流亡国外十九年，介子推追随护卫有功，后公子重返晋国做了晋文公，介子推却背负老母遁入绵山。晋文公感念他的恩德，入山找人，遍寻不着，遂放火烧山，意在逼介子推出来，然介氏同老母抱住一株老树，宁烧死亦不肯出山。晋文公伤心下令，将绵山改为介山，并将此日定为寒食节，以此纪念，寒食节就是今日的清明节。

清明：樟木头清明要除"子孙草"

有人说，客家人过清明必"门插柳、头戴柳"，但作为纯客家古镇——樟木头，并不"重"柳而是"重"草——"子孙草"。在樟木头镇，去祖宗坟上除"子孙草"来表明自己不忘祖先，是客家人非常看重的清明习俗之一。

除"子孙草"帮祖先"干活"

临近清明，在香港定居的蔡财名专程回到故乡樟木头官仓社区。

"清明来了，我们樟木头客家人都会提前安排好清明'嫁山'的东西，祖坟一年不修整，荒草丛生，得喊人上山除草。"蔡财名说，祖坟上的草就叫"子孙草"，清明除"子孙草"以示后人没忘祖先。

这天，他请了三五个工人，领着他们上山去自家坟地里除草。"前几天家族里开了个会议，会议决定请人去铲草，清明那天子孙来拜就可以了。"蔡财名说，随着本地客家人生活水平的提高，每逢清明时候，都会提前花钱打点清明的各项事情，而上祖坟除"子孙草"是必不可少的内容。

像蔡财名这样雇别人除"子孙草"的做法，是最近几年才有的，以前客家人很讲究清明节这天一个家族一齐上山为祖坟锄草，为祖先做些事情。

85岁的老人连玉英也称，到目前为止，官仓社区许多家族还保持着亲力亲为锄"子孙草"的习惯，以求祖宗保佑、祈求好运。

"清明后可择日拜大祖先"

樟木头客家人在清明节除了拜祭自己家族的祖先外，还需在清明后择日拜祭一房家族的"大祖先。"

蔡姓是樟木头第一大姓，"官仓原籍居民都姓蔡，且有很多分支，一般一房人就有好几百人，在清明后一周左右择日再聚集一起，去拜祭我们共同的大祖先，拜完后还要一起在祠堂吃饭"。官仓社区老人蔡元英说，吃饭的花费都是自家掏钱凑份子凑出来的，村里人都可以去吃。

这种清明后拜大祖先，其实就是联宗祭祖，蔡财名称，"新中国成立前，很多老祖宗都置田产，每年都收一笔租谷，每到清明，人们便利用这笔租谷，联合房族亲属去祭扫祖墓，耗资巨大，有时还会引起宗派纠纷，新中国成立后，联宗祭祖基本废除。"

蔡财名还说，新中国成立前拜山，女性是不准参加的，"新中国成立后，男女平等，女性也可参加拜祭"。

"嫁山"的来历无人得知

每逢清明，客家人都会在扫墓时将白色纸压在祖先的坟头上，因此客家人把扫墓叫"挂纸"，也有的称为"挂山"或"拜山"，表示子孙已回来祭拜过祖先。但樟木头镇客家人对清明扫墓的叫法却与其他地方的客家人有所不同。

"仪去嫁山绵？（你去扫墓没？）"这是清明前后，樟木头客家人之间常见的问候语。据了解，在樟木头许多人把扫墓叫"嫁山（音译）"，随着与粤港交流多了以后，也有客家人把扫墓叫"拜山"，和广州方言基本一致。

至于为什么把扫墓叫"嫁山"，大多上了年纪的人也说不出所以然来，"自古先人就这么喊，大家也就跟着这么叫了"。大概客家话里"嫁""架""挂"都是一个音，念作"ga"，而至于"嫁山"的"嫁"到底是哪个字的读法，没人晓得。

上坟，是去跟先人"聊天"

清明时，客家人各家各户蒸松糕，蒸艾团或艾粄，还要劏鸡、买猪头或烧全猪以作祭品。

"用艾草做成的艾粄，翠绿的颜色，嚼起来有滋有味。"客住樟木头来自江西的新莞人李先生称，来樟木头之前从没尝过艾粄，"这是客家人特有的特色小吃，据称吃了能避邪"。

"将艾草晒干，碾成粉，与米粉混合一起，添入白糖，制成糕，这种糕入口绵香，这就是艾粄。"原樟木头文化站站长刘永业称，艾粄是樟木头客家人清明祭祖的必备糕点，"听老一辈的人说，清明吃艾粄能避瘟疫、除疾病，保全家人安康"。

当然，也有不烧纸、不烧香、不摆供，而以插鲜花、种青松的做法低碳过清明的客家人。每年清明，家住柏地的蔡伟杰就会去公墓，"看望"家中八位亲人，"爷爷、奶奶、外公、外婆，以及太公一辈等八位先人，跟先人'聊聊天'，说说一年以来的家庭生活，比如小孩学业、家中生意等情况"。

浴佛节：做"雪丸版"拜"谭公爷"

民间将农历四月初八日定为"浴佛节"，且有"制作香水、为佛沐浴"之说。客家古镇樟木头并不是佛教徒的集散地，而镇内的牙镇社区，从明朝至新中国成立后，却也流传着"浴佛节"里吃"汤丸"、求"谭公爷"护佑的习俗。

"浴佛节"的来历

四月初八日，本为佛诞节，属于我国佛教一年之中最大的节日之一。即释迦牟尼的生日纪念，是纪念释迦牟尼佛的重大节日。

据《过去现在因果经》卷一的记载，印度迦毗罗卫国王后摩耶夫人，在蓝毗尼花园的无忧树下，诞生了悉达多太子，太子周行七步一手指天一手指地发出"天上天下，唯我独尊"的宣言，随即从空中直泻下两条银练似的净水沐浴在太子的身上。佛弟子们为庆祝和纪念佛陀诞辰就沿用此形式举行"浴佛仪式"。

"浴佛节"如何浴佛？

对于"浴佛节"里如何浴佛？《浴佛功德经》中提到：先是以牛头梅檀、白檀、紫檀陈沉木，熏陆郁金香，龙脑香，零陵沉香等，放于干净的石上磨成泥状制作香水，放于干净的容器中，再以好的土做坛，可以方可以圆，大小皆可随之变化，上置浴床中间安置佛像。

然后，"浴佛"以其香汤沐浴，再以清水重沐，所用之水必须干净。其间，两指取香水自顶上灌，此水又称吉祥水。"浴佛"时，手要轻，不要让净水溅出脚踩。最后，用软毛巾将佛像拭净，并烧好香，遍熏四方。

对于浴佛的意义，其实，佛本来就是清净的，哪里需要洗浴呢？"浴佛"只不过是在洗涤我们的尘垢，让自性显发，同证如来的清净法身，所以浴佛的意义，就不仅是洗浴太子圣像，而是洗涤我们内在身心的浊染。

吃"汤丸"、求"谭公爷"护佑

"浴佛节"这天，吃"汤丸"、求"谭公爷"护佑的习俗主要分布在樟木头牙镇社区，流传期从明朝至新中国成立后才被终止。

听樟木头老一辈人介绍，农历四月初八日"浴佛节"刚好是春种，农民在这个节前插完秧后，做完工，就三五成群地做"汤丸"（本地客家话称"雪丸板"）进行"庆功"。一般是一家人和亲朋来帮忙的人聚在一起吃"汤丸"。同时，还要到樟木头围"谭公庙"里求神拜佛，以求"谭公爷"保佑一家大小平安、年年风调雨顺，并在庙里求支好签保佑子孙平安大吉。

应该说，樟木头坪镇社区的客家人过的"浴佛节"与其他地区的"浴佛"形式是不同的，更接近于"拜神""礼佛"。说到底，是樟木头客家人在民间传承中将其演变成另一种纪念"谭公爷"的民俗活动，同时也只不过是借着为佛过节日作由头，自我喜庆一番而已。

不管以何种方式的"浴佛"，或许，"浴佛"、求佛都是在提醒我们要时时保持一颗清净心，庆祝"浴佛节"我们应观照自心是否清净，这才是最为重要的真义所在。

观音山放生、做法会

新中国成立后，本地客家人虽逐渐把这个节日淡忘，但在樟木头观音山森林公园的观音寺至今还盛行"浴佛节"放生、做法会的习俗。佛庙的僧侣和平民百姓常在这一天把自己所养的或买来的小龟、小鸟、小鱼带到河边或山野放生。

人们总是把自己的愿望表现在节日的活动中，"浴佛节"求子就是一个突出例子。各地拜观音求子者也不胜枚举。樟木头观音山也不例外，四月初八这天，观音山上的庙宇总是香火鼎盛。

阅读延伸：附近乡民多敬奉"谭公爷"

"谭公庙"坐落在樟木头围公角山旁，石马河畔，坐北向南。始建于清代光绪二年（1876），为三间三进建筑。

"谭公庙"供奉两尊主要神像：谭公爷、三界宫。庙门分别书联："尖笔洞中垂古迹，公潭岭上处灵威"，横批：谭公仙圣；"神庇家家沾德泽，圣恩户户保平安"，横批：三界宫。

据传，谭公爷八岁成仙。樟木头围黄氏族人，从惠东东尖笔庵请谭公爷到此庙供奉。庙内设有 64 卦签供人问卜，签内有药方（含男、女、外、眼各科），为患者治病，有求必应，尤以眼科最为灵验。

樟木乡（新中国成立前称）附近乡民多敬奉谭公爷。后在其名字中冠以"谭"字者众。直到新中国成立初期仍有人以"谭"字冠名，以求大吉大利。

据《樟木头镇志》记载，"谭公庙"1953 年拆毁。2001 年由群众捐资在原地象征性重建（又矮又小）。此庙有专人管理，信众颇多。

端午：樟木头客家人不划龙舟"洗凉周"

　　端午节，复苏传统、复兴民俗的民间吁求是催生端午三天小长假的背后推手，对传统节日的再挖掘也使得我们对传统民俗有了全新的认识和更深层次的诉求……

——题　记

　　提到端午，人们能想到的不外乎吃粽子、赛龙舟。其实古人的端午节可是过得热闹非凡，这一天要挂钟馗像、贴午叶符、佩香囊；还要走出家门游百病、迎鬼船、躲午、赛龙舟、荡秋千。就是吃的也不只是粽子这么单调，还要饮雄黄酒，吃五毒饼、咸蛋和时令鲜果等等，而我们客家古镇樟木头，在端午节这天，却至今沿袭着不划龙舟"洗凉周"的习俗，别有一番风情……

不划龙船"洗凉周"

　　一大早，樟木头官仓村村民蔡子良就从阁楼上放下落满尘灰的木梯，说是要在端午这天带孩子去筋竹排水库洗澡。

　　端午节洗澡？听起来新鲜。原来，樟木头客家人地住山区，无江无河，也就没得龙舟划，只好到江河水库去游水，家长带小孩去河涌洗澡，以此来纪念战国时期忧国忧民而投汨罗江自尽的爱国诗人屈原。

　　据 70 多岁的樟木头镇原居民蔡石军先生介绍："端午这天，我们樟木头客家人自古就传下来一个习俗，那就是人人去河里洗澡，俗称'洗凉周'。""我三十多年没去洗啰，年轻的时候和做小孩时，那是年年去的。我们这里现在还讲这个风俗。"他说。

　　大概居于山区的客家人都囿于环境，以游泳来代替赛龙舟吧。大岭

第三辑·民间风俗

山客家人在五月初五那天，小孩也都到陂、圳游水，称"洗龙船身"，并传说这样可以减少患疮疥皮肤病的机会。

对于樟木头客家人来讲，赛龙舟的画面也就只能在电视上看看，遐想着那种力与美、激情与速度的真实。"因局限于当地情况，也出于安全考虑，现在大家在端午当天有些去花园游泳池'洗凉周'，有些就上山找一个浅小溪洗一洗，要不就是在家也要放些'龙舟水'洗下身子，这是老一辈流传下来的习俗。"现居于帝豪花园的本地人巫建强说，并称他自己端午节会带小孩去楼下的花园泳池游泳。

"现在去水库'洗凉周'的也有，一般水性好的就去水库。"土生土长的当地人胡国新如是说。

"端午那天，大家把自家用的木楼梯放在河里，让它浮在水面上，孩子们则坐在上面戏水，会游泳的就下水，不会游泳的也下水湿下身子。"蔡石军老先生介绍说，对于樟木头客家人之所以端午不赛龙舟而"洗凉周"，有村民称除了与山区的地理环境有关之外，还另有洗去秽气的用意，传说这样可以减少患疮疥等皮肤病。不过也有本地居民猜测，许是居住在山区的客家人因地制宜，用游泳替代了赛龙舟。还有人推测，可能"洗凉周"的"周"就是"舟"的演变而来。

挂"吊香"吃粽子

和其他地方的风俗一样，在樟木头过端午节，吃粽子是少不了的，粽子分为咸粽、枧水粽（甜粽）、檬粽等，粽子包好煮熟后，在亲戚间还互相赠送。

据《樟木头镇志》载，樟木头客家人把端午节也叫"端阳节""五月节"，家家户户裹粽子，加菜过节。同时，在家门口点燃驱除虫秽的蚊香艾草。

民间传说，五月是整个热天的开端，五毒蛇开始活跃，魑魅魍魉也会猖獗，这些都会给人带来灾难，所以要点蚊香、挂艾草。

而现在在樟木头却很少有人这么做。据蔡石军回忆，新中国成立前，每家每户都在大门框顶上挂燃着的"吊香"，以防虫蛇进宅之意，并称新中国成立后就没有这种香卖了，自然也就没人再挂"吊香"。"'吊香'长长的，粗细如同大拇指，燃起来噼啪作响，很香。"他说。

端午不仅门插艾还要脚熏艾

挂艾草这些都是各地普遍流行的传统端午习俗，而在客家古镇樟木头，当地客家人除了下河涌"洗凉周"的习俗外，还沿袭艾叶草熏脚底板的习俗，别样过端午。

还未到端午节，小广仪就坐在门前的板凳上伸出小脚板，缠着婆婆要"艾熏脚"。赖日梅婆婆架不住小孙子的"闹"，只好从厨房里拿出一把晒干的艾草就着燃气灶点燃，把熏起的烟挨近小广仪的脚底板……"这是在做什么？"细问之下，小广仪奶声奶气地回答："过端午，艾熏脚！"

"艾熏脚可防毒气入侵体内，驱邪避灾。"赖婆婆笑着说，"清明前后摘来的艾草我们樟木头客家人一般不会全部用完，而是把几棵艾草挂在厨房里让它晒干，在端午那天用来给小孩熏脚所用。"

艾，又名家艾、艾蒿。它的茎、叶都含有挥发性芳香油。它所产生的奇特芳香，可驱蚊蝇、虫蚁，净化空气。中医学上以艾入药，有理气血、暖子宫、祛寒湿的功能。将艾叶加工成"艾绒"，是灸湿治病的重要药材。

民谚说："清明插柳，端午插艾。"在端午节，人们一直就把插艾作为重要内容之一。据悉，端午时节天气开始变热，各种细菌极易滋生，古代的五月，因自然天气的影响，容易发生流行性疫症。可见，古人插艾是有一定防病作用的。而樟木头客家人更实际，端午那天不仅"门插艾"，还要"脚熏艾"。

"在我小时候，这种习俗很盛行。直到现在，很多樟木头老人仍会在端午节那天燃烧艾蒿熏下脚底板。"83岁的赖日梅婆婆介绍，这一习俗在20世纪60年代前后特别盛行。"听老一辈的人讲，端午节用艾蒿烟熏小孩脚底，也有保佑小孩身体健康的寓意。"石新社区罗秀平如是说。

听老人讲屈原故事

撇开端午节由来的几种说法之争，我们在许多传唱屈原与端午节由来的故事中，能清晰地随口说出传说原委的乡间老人并不多见。但在采访中，蔡石军老先生说起屈原与端午节的联系，却滔滔不绝，引经据典，烂熟于心。

他讲他之所以如此信手拈来完全得益于对本地风俗的了解与熟知。"以前，在每年的端午节这天，晚上一般是大家聚在一起听老一辈的人讲屈原故事的。隆重的时候，还要请戏班唱戏演屈原，听得多看得多也就熟了。不过新中国成立后'破四旧'就没人再请戏班了。"蔡石军如是说。

阅读延伸一：端午节由来

端午节是古老的传统节日，始于中国的春秋战国时期，至今已有2000多年历史。关于端午节的由来，说法甚多，诸如：纪念屈原说；纪念伍子胥说；纪念曹娥说；起于三代夏至节说；恶月恶日驱避说；吴月民族图腾祭说：等等。以上各说，各本其源。但民间传唱最广的仍是：纪念屈原说。

据《史记》"屈原贾生列传"记载，屈原，是春秋时期楚怀王的大臣。他倡导举贤授能，富国强兵，力主联齐抗秦，遭到贵族子兰等人的强烈反对，屈原遭谗去职，被赶出都城，流放到沅、湘流域。他在流放中，写下了忧国忧民的《离骚》《天问》《九歌》等不朽诗篇，独具风貌，影响深远（因而，端午节也称诗人节）。公元前278年，秦军攻破楚国京都。屈原眼看自己的祖国被侵略，心如刀割，但是始终不忍舍弃自己的祖国，于五月五日，在写下了绝笔作《怀沙》之后，抱石投汨罗江身死，以自己的生命谱写了一曲壮丽的爱国主义乐章。

传说屈原死后，楚国百姓哀痛异常，纷纷涌到汨罗江边去凭吊屈原。渔夫们划起船只，在江上来回打捞他的真身。有位渔夫拿出为屈原准备的饭团、鸡蛋等食物，扑通、扑通地丢进江里，说是让鱼龙虾蟹吃饱了，就不会去咬屈大夫的身体了。人们见后纷纷仿效。一位老医师则拿来一坛雄黄酒倒进江里，说是要药晕蛟龙水兽，以免伤害屈大夫。后来为怕饭团为蛟龙所食，人们想出用楝树叶包饭，外缠彩丝，发展成现在的粽子。

以后，在每年的五月初五，就有了龙舟竞渡、吃粽子、喝雄黄酒的风俗，以此来纪念爱国诗人屈原。

阅读延伸二：端午节习俗

我国民间过端午节是较为隆重的，庆祝的活动也是各种各样，比较普遍的活动有以下几种形式：赛龙舟、端午食粽、佩香囊、悬艾叶菖蒲、悬钟馗像、挂荷包和拴五色丝线、饮雄黄酒等等。

端午祭正式被韩国申请为非物质文化遗产，并已获得成功，这对我们中国人本国文化遗产的保护也是一次深刻的教训。

七夕节：家家争饮"七夕水"

农历七月初七，是牛郎和织女相会的日子，听说七月七日的水也因为他们的相见变得神奇，因而在这一天，樟木头客家人都会去取"七夕水"，究竟这天的水有什么神奇之处呢？

"七夕水"又称"七月七仙水"。樟木头客家民间流传着几种关于"七夕水"的传说，其中传得最多的一种说法：农历七月初七，牛郎和织女在鹊桥相会，他们喜极而泣，流下的眼泪在水中形成了奇特的功效，能清热解毒、化灾消祸。所以，每一年的这一天村民们天没亮就要到井里争抢第一桶水，以示越早得到的水就越灵验，喝了这个水全家当年平安、健康。

"七夕水"习俗主要盛行在樟木头镇樟洋社区。听樟木头上了年纪的老者讲，"七夕"当天去取一些山泉水或井水里的"七夕水"，"且必须在太阳出来前取才有奇效"，此水不会变质，不会生虫，喝下去能解热气。"七夕水"取后封存一个月，等足月才可以拿来煮药喝或者直接饮用。

老百姓取"七夕水"是流传在樟木头客家民间一种传统习俗，既算是纪念牛郎织女永恒不变爱情的一种表达方式，同时，也不失为一道亮丽的民俗风景。

盂兰节：拜祭土地神

农历七月十四为民间的"盂兰节"。据传，"盂兰节"原意是敬贺和感恩的意思，最早起源是公元前五世纪的印度。佛经《伽蓝经》中有这段记载：佛祖座下神通力最强的弟子——木莲，他的母亲生前作恶太多，死后堕入阿鼻无间地狱，受无间苦。木莲虽然神通力最强，却始终要看着母亲受苦，无能为力，便求助佛祖。佛祖指示要在七月十五这一天，让木莲宴请十方僧侣斋食，等十方僧侣为木莲的母亲诵经超度，也为骚扰木莲母亲的冤魂超度，让木莲母亲可以得到安宁。因为七月十五接近收获的季节，也是一年中既不热也不冷的时候，所以最适合超度游离的冤魂。

后世便跟相仿效，统统在七月十五这一天斋宴十方僧侣，希望自己的先祖死后得到超度安宁。这个故事和习俗自达摩先师传到中国。中国人却出奇地想到，与其请僧侣斋食，倒不如把供品供奉那些缠绕先祖的冤魂。慢慢地，七月十五的"盂兰节"经中国人改变为七月十四的鬼节。在这一天，每家每户都摆开供品，祭祀祖先，也供奉附近的冤魂，希望家宅和顺，先祖安宁。

而樟木头客家人不同。在樟木头，从清代至 20 世纪 80 年代，在农历七月十四"盂兰节"这天，樟木头客家人均以拜祭土地神来过"盂兰节"，祈求风调雨顺、农业丰收。

这个节气亦是夏种，秋前秋后莳完田后，做完工，凡是做工的人一起吃汤丸庆功。

中秋节：放"孔明灯"

农历八月十五日，中秋节，是中国的一个古老节日，是一个家人大团圆的佳节。中秋之夜，月亮最圆、最亮，月色也最美。家家户户围坐一起，一边赏月，一边吃月饼，正是"天上一轮才捧出，人间万姓仰头看"。

据《樟木头镇志》载，新中国成立后至今，樟木头客家人在此期间"送中秋"，亲戚朋友互送礼品，其中，月饼是送礼和赏月必备礼品和食品。在新中国成立前，青年人在夜间放"孔明灯"，男青年"伏长年仔"，妇女"伏五姊"。新中国成立后，这些活动自行消失。

据史料记载，"孔明灯"又叫天灯。相传是由三国时的诸葛孔明所发明。当年，诸葛孔明被司马懿围困于阳平，无法派兵出城求救。孔明算准风向，制成会飘浮的纸灯笼，系上求救的讯息，其后果然脱险，于是，后世就称这种灯笼为"孔明灯"。另一种说法是这种灯笼的外形像诸葛孔明戴的帽子，因而得名。天灯又被称为"祈福灯"或"平安灯"。

樟木头客家人每年中秋都以放"孔明灯"的方式祈福保平安。樟木头官仓蔡氏后裔蔡石军老先生说，以前小时候他曾自己动手做"孔明灯"，"孔明灯"做好之后，还要用柴火将其烘干，之后就可以放飞了。蔡石军说，在如此美好的中秋之夜，放飞一盏寄托美好愿望的"孔明灯"，是一大乐事，"放'孔明灯'，可让出外工作的人都回来过节，就是团团圆圆的意思，大家都能看到"。

据介绍，中秋之夜，小孩都喜欢三五成群提灯笼，点蜡烛到处玩。是晚9时，月亮升到快正中时，樟木头客家人全家大小都会在露天处摆上香烛、月饼、水果，赏圆月庆团圆。至于中秋这天樟木头客家是如何"伏长年仔""伏五姊"的，在樟木头，现在再也无人能说得清了。

重阳节：老辈客家人不登“高”

农历九月九日为传统重阳节。因《易经》把“六”定为阴数，把“九”定为阳数，九月九日，日月并阳，两九相重，故而叫重阳，也叫重九。

九月初九客家人叫“九月节”，有的客家地区还称“兜尾节”，意为一年中最后一个大节日，是年尾大节，有“过了重阳无大节”之说。由于田耕秋收完成，进入冬闲，乡间过九月节特别隆重，家家户户杀鸡杀鹅，大搞庆祝。客家话“九”与“久”同音，故客家人把“九”视为“吉祥”的象征，有“崇九”风俗，很多出门的人都赶回家过节。

重阳节因金风送凉，五谷飘香，登高成了此佳节中不可缺少的一项活动。这一天，人们带着小孩登高爬山，可达到心旷神怡、健身祛病的目的。有的在高山上放风筝，谓可避邪、避瘟疫；有些老人和妇女则上山到庙里烧香拜佛。此俗系祖先从北方中原带来，代代相传至今。而在客家古镇樟木头，因他们本来就一直居住在山区，所以并没有登高活动的习惯。而到了 20 世纪 90 年代初，随着客家村民一家家都移建在山下盆地处，樟木头客家人遂又开始兴起了重阳登高游山活动的习俗。

古人认为，九月九日是个值得庆贺的吉利日子，并且从很早就开始过此节日。应该说，重阳节是杂糅多种民俗为一体而形成的汉族传统节日。从古至今，重阳这一天是人们除清明外的第二次祭祖扫墓日，悼念先人。而在新中国成立前，重阳多为樟木头乡绅耆老祭祀老祖坟的秋祭日。樟木头客家人一年只进行一次清明扫墓，在重阳一般是不扫墓的。

1989 年，我国把每年的农历九月九日定为“老人节”，樟木头客家人也与时俱进，各社区纷纷也将重阳节定为“老人节”，有条件的社区都组织 60 岁以上的老人外游一天，以此倡导全社会树立尊老、敬老、爱老、助老的风气，同时也为重阳节增添了一层新意。

婚嫁：男婚女嫁樟木头

樟木头是珠三角地区客家聚居地的一个缩影。要感受樟木头的客家味，只有逢年过节、男婚女嫁，在古民居中还能找到一鳞半爪。今天，我们在这里所谈论的樟木头客家老一辈的男婚女嫁，都是新中国成立前的风俗。其目的：一不是复古，二不是推崇，三不是批判，而是为了让客家文化在传承中找到自己的根，并以此来擦亮樟木头人的记忆

——题 记

婚嫁流程

"说合"—报"年庚"—看"八字"—"落定"—"报日"—"开脸（面）"—"置嫁妆"—"哭嫁"—迎亲—"上轿"—跨"火堆"—撒果—"搞新娘"—"婚宴"—"拜祖"—"送七朝"

靠媒婆"说合"

"父母之命，媒妁之言"是旧式婚姻的宿命。谁家有女当嫁，媒婆一般都会选门当户对的去说媒，撮合婚姻。也有青年男女的父母，自己物色了合适人家，主动请媒人去说媒撮合的。

百果洞村黄氏宗族是严禁同村同姓结合的，据樟木头镇原百果洞小学老校长黄玉祥讲，百果洞曾有一家是隔壁邻里相联姻的，其父母一直耿耿于怀，"骂到死"。

报"年庚"看"八字"

经媒婆说合，双方父母基本达成共识，则由男方委托媒婆请女方父母用红纸写好"年庚"（即姑娘出生的年、月、日、时辰）交由男方父亲去请相命先生测算，看这对青年男女的命相是相辅相旺呢，还是相克相冲？就是看"八字"是否相合。

"落定"不后悔

"落定"也叫定亲，在"八字"相合的情况下，男方家长同意后，接下年庚帖，再择个吉日，由男方家长请媒婆给女方家长送去少许"礼金"，甚至送一串铜钱。如女方收下，就表示这对男女青年已订婚（否则可将年庚帖退还女方）。

居于大岭山的客家人却还要男方家长出面邀请女方父母到家中做客，过"睇家宅"（视察男方家境）这一关，在看过男方家境后认为无意见，这门亲才算"落定"。一经"落定"，双方都不得反悔。

"报日"好迎娶

定亲后，长则三两年，短则一年半载，男方便要迎娶。男方择好迎娶吉日，用红纸写清楚放进"柬盒"（一般是木做的长方形扁盒）由媒婆送达女方家长，正式通知女方迎娶日期，让其做好有关出嫁的准备工作，这叫"报日"，有些地方的客家人叫"过日书"。

大岭山客家还有"车线脸过日书"的讲究，就是出嫁姑娘要请女伴用芒麻线扯光脸上的汗毛，做好做新娘的准备。樟木头客家人也有这风俗，只是说法不同，叫"开脸（面）"。

讲究"置嫁妆"

接到迎娶日期，女方家长要尽快置办嫁妆。必备的有：一是衣着，包括女儿出嫁时穿的红袍、礼帽、鞋袜；二是床上用品，包括棉被、单被、蚊帐（床和席是男家自备的），还有一条用丝线人工织成的丝线带，以送给新郎，取其以后带子带孙带老婆之意；三是房间用品，包括一个衣柜、一个木棕桃、一个衣架、一个梳妆台。以上的嫁妆是在男方迎娶时搬去。

另外，还要有一个大木盆，叫脚盆，又叫"子孙盆"，一张四脚的木矮凳，这两样是备给女儿将来生儿育女时给婴儿洗澡用的。这些要在出嫁时由女方的"送嫁娘"担去。

《哭嫁歌》

客家人在婚嫁时都要唱《哭嫁歌》，樟木头也不例外，只是在流传中已失传。现特节选大岭山客家人《哭嫁歌》"哭母"一段以飨读者：

> 年岁又低胆又细，朝头诳黑晚诳阴（诳：害怕的意思），水桶又高人又矮，肩头无力俥身挨，头毛勒仔唔光鲜（勒仔：女孩额前的刘海），娘母推迟三两年，冬叶未曾开尽卷，唔曾懂性未遭缘，为人养女全无用，使了钱银别了祖宗，生银娶媳防娘老，生银嫁女枉费功劳，唯系养猪有猪银使，养女犹如前世冤，养女犹如养毕雀（毕：口语，指鸟雀），养齐毛翼对天

舞麒麟迎亲

先派人送礼物到女方家，新郎则带着没结婚的后生几十人组成迎娶队伍。抬花轿，扛彩旗，舞麒麟，敲锣打鼓，前往女方家接新娘，搬运嫁妆，其中舞麒麟迎亲是樟木头客家人所特有的婚嫁特色。

迎娶时，新娘一方并不轻易开房门，诸如以索要红包、谈条件拖延一些时间，闹到一定程度再开门拜祖、上轿。

"上轿"盖米筛

新娘穿上红袍，戴上礼帽，脚穿花鞋花袜，逐一哭别父母、兄嫂、

弟妹、叔婆娘婶及同班姊妹后，先在老一辈的陪同下拜祖，再由送嫁娘和媒婆搀扶步出门庭去上轿。亲人们也陪着掉眼泪，鼓手佬奏乐。上轿时，在新娘头上盖一个新米筛，米筛有千个眼，能看清"妖魔鬼怪"。

大岭山客家人则在花轿前挂一个米筛、一块小圆镜和一把剪刀，小镜为"照妖镜"，剪刀意为剪去沿途的"天罗地网"。现在樟木头客家人早已将盖米筛改成了撑一把红雨伞。

居于镇振兴街106号"客家特产"店老板黄育恒讲，梅州客家人出嫁一定要由双双都健在的叔公叔婆一边扶着新娘头上的米筛转，一边送新娘上轿说一些"夫妻恩爱、白头偕老"之词。

进门跨"火堆"

新郎大门前先烧好火堆，一般用沙田柚叶子、茅草、艾叶等辟邪之物，新郎、新娘进门时双双跨过火堆，以示清除秽气。原镇文化站老站长刘永业介绍："跨火盘也有续香火的意思。"

祈"早生贵子"

新娘床上叠铺两张草席，四个床角要撒些红枣、花生、桂圆、瓜子、冰糖、麻糖等果品，任由小男孩们穿鞋上床边踩边抢，寓意为"早生贵子"，夫妻感情甜甜蜜蜜，黏如糖。"这项仪式至今仍有。"刘永业说。

"搞新娘"闹热

晚宴后，天齐黑，新郎的同村兄弟好友，趁酒兴，陆续到新房坐谈说笑，捉弄新娘新郎，称"搞新娘"，也叫"闹新房"。至午夜方休，新郎家摆出酒席，供到场"搞新娘"的人消夜，饮食完毕，意为当晚"搞新娘"到此为止。

清溪客家人甚至还推举两三位较有经验的青年为新郎新娘吊蚊帐。一面吊一面说"四句"，如："手拿蚊帐四尊筐，早生贵子状元郎，手拿蚊帐晃一晃，新郎新娘三年抱两。"还要故意把帐门弄错，把吊蚊帐的红头绳打个死结，有意让这对新婚夫妇把蚊帐重新吊过，给他们制造一个交谈合作的机会。

"婚宴"大排场

男家娶亲比较隆重。头天晚餐，叫"开厨"，迎娶当天为正日，早晚两餐，第三天早上午餐叫"散厨"。所有到贺的宾客都先送贺礼，而且有专人收礼，当面清点登记。如"某某送礼银三佰，喜帐一幅丈二，喜酒两瓶等"。以备日后送礼的客人迎娶时回礼之用。

新人齐"拜祖"

婚后次日，新郎、新娘备齐猪头、鸡公、三牲、果品，焚香点烛，到祠堂齐向祖宗神位行三跪九拜礼，燃放鞭炮。

大岭山客家人祭拜的程序为：上香、点烛、跪拜，由主持人"读祝文"，专选一名较有文化知识，兄弟齐全的青年男子宣读。祝文如下："民国某年，岁次，某月某吉日。某氏堂下裔孙，娶某某之淑女，为某某门之新妇，谨以香楮烛帛、三牲猪首、果品清酌庶馈之仪，致祭于：某氏堂上，历代始、高、曾、祖、妣考之神位前而祝曰，恭唯我祖，德厚流芳……"

"送七朝"

谒祖后，拜见翁姑，给长辈敬茶，并专办酒席宴请女方亲戚"送七朝"，婚礼才算结束。旧婚姻习俗，在时间、人力、物力、经济上都浪费很大。一些贫苦人家为了儿子结婚，耗费了多年积蓄，甚至负债累累。

黄玉祥说："也有非常之简单的。百果洞黄某某在'文革'期间就曾花一毛五分钱，领了张结婚证就算结了婚。"

"灯景"风俗

　　闪烁透云霄，多是珠明连月色；鲜妍争富贵，借来灯艳亲春光。客家人都有"灯景"习俗，如：平远客家人每逢元宵佳节，由街内居民出钱，或由各姓宗祠出资，购置价值三百银毫以上的走马花灯悬挂。客家古镇樟木头客家人也不例外。酌良辰，看今宵灯月双辉，天真不夜；歌盛世，听此日笙箫一曲，人乐长春。只不过如今，这些传统的"灯景"习俗已渐行渐远……

　　"灯景"即"丁景"，主要流行在樟木头蔡氏族群，故又称"蔡氏丁景"，分布区域为：官仓、石新、柏地、金河、裕丰等社区。

　　年初五：村中当年生有男丁的父亲（俗称"丁头公"），要远往茶园买"丁公"（泥塑公仔），俗称"接丁"。

　　年初六：宗亲集中吃"猪仔粥"。

　　年初七："丁头公"把丁公送进宗祠见祖宗，俗称"上丁"。

　　年初八：天亮前，各村的接神队集中凤山古庙摇"圣杯"，确认哪位神去哪个村，将神抬到祠堂里，神位后座插满了"丁公"。当晚由"丁头公"担"灯火"到祠堂摆设，意示"开丁"。

　　年十一和十三：两晚都热闹，"丁头公"临晚出发，到本村去抓已婚未生男丁的男人，带到祠堂罚打屁股。

　　年十四晚：全村小孩到田园去"偷青"。

　　年十五：白天拆卸丁公棚，送神返庙。当晚，"丁头公"担着"丁公""米澄""爆谷"，舞着麒麟，敲着锣，打着鼓，挨家挨户去派，共度"元宵"。

　　年十六：村中小孩到每个"丁头公"家祝贺。"丁头公"用"丁公""米澄""爆谷"派给小孩，表示谢意。

　　而主要分布且流行在樟木头镇柏地社区的，还有"添灯（子）之喜"的习俗。据樟木头老一辈人介绍，在柏地社区，从古沿袭至今，谁家有得子之喜，就得设宴招待亲朋好友，感激祖宗庇佑，表达得子之喜，同时还要以手工制作灯供奉神灵，向父老乡亲派送泥公仔。目前，该项目没有具体传承人，虽有人能制作"添丁灯"，但礼仪形式早已发生变更。

民俗：俯拾几则民俗唤醒乡土记忆

　　各具特色的民俗文化，枕如散落民间的"珍珠"，虽底层、
小众，却在流逝的岁月中滋养着民众。然而，在经济社会快
速转型中，在以电视、网络、微信为表征的大众文化的冲击下，
很多民俗文化日渐式微，甚至凋零、湮灭……

——题　记

　　一定意义上，民俗文化是我们的根，是我们的精神家园。面对根的
枯萎、家园的衰落，我们如何延续文化之脉，保留地域文明之根？

　　2009 年 10 月，樟木头镇文广中心组织人员耗时两个月，对全镇非
物质文化遗产资源及民俗文化生存现状进行普查登记，开展了一次较有
意义的民俗文化探索。在这里，我们将一些散落民间的民俗俯身拾起，
一方面可让民间艺人和"草根文化"尽情绽放，另一方面也期望记住乡
愁，唤醒乡土记忆，传承乡土文化，守望乡土文明……

　　客家黄酒：早在 450 年前，酿酒技术就随着客家先祖扎根樟木头，
客家人有酿黄酒的风俗，用糯米煮成糯米饭后与酒曲和成发酵，变成酒
糟，再榨出酒水来。相传客家人生了女儿的家中就要做这样的酒，等女
儿出嫁时婚宴用，也有的留一部分给女儿生小孩坐月子的时候补身子。
传说七月七是酿酒的最佳日子，这天酿出来的酒最醇最香。本地一些农
家妇人尚保留此技艺，一直流传。

　　饮食习俗：新中国成立前，樟木头客家人地处山区，日食三餐，早
晚两餐是正餐，吃饭加番薯、芋头。午餐以杂粮、粥水为主。新中国成
立后，人们生活逐步改善，饮食也逐渐变化。改革开放后，午、晚餐两

第三辑　民间风俗

餐为正餐。鲜鱼猪肉、家禽蛋类已成为家庭常菜。

客家方言：樟木头镇人都是讲客家话，只有坪镇社区居民有三种语系，即普通话、客家话和白话（粤语），而大部分人仍用客家话。但洋凹与田心洞上了岁数的人，讲的客家话仍然保留着很浓重的中原语音官话，与周边地区，如蔡屋洞、清溪、凤岗等地的客家话是有区别的。改革开放以后，外来务工者不断增多，语言也复杂化，而大多数人会用三种语言进行沟通。

客家谚语：从古至今，樟木头镇客家人民间流传的谚语很多，尤其是以天气、自然景气、人生感悟及带哲理性的谚语较多，有气象谚语、生活和哲理性谚语，都是客家人在长期的社会实践中总结出来的，语言形象生动。气象谚语有：雷打惊蛰前，高山好种田；干冬温年，禾谷满田；清明前后此风起，百日可见台风雨；大寒唔冷，冷高春；盐罐返潮，大雨难逃；正月冷死牛，二月冷死马，三月冷死耕田蛇（农民）；天上鱼鳞斑，晒谷不用翻；正月雷鸣二月雪，三月泥坯硬过铁；七月十四听雷声，八月初一望天晴；日头落山天返黄，即将打眠床（来临）；禾怕寒露风，人怕老来穷；白露白茫茫，霜降早禾黄。生活和哲理性谚语有：人不可貌相，水不可计量；肚饱唔知肚饿人；六十六（岁），学唔足；鸡臂打人牙白软；好仔不如好"心舅"，好女不如好老公；烂泥箕装黄鳍，走的走，溜的溜；猫抓秘耙唔得脱爪（无法摆脱）；出门看天色，入门看面色；知人知面唔知心；禾笔仔口喳喳，会讲别人唔讲自家。全镇客家人沿袭至今，保存良好。

宗教信仰：新中国成立前，樟木头客家人主要信仰佛教，供奉佛祖和观世音菩萨。每逢初一、十五和重大节日，各个乡村的居民根据自己的祖宗习惯，都会到祠堂烧香拜佛和拜祖宗，祈求风调雨顺、财丁两旺，在外亲人身体健康、财源广进。人们用这种方式，把精神寄托在大神佛、观世音身上。樟木头客家人常在四月初八和春节，前往镇内的谭公庙、凤山古庙、龙山古庙等庙宇烧香拜佛，祈求好运到来。现在来讲，一般人都是逢初一、十五在家供奉拜神，信奉的人也较少。新中国成立前，道教在樟木头乡村较为盛行，村民信奉道教的俗神主要有大神、风神、门神、灶神、土地伯公、财神等；樟木头罗屋村还有一间基督教天主堂，建于1934年，曾有多位神父驻天主堂，樟罗有些村民是基督教信徒。新中国成立后，在"土改运动"和"文化大革命"中，祠堂寺庙或毁或改作他用，宗教活动停止；道教也逐渐消失；因人们破除迷信，天主教堂亦改作其他用途，据《樟木头镇志》载，1966年9月至1982年曾在天主教堂办过学校——樟罗小学，改革开放后，樟罗村委会在刘屋和背围之间选址重新建了一间较为合标准的樟罗小学，天主教堂及旁边的地方被征用建酒楼；原建在樟木头镇老政府旧址山顶停车场的福音堂（地名叫狮子山仔的地方），1958年樟木头人民公社设在此地，从此，这个地方逐渐改建成为政府办公的地方，福音堂亦拆除，改建成小花园，设有凉亭及喷水池。

满月礼： 从清朝时期至今，孩子出生满月（弥月），亲戚朋友购备新衣、新帽、新背带、玩具等前来贺喜。在新中国成立时期，主人只在家中设宴，简单行事。但是随着时代变迁，主人现在都流行在酒楼设宴招待来宾与亲朋。

寿辰礼： 从清朝时期至今，樟木头人一般庆六十、七十、八十寿辰较多。习俗是男庆整十，女庆加一（俗称男做齐头，女做单）。父母寿辰，一般子女都在家庆祝，有些会在酒楼设宴招待来宾。全镇客家人沿袭至今。

葬礼： 习俗主要分布在樟洋社区。清代至20世纪初，人去世时，请和尚打斋念经，在棺材周围打铜锣、烧纸钱、撒纸钱，超度死者。死者亲房已婚者戴青孝，未婚者戴白孝，年长者戴紫孝。封棺要死者字辈大或年长者，其他人犯煞不吉利；封棺时孕妇不能在场有犯胎儿。该习俗仍沿袭至今。

客家凉帽： 从民国年间到20世纪70年代末，农村女子出门都戴顶四周缝上蓝布或黑布无顶竹笠，平面圆形，中间有圆孔，周围用黑蓝二色布料圈成，可防日晒兼遮羞。未婚的女青年系带为白色，已婚者为青色。凉帽是用极薄的竹篾织成，其特点：平面圆形，中间有圆孔，用毛巾或布料作套戴头顶，周围用黑蓝二色布料圈成，两边还有精致美雅的花纹系带。大部分由其他镇的编织厂和编织作坊进购,目前,少部分客家阿婆仍保持这一风俗习惯,绝大部分年轻人已经不再使用客家凉帽了。

客家服饰(蓝衫):从明朝到 20 世纪 60 年代末盛行。在民国期间,樟木头人穿着传统的唐装服饰。男装上衣开襟,五纽或七纽,上下左右各两袋;女装上衣为右边开纽大襟,内小襟并缝制一袋。男女装裤大体相同,宽裤头,宽裤脚,裤腰可左右包合,用带子束缚。颜色以黑色或蓝色为主。布料,富人用丝绸,穷人用土布。到了 20 世纪 60 年代至70 年代,青年人穿青年装和文装。直至改革开放后,樟木头毗邻港澳,衣着告别服饰陈旧,颜色及款色单一,融入世界潮流。部分年迈的阿婆懂得一些简单的织带编织,其他工艺已经失传,已经被淡化。

民间打铁工艺:分布区域在坪镇社区,是我国古老的民间工艺,在民间自行流传。对铁原料进行切割、加热、锻造、打磨,生产出铁凿、铁锹、铁锄、镰刀等劳动工具。产品实物为常见的铁制劳动工具;在客家打铁人中广为流传的歌谣有《嫁人爱嫁打铁郎》。目前传承人张春祥已 69 岁,从艺时间自 1961 年至今,在父辈习得该技艺,因此工艺较辛苦,工作环境不佳,目前无年轻人愿意做其学徒。一年可生产工艺品 500 件至 1000 件,收取的加工费用基本上够其家庭生活开支。

住房习俗:新中国成立前,樟木头最早入居的先民,住在山上的大细窝和上九栋、下九栋,因地制宜,就地取材搭建住房,四周墙体砌石,用泥浆涂墙,上盖茅草做瓦面;后来搬下山脚建村,用石头砌墙脚,用泥砖砌墙体,用松树或杉树做梁,人畜共居。到 20 世纪 60 年代至 70 年代,砖瓦厂迅速发展,人们都用砖来做墙体,到了 20 世纪 80 年代至今,人们普遍采用钢筋水泥建房,已大部分搬迁至新房,只有少部分人仍住在旧宅。搬迁后的居民把遗留旧宅做出租屋。

交通习俗:在新中国成立前,樟木头虽然有铁路、公路,交通方便。但是人们没有经济能力买交通工具,石马坪仅有 4 辆自行车。在乡村里出门只能靠走路,运输靠肩挑。

赶圩:在樟罗社区,20 世纪 60 年代时期,客家民间的口语中,一般把乡镇称为圩,把约定俗成的集市交易日称为"圩日"。圩日到了,农户把自己生产的粮食、日用品挑到乡镇所在地去进行交易；小商小贩更闻风而动，把城里的商品运到圩场高声叫卖；需要购物的村民们早已把袋里的钱捏湿了，憋足了讨价还价的劲头往圩场赶，这是叫"赴圩"。买卖双方完成了交易，带着胜利果实回家离开圩场，叫"散圩"。圩日的第二天叫"圩背日"，是最没有生意做的日子，一般圩里商贩都在这个时候进城采购或补货，为下圩的好生意做准备。目前，该习俗在樟木头已经完全消失。

　　樟木头客家人在数百年来的繁衍生息中，沉淀、积累，形成了属于自己的特色民俗文化。但随着社会经济发展、外来文化的影响，人们的生活方式逐渐改变。在文化多元化的社会环境中，民俗逐渐式微或湮灭，笔者分析原因认为：一是大的时代背景影响，流行文化的冲击，以及人们欣赏趣味的变化；二是大多数民俗文化艺人都不是专职的，谋生的刚性需求与从艺的柔性需求存在冲突；三是近年来城镇化提速，一些传统的文化聚集场所或拆或迁，民俗文化便失去了便捷的表演舞台。

古镇风物

　　素喜魏晋陶渊明《游斜川》诗序中"天气澄和，风物闲美"的句子，也许可以用来解读这古镇里的一砖一瓦以及她的雅澹温柔……

——题记

宝山石瓮出芙蓉

"黄旗岭顶挂灯笼，市桥春涨水流东，凤凰台上金鸡叫，宝山石瓮出芙蓉，靖康海市亡人趁，海月风帆在井中，彭洞水濂好景致，觉华烟雨望朦胧。"这首家喻户晓的歌谣传唱的是东莞"老八景"。现如今，"老八景"已经被"松湖烟雨、大道朝晖、广场挹萃、古塞飞虹、虎英叠萃、板岭凝芳、莲峰赏鹭、金沙漾月"等"新八景"所取代。

这曾经不知在父辈、祖辈的嘴里咀嚼过多少次，如同厅堂中央那条"耕读家声"的谚语，响亮着每一个莞籍人心的明代歌谣，与新八景相比，它虽少了些气焰，但显得内敛厚重，更唐诗宋词些，更千年不老些。

经历史的洗涤，如今的"老八景"已被"洗"去了一半……作为"老八景"之一的"宝山石瓮出芙蓉"，曾经是樟木头人引以为傲的历史人文景点。历经数百年，如今，更多的是只剩下史料、故事与传说，以及残缺的石瓮一角。倘若我们再不给樟木头人一个重温的机会，它会真正湮没，不只是地理上的湮没，更是心灵上的湮没，下一代的樟木头人甚至不会知道樟木头本土还曾有这么著名的景致和美丽的故事……

东莞"老八景"由来

"老八景"民谣流传于明代。透过它，我们可以了解到当时的社会状况，在什么样的社会状况下，古人会有如此雅兴，归纳总结出这八道风格各异、传说众多的风景？

原来，明代的东莞政治、经济和文化都有很大发展，生活水平的提高让人们有了更多空闲，每当清明、春节、重阳等节假日，都会进行春游、秋游、登高祈福等活动，逐渐就形成了一种风气，因而才有了"东莞老八景"的百年歌谣。

可见，樟木头宝山在明代是繁荣和热闹的。

失落的景致

沧海桑田。当现代文明取代了古代文明，现代城市取代了古代城池，"东莞老八景"中，有四大景已在历史的车轮碾压下消失。

星罗棋布地分布在东莞各个地方的"老八景"，如今，"市桥春涨水流东"，只有在莞城繁华的街道上，想象当年迷人的水景；"凤凰台上金鸡叫"，没于几年前，现东莞文化广场东南部的娱乐建筑设施，可以说得清它的前世今生；"靖康海市亡人趁"，汪洋不再，盐场不在，被虎门、长安两镇的电子工业大厦和高雅别致的新农居所取代；"觉华烟雨望朦胧"，现仅存的老榕树、木棉树、来料加工厂和觉华水泥厂，才能见证 1938 年日寇入侵，东莞沦陷，景点被毁的痛心往事……

所以，另外四景的存在，是一件多么让人感动的事啊。黄旗山与海月岩在历代修复中，重焕异彩。相比之下，宝山与彭洞却显得落寞和静寂，风景依美，但有被遗忘的危险。

慕名而寻幽探古

笔者曾在宝山脚下的帝豪花园工作过 10 年，其间也曾因慕于"石瓮芙蓉"之名，上宝山探寻过石瓮，但未果。

听说芙蓉石瓮只存一角。这流淌着几百年文化的一角，到底是怎样的呢？

笔者在省樟木头林场工作同志的陪同下，驱车来到宝山森林公园，距莞樟路也就大约4公里路程。宝山，林木葱郁，层峦叠翠，好一处"桃源"胜地！

曲径通幽后，豁然而见的是山脚下正在建设的"芙蓉寺"新貌。亭台楼阁，厅堂轩院，红墙黛瓦之中，仍不失汉唐遗风……据了解，眼前的新寺占地60余亩，是以汉唐寺院为建筑风格。

据承建新"芙蓉寺"的"殷祖古建园林工程公司"老板董博介绍，重建施工期间，2006年4月4日下午4时许，2007年11月160，2007年11月18日，2007年10月170，数次出现瑞相祥光。笔者未亲眼得见，不敢妄议。

踏响平平仄仄的小令，让脚步湮没在林深鸟语之中，我们缘溪而上……

尽管原芙蓉寺遗址现已捣毁，但在断壁残垣中，仍见寺院原有基座的完好，一座简易的庙堂仍飘拂着百年香火。依残存墙基测定，原寺占地约600平方米，为三进民间宗祠建筑风格。眼前的庙堂是20世纪90年代中期，当地的一些善信捐款7000多元原址重修的。

寺边两棵百年古樟参天之势，述说着古刹曾有的鼎盛……

宝山的由来

"宝山"，古称虑山，又名芦山，跨黄江、樟木头、塘厦三镇区。此山为南北走向，主峰笔架顶，海拔458.9米，山体由花岗岩组成。

据老一辈的人说，此山藏有金矿、银矿，甚至还有人说自明代起，就曾有人在此炼银，故名宝山。在山的北部有一个"金矿坑遗址"。据传，此遗址就是日军侵华期间，曾派部队奴役我国劳工再次挖掘金矿而得，山顶至今还有三个比较显著的坑道口就是历史见证。宝山是否真有金？这有待探寻。

还有一种说法，说其山体由三座山峰面向樟木头镇区呈"之"字形排开，具有优美的山体轮廓线，从镇区方向遥望宝山就像一座"大金元宝"，故名宝山。

另外，宝山还为深圳宝安县县名的来源作了另一种注解。据《广州府志》记载，"宝山在城北八十里，宝安县以此为名。"挖山取宝，得宝而安，故名"宝安"。在那个朝代，宝山的地位也由此可见一斑。

宝山也有"老八景"

据《樟木头镇志》记载，"宝山石瓮出芙蓉"一景，在宝山的西面山坡，清末属樟木头辖区。1950年宝山由东莞县接管，称东莞林场。1973年称"广东省樟木头林场"。当地人俗称"樟木头林场或国有林场"，此景就在林场中。

在采访中，广东省樟木头林场负责人告诉笔者，东莞有"老八景"，宝山其实也有"老八景"。分别是：石瓮芙蓉、古刹钟声、灵鸟报喜、仙床醉卧、龙潭飞瀑、石井印月、厨涧叮咚、松径幽影。"宝山石瓮出芙蓉"只是其中一景，清代是宝山风景全盛期。"后因开山采石、历史变迁等原因，大部分景点被损毁。"这位负责人说。

如今，景点虽不存，但山色依然秀丽多姿。

"石瓮芙蓉"出处

据民国《东莞县志》记载："宝山，旧以山有宝、置场煎银，名石瓮场，今山中银滓犹存。宝山，在县城东南一百六十里。其上有潭，岁旱，刑白鹅，祈于潭，即雨。潭下石瓮，二飞瀑注之，奔响如雷。注于田，居人引以灌溉，岁仰利焉。山下有银。县旧名宝安，本此。大德（间），邑民郑文德陈山银可炼，令诸司路邑勘验，以煽炼不堪，罢止。山在城东南百余里，飞瀑奔泻，激溅状若芙蓉，为邑中八景之一。"

又载：主峰笔架山西北山麓建有芙蓉寺，寺的两侧有两条小溪潺潺流过，距寺40米处交汇合注，直泻中空的石瓮形巨石，奔响如雷，瓮中水花翻滚四溅，状若芙蓉，蔚为壮观，故称："宝山石瓮出芙蓉。"

寺与景的瓜葛

现存于黄江镇鸡啼岗黄氏宗祠内有一铸铁古钟，"重二百余斤"。据传，为宝山芙蓉寺所供奉，铸刻有"崇祯十有二年仲秋吉旦立……"铭文字样。以此推算，宝山芙蓉寺建成于崇祯十二年秋，距今已有四百多年的历史。

据说，该寺兴盛于清朝中近期，衰落于清朝末期，凋敝于民国中期，毁于新中国成立前夕。清朝中近期，芙蓉寺香火鼎盛，游客如织，在东莞乃至惠阳、博罗等周边地区颇负盛名，众多善男信女远道而来，参拜许愿。芙蓉寺位于群山合抱之中，四周古木参天，被列为"宝山八景"之首。

应该说，芙蓉寺是由东莞旧八景"石瓮芙蓉"衍生出来的一个景点（古刹钟声）。寺因水而名，水因寺而生；寺傍水而建，水绕寺而流；寺与水相依，动与静相宜。也可以说，寺的兴衰侧面观照了樟木头明清期间社会经济发展的一段历史。如果寺有四百年，那景就更悠远。如水流穿石成瓮，那又何止千年……

石瓮被毁

传说古时候石瓮中有一个龙神掌管，某年盛夏的一天中午，烈日炎炎，骄阳似火，有个农妇挑担柴草下山，她气喘吁吁，浑身上下衣服湿透，见四下无人便解衣下瓮洗浴，职掌龙神当即发现，认为俗妇非礼，潭中净水受污秽，亵渎神明，龙神连忙登天界面向玉帝禀奏，玉帝发怒而遣命雷神把石瓮击破。从此，石瓮残破只剩一角，保留至今。

传说毕竟源于民间，带有神话色彩。广东省樟木头林场负责人说，20世纪50年代初，因当地建设需要，施工时石瓮被炸，现只存石瓮一角。也许这一说法更倾向于史实。

亲临"石瓮芙蓉"

沿寺遗址向下40多米处，就是我们要打捞的即将失落的"宝山石瓮"，但枯竭的溪水显得纤瘦和婉约，不免让人心中的景仰黯然失色。细细的，也有无奈。

　　怪石嶙峋，数丈之下，就是民间所说"无底龙潭"，约200平方米。据称，因有瀑布飞流直下，汇入其中，水声震耳，潭内水质清冽，深30余米，为宝山八景之一。如今，水虽无势，但亲临其境，仍可揣想得出一种极其隆重的生命排场。潭边藤蔓交错，浓郁的森林水景之神秘犹存。

　　林场工作人员说，只有在雨水广多的季节，才能得见龙潭飞瀑的壮阔。水沿溪北流而下，急流直泻，撞击第二道涧崖的石瓮之中，漩波不断翻滚向上，吐冒出一朵朵水芙蓉花状的浪涛，远望，恰如朵朵出水芙蓉。而瓮，就"生"于溪石嶙峋间。残存的一角，有着它失去的太多铅华。常年的溪水回旋冲击，终于让它在莲花状的岩石上形成了一个圆形坑洞——石瓮，据说，夏季溪水流量较大时，冲击在圆坑上能形成直径近2米的花瓣芙蓉。

　　从残瓮推算，瓮的直径也在2米至3米左右。触摸着石瓮余边，也在触摸着千年历史的凝重，想起省樟木头林场负责人的一句话"宝山文化的传承，不能在我们这一代断脉！"骤然一惊。明天，或许后天，会有一些游人，一些少年，指指点点，与我一样来解读这尊残瓮……

宝山诗文千古唱

东莞，虎踞国门，龙蟠南粤，夙称百粤之大邑，今为小虎之闹市，历史悠久，山川秀丽，物华天宝，人杰地灵，乃历史文化名城。自唐宋以来，人才辈出，人文蔚起，威震八方。中国是个诗歌的国度。而因"以山有宝"而得名的樟木头宝山，千百年来，也曾招引无数文人骚客在此咏叹，并留下了许多诗词朱迹，甚至千古绝唱。

"宝山"一名，最早见于东晋。在东晋时期，此处隶属古代宝安县管辖。而"宝安"县名的来历正是宝山。宋朝有书记载：宝安"山有宝，置场煮银，名石瓮场"。此"宝"为银矿；此"山"指樟木头宝山。东晋咸和六年（331），东晋设郡，置宝安县建制，宝安县范围包括今日深圳市、香港、东莞市部分地区、番禺县南部、中山市等地区。

黄旗岭顶挂灯笼，市桥春涨水流东，凤凰台上金鸡叫，宝山石瓮出芙蓉，靖康海市亡人趁，海月风帆在井中，彭洞水濂好景致，觉华烟雨望朦胧。

除这首家喻户晓的歌谣传唱之外，其他关于宝山和宝山芙蓉寺的杂录或诗词也颇多。

张铁桥年谱中的《宝山野客》载：

宝山有野客，冬夏一布袍，常读《易》，有酒则醉，人称为朱半仙。五都皆农耕，农事辍，则聚儿童，邀半仙教读。他时，则居岩穴间。人见其久不下，或遗之酒馔，则喜而饮啖，否则，淡然无求也。张穆访之，与之言笑，亦玄远别，归曰：

至舍恰风雨矣，诚然。

（杂录原文摘自陈伯陶：重修《东莞县志》）

《樟木头镇志》载，宋代的张登辰（东莞人，乡进士元吉之弟）曾写有《夜宿宝山》传于世：

　　　堂虚四壁风萧骚，山激万窍声嘈嘈；巨灵约束虎豹遁，
飞濂叱咤蛇龙噑；麻姑搔痒十指爪，王母分赐千年桃；酒酣
横卧北斗柄，鹃鸡咿喔蟾蜍高。

据考证，张登辰当时是县丞，其兄为知县，正值宋元更迭之时。兄弟俩主持东莞县衙的地方管辖。宋末县丞一职是知县的辅佐官，正八品，吏部任免，职责是主管全县的文书档案、仓库、粮马、征税等。

从张登辰的《夜宿宝山》，可以看出当时宝山是有住的地方。因为，宋时炼银的工厂坊已经存在了。古人历来视金银为天地圣灵之物，在石瓮场边，修建一所瓦房，供奉观音或者财神，是再好不过的事情。由此说明宝山脚下的"芙蓉庵"刚开始有可能是炼银的工匠们修建的一所瓦房。"宝山石瓮出芙蓉"，于是，供奉观音的瓦房自然就称之为"芙蓉庵"。可以认为，"芙蓉庵"应始建于两宋之间，距今约千年。

明天顺五年（1461），东莞知县吴中与好友同游宝山之后，也写下《宝山石瓮》一诗：

　　　天公造化迹莫窥，有石如瓮何神奇！山灵终古为呵护，
乌获有力应难移。寻幽来此停谿久，瓮底泉声雷怒吼。宝山
云暖松花香，疑是仙瓮酿春酒。

由"暖云、春酒"可以知道该诗写于初春时节。另从"寻幽来此停验久"一句中"弊"指的是三匹马拉的车。可见，当时这里已经有马车行走的道路了。在此崎岖的山林中，已经修建了类似今日的管道交通系统马车道，这是很不简单的事，可知此处已是一个非常重要的风景旅游

地。假若不是官贵常来，百姓是不可能有这个钱来修马车道的，加上明初之前整个元代，并不太平。除非官府拨专款修建，否则没有可能。知县与友人在春天乘马车前来游玩，并赋美诗一首，定然也不是一般景色。

据考证，吴中，字时中，江西乐平（今江西省乐平市）人，进士，天顺五年（1461）东莞知县。吴中好赋诗题词，与东莞本地的诗人有密切的来往。天顺五年（1461），陈靖吉、何潜渊、罗泰、陈智明、夏侯恭、蔡蕃、朱恪等15人结成诗社，吴中积极支持，诗社选址在道家山凤凰台畔，因此被命名为凤台诗社。明代陈象明说：

> 诗社中君子皆耆英硕德，含和抱璞，为国之祯，为人之瑞，而为少年后进之所仪型者焉。

明代的祁顺（1434—1497），曾写有《宝山诗》：

> 一山盘礴连苍昊，四时佳气恒氤氲；寒潭浸空波贮银，石瓮酿熟松花春；奇葩异石感效臻，琼瑶珠翠纷前陈；鸾凤飞鸣犀象驯，天荒地老山不贫；我闻岳降生甫申，又闻楚国宝善人；愿山淑秀钟贤臣，上佐天子康兆民；功名道德扬清芬，金玉粪土何足云。

祁顺，字致和，号巽川，东莞梨川人。17岁参加乡试，明天顺四年（1460）进士，选拔首甲。因姓名与皇帝朱祁镇音近，讳抑置二甲。授兵部主事，出巡山海关，后转户部督饷临清，曾任会试同考官。成化十一年，即1475年，皇帝赐祁顺一品服出使朝鲜。弘治年间，为云南知府，后升任山西右参政、福建右布政使、江西左布政使。

随着宝山银矿开采以及瀑布深潭幽景的美名远播，在宝山主峰西北侧的芙蓉庵也随之成为一方名刹。明代倭寇猖獗，此处银矿之名加上近海，倭寇常有滋扰。另外明晚期社会动荡，崇祯年间朝廷重税加上天灾不断，农民起义和外敌入侵进一步加剧了社会的疾苦与灾难。崇祯十二年（1639）春，宝山芙蓉庵住持直庵和尚为百姓祈福，超度因战火死去的亡灵。

清代因南方海外贸易的快速发展，加上毗邻香港，在清中晚期，宝山芙蓉庵迎来鼎盛的时期，尤其是晚清从广州到香港九龙开通的广九铁路，在距离芙蓉庵10里处的樟木头设站。在民国二十三年出版的《中华民国全国铁路旅行指南》（第一辑）中，与广州光孝寺、东莞大小虎山、惠州瘦西湖、深圳宝安黄金洞（此地名已消失，无从查考）等十余个景点，列在铁路必游之地。其景点名称即为："宝山石翁出芙蓉"，地点是："林村"，现在这个地名仅为樟木头邻镇塘厦的一个小村名。

关于岭南一方名刹妙境的宝山芙蓉寺，清朝的僧纯谦也留有《驻锡宝山芙蓉寺》诗一首：

> 此地真幽静，松阴绕道长。山深人迹鲜，林密鸟飞忙。云涌半白天，花开一径黄。芙蓉生宝瓮，杨柳列闲墙。香稻当秋熟，流泉彻夜凉。此中堪挂锡，信宿耀公房。

在宝山众多存诗中，还有一首佳作留世，但作者不详，《宝山》：

> 宝山花艳香春浓，飞泉直泻碧潭中。古松鸟唱莺和燕，芳草虫飞蝶与蜂。奇石嶙峋稀世有，高峰峻峭入云空。东莞名胜八景载，甚中石瓮出芙蓉。

宝山诗文千古唱。宝山，这座"邑中八景之一"、沐浴着旖旎墨香的山脉，可以说，因唐风宋韵而诗意万千，也更具诗情画意。

这些诗文作品为宝山注入了丰厚的文化底蕴，也使宝山成了具有丰富人文精神的文化符号。

隐于出租屋群的东莞"三家巷"

位于东莞樟木头东面的官仓村，与石马坪接壤，住着蔡姓人家。村里的三家巷，占地20亩，房舍140间，清一色都是水磨青砖、重重叠瓦、屋脊云鳌、墙头塑龙、曲径回廊的清代建筑。巷道迂回，宽约2米，均取用0.8米至1.2米的长条麻石铺砌，石面光洁、干爽通风，巷道虽窄，但阴凉避晒。

山乡韵味，无不透着暖暖的客家风情……

——题　记

三家巷的巷弄，仿如一支深锁在东莞樟木头客家古镇中的洞箫。春去秋来，忧愁彷徨以及旧梦与往事，似乎是它恒久不变的主旋律。

宅弄深处，曲径通幽，不知深几许，行至尽头，豁然开朗，别有洞天……这种境界对生活在三家巷里的人来说，就是他们最习以为常的生存空间，但对整个客家民居建筑文化来讲，却是最根本最重要的组成部分之一。

沧海桑田，斗转星移。东莞三家巷，洗尽 250 年的铅华后，现归隐于官仓的出租屋群之中……

走进"三家巷"

"请问三家巷怎么走？"

正在水池边洗衣的女子显得有些愕然，她抬起头说："我不知道什么三家巷，我是租屋住的，在附近厂里打工，才在这里住了一年。"这样的茫然，又何止她一个？几经询问下，笔者终于找到了建于 250 年前，最具典型客家民宅建筑风格的三家巷。其实它不远，就"隐"于洗衣女子租屋五十多米远的地方，只不过身在其中的新莞人，并不识"庐山真面目"。

与三家巷相隔一个广场的外面，马路宽敞，穿梭于工厂、洋房、广厦之间的是车水马龙。而走进三家巷，巷里巷外是两个世界，仿若时光倒流到乾隆年间……

午后的阳光有些慵懒。巷，很静。有些门都落了锁，甚至还锈迹斑斑。巷的深处，一条土狗卧在石边，昏昏欲睡……

幽幽小巷，麻石路蜿蜒。巷的两旁全是清代的水磨青砖建筑，除个别的杉木门因故被换成铁门外，所有建筑原样面貌保存至今。如果不是在巷道里偶然看到晾晒于巷内的西服、T 恤、牛仔裤和运动服装，真有时光倒流的感觉。

当笔者推开一扇没上锁的门，男主人有些讶然："因为老宅房租便宜，巷里基本上都住着附近厂里的新莞人。以前人更多，如今住户少了许多。这巷的历史？我可说不清……"

那，谁说得清？

巷内市井图

还真碰到说得清的。在写有"德垂后裔，本报先人"的正南门，官仓蔡氏后裔现年70岁刚从香港返乡祭祖的蔡能达恰好与笔者不期而遇。

他，二十多岁时去香港闯荡，现已定居香港。四十多年来，每次回官仓老家他都要到老宅附近转转，找寻一些童年的影子。他说，他的根在这里。

据他介绍，三家巷中的房舍都是一家三宅的布局，正中的称为正屋，两侧的为偏间。通常情况下，只有正屋才设门户，偏间开侧门与正屋相通。现在的人都是以多少平方米说明房屋的大小。但在过去就以多少"坑瓦"表示房的大小。一般正屋都是15坑瓦，长度是9米，左右偏间均是13坑瓦。"两条街桁之间盖一行瓦，称为一坑瓦，一坑瓦为25厘米，我们的祖先通常用多少坑瓦来表示屋的宽度。"他说。三家巷内，我们看到房屋外墙高于瓦面，从外面看，是看不到屋脊的，只见到几条鲤鱼"伏"于墙上。

年少时，蔡能达和伙伴常在雨天里嬉戏，当屋脊的雨水顺着瓦坑通过鲤鱼之口喷出的时候，他们一伙人就站在屋檐下淋"瀑布"。

"那时真无忧无虑，因淋'瀑布'屁股上不知落了多少父亲的打……"他说这话时，脸上的笑，竟映出孩童时的童真。

樟木头镇典型的客家民居，大都是一正两侧的布局。儿子长大了，到了适婚年龄时，家境好的，就到其他地方择地另建新房让儿子结婚。蔡能达家境一般，所以在他结婚的时候，父亲当时筹不出钱为他另建新房，则用正屋的偏间给儿子结婚用。为了方便起见，他在偏间另开一个门自立为一户。"这是我们祖上的规矩。"他说。

三家巷，由于弄弄交错，使得巷里的空间非常狭窄，宅挨着宅，因此房前屋后的巷便成了生活在此的人们唯一可以享用的空间。如此一来，人们在巷里的交际机会就增多了，邻里之间也变得亲密无间。

小时候的蔡能达，就常和小伙伴们奔跑于巷弄的麻石路上，捉迷藏，踢石子；也常在母亲的呼唤下，沿着巷道跑向饭桌；亦扛把锄头在肩头，跟着父亲走向农田和果园……

他俯下身子，抚摸着这仍旧光洁如鲜的鹅卵石，感慨地说："这可是乾隆年间的石头啊！"

如今，唯一记着三家巷往事的，只剩这洒满陈旧阳光的麻石小巷。在他的抚摸中，我仿佛听到两百多年前小巷传来的脚步声，也想象着所有与浪漫和童趣有关的故事。

"三家巷"由来

站在这些人居日渐稀少的巷口看巷里，感觉它就像一位经世的岁月老人，每天习惯地迈着它那恒久不变的步伐，默默地守候着那方并不宽敞的一角天空。而巷的存在，还真的与一个人有关。他的名字叫蔡殷宝。

据《樟木头镇志》载，"三家巷"是清朝东莞四大财主之一的蔡殷宝发迹之后，令其三个儿子：长子辉南、次子灿南和三子斗南在其祖居地，也就是现在的官仓社区围心居民小组，分别建三家同一巷的房舍，每家住屋三间，九间屋组成一条巷。此后，官仓人称之为"三家巷"。

清朝乾隆三十年（1765），三家巷再行扩建两条巷，共建房舍140间（占地20亩），形成了围心村居民小组的整个住宅区规模。蔡殷宝的宗亲后裔世代集居于此，为东莞樟木头镇古代民居建筑的典型。

然而对"三家巷"的由来，民间有一种说法却迥然不同，且非常强烈。官仓蔡氏后裔蔡石军老先生根据自己多年的考证认为，三家巷之所以叫三家巷，是因所有建筑群按出资建造者蔡殷宝的三个儿子分成三家而得名，每条巷内住着一个儿子或两个儿子。据说三家巷是蔡殷宝头尾花四年半时间建成的，当时蔡殷宝43岁。

定格"三家巷"

对于一个曾在巷里度过童年的人来说，巷不仅是他曾经生活过的一个空间和建筑形式，还有许多其他的东西令他难忘，如街坊邻里的那种守望相助的生活习惯，以及弥漫在这空间的那份暖暖的生活情趣。

在三家巷道上穿行，经常会看到各家各户的门口上方有花鸟虫鱼的灰塑，有的还雕上吉祥之类的词句，如"祥发其祥""奕世其昌""福缘善庆""兰桂腾芳"等匾文。

蔡能达说："你别小看这门面，其实它代表着这户人家的身份地位和财富。"他还说，客家人特别讲究门面，屋建好了，都要把门面装饰一番。官仓的三家巷门户更是如此。因建屋时主人很富有，因此，在每户的门上都有个凸显的门楣。这个向外凸出的门楣，也就是官仓人所说的"门楼仔"。"门楼仔"通常向外伸延约 50 厘米，既为门户遮挡风雨，又可装饰房屋。因此，各家各户均花很多心思在这个"门楼仔"上。

三家巷的住宅，采用三间一座或五间一座，二进或三进，中间开天井。大门缩蟹口，栋飞用线塑，瓦檐作班鱼条，室内分设上廊（又称厅堂）和下廊。上廊比下廊高一级台阶，屋内的栋梁设在上廊，栋梁往下的第二根桁的下端，横贯一条雕有百子千孙字样的子孙桁。襁褓中的蔡能达，其摇篮就曾用根红绳系在这根子孙桁上。他说："系上这根桁，就是祖辈希望子孙能财丁兴旺。"

三家巷的门框也与众不同，皆由 4 条整体的麻石砌成，门高 2.4 米，由于都取用麻石做框，门框的上方还装有一块门石。统一的材料显得建筑物的整齐划一，又坚固耐用，就是数百年后的今天，这些门框依然丝毫不动。

进入门内的第一块石为一块长 1.2 米的麻石，门的顶端都是用一根横贯正屋宽度的长杉木压着。这根杉木既长且粗大结实，抬头便能看见门上方杉木上有三个"弄柱眼"，门下还有 2 个门脚眼。蔡能达说："关门之后装上'弄柱'，便能加固木门的封撑力度，是防止窃贼入屋的第二道防线，非常坚固。"

三家巷的古民居窗户都不多，一般只在后墙或巷边开一个小窗户。窗不大，仅有 0.73 米 X0.65 米的规格，窗户还由三根直径达 4.5 厘米的圆铁棒拴着。窗内还加一块用 8 号圆铁线织成的网笆封盖着，可见，当时三家巷人的防盗意识非常强烈，特别是窗户里的那几根粗大的铁柱，历经 200 多年至今仍纹丝未变。

从建筑的风格、装饰、设置、布局上看，三家巷无不渗透着客家文化。蔡能达自豪地讲："这应该是岭南客家住宅的代表。"

古巷吐新绿

多少年来，三家巷的巷弄就成为这座客家古镇的命脉。从高空俯瞰这些间隔交错在现代建筑与老宅之间，屋与屋之间的小巷，就像是一条纵横交织的记忆之线，把客家古镇的昨天、今天都编织在它的经纬之间。

多少年来，三家巷就这样在百年风雨中洗涤。如今，隐于出租屋中的古巷，人迹日渐稀少。它，在岁月的行进中明瞩、期待，期待每天照在古镇的第一缕阳光，期待如蔡能达这样回乡游子逡巡的目光，期待……

终于，2009年2月27日，樟木头镇首批13个镇级文物保护单位进行了挂牌保护，三家巷亦在其列。可以展望它未来的是，它将走上"以旅游促环境优化，以环境带百业兴旺"的特色经济之路；可以期待它发展的是，它将以商业化的形式规划开发、利用和保护。

四月，是一个能渲染出《雨巷》诗意的季节。有时虽然我们不知道幽深绵延的巷到底有多深，是否别有洞天，但只要走进去，就会感受到这里有客家人最最朴实的灵魂。

夕阳微斜。弄堂里的不知哪个窗口飘溢而出的饭香和油烟味，让古巷慢慢生动起来。

回眸古巷，不经意中，笔者骤然发觉，在巷的古砖瓦墙之上有棵小草正吐着新绿。也许生命一直存在，只不过我们没有留心而已……

点燃革命烽火的凤山古庙

> 樟木头是座客家古镇。我喜欢古镇，古镇有古镇自己的故事，就像是一个耄耋老人，你整天陪着他，以为知道他的一切，但是，不经意间他就会讲一个你不知道的故事。譬如，官仓河边的凤山古庙，以及和庙有关的事……
>
> ——题　记

官仓河边，凤山山腰，青砖绿瓦，飞檐雕栋，青烟缭绕……

凤山古庙：数百年的屹立，是为了一方子民的祈福；数百年的香火，也曾点燃革命的烽火；数百年的传唱，亦流传着到此膜拜便能"加官晋爵"的民间传说……

因凤山而得名的庙

踏着石阶，拾级而上，庙就在路边，庙就在山腰。数十级的台阶之上，可以看到，在苍翠的凤山掩映之下，庙更显其古朴与肃穆。站在庙前的平台之上，远眺官仓河，一衣带水，神灵眼底之下的是苍生百姓……应该说这是一个离繁华很近的僻静之地。

它，坐南朝北，由五栋建筑组成，主体建筑为六开间，总面阔31.2米，总进深12米。麻石门框，绿色琉璃瓦滴水、瓦当，屋脊有"鳌鱼"等题材陶饰，庙前筑有拱形围墙，附楼阁，硬山顶，人字山墙，水泥地面。仿古中，可见纯客家建筑风格。

据镇文广中心工作人员介绍，门额上镶嵌的"凤山古庙"麻石匾额为原古庙遗存旧物，现在所能见到的，也仅是数次修缮后的面貌。正大门边有副对联：

日日烧香看清手脚无秽污
　　年年祈福摸着心肝不许横

　　据说，这副对联是由官仓蔡氏开基祖先福粤公二十三世裔孙，清乾隆时期诗人、书法家蔡纪淮所作。据官仓蔡氏后裔蔡石军介绍，在"文化大革命""破四旧、立四新"的洗劫中，蔡氏族谱几乎灭迹，官仓坝背有一蔡姓村民幸保存一本，从孤本中才获知这副楹联出自蔡纪淮之手。
　　走进正殿，几尊神像正享受着人间香火，还有那熏黑的屋顶，一切都渲染着庙的繁华与曾有的闹热。案几上，一盏青油灯，忽明忽暗，照着人与神的两个世界，让人有些恍惚……柱上的对联倒有些意思：

　　为善必昌，若还不昌，祖父有余殃，殃尽则昌
　　为恶必灭，若还不灭，祖父有余德，德尽则灭

　　也许到此地祈福或游览的每一个人，都会品味这柱联的深意，也都会拷问自己的为善之德。殿中立一大鼓，直径一米许，与诸多寺庙一样，当你抚摸着这面无数次搧动神明的鼓皮时，会想及"晨钟暮鼓，堂皇而又沉重"的意境……

点燃革命烽火的"炮台"

　　但谁又能想到，这一庙宇，曾成为点燃革命烽火的"炮台"？
　　据《樟木头镇志》记载，民国二十七年（1938）10月12日，日军在大亚湾登陆，炮声传到樟木头。10月170，出生于樟木头古坑沙园村、新中国成立后被授予大校军衔的抗日英雄蔡子培，当时联络卓扬、勒勤大学学生蔡品中、养贤学校校长魏拾青等，在石马乡凤山古庙里召开全乡群众抗日动员大会，并成立"石马乡抗日自卫团"，当时有40多人参队，选蔡子培为团长，魏拾青为团部负责人。
　　至此，蔡子培领导下的抗日自卫团从凤山古庙出发，踏上了抗日救

国的革命征途……

蔡氏开基之祖庙

一个地方的垦辟，大到整个平原，小到一个村庄，从荒芜到繁荣，大抵都有来自原乡的神明相随相伴。正因为源于中原的客家人都信奉"三王公"，所以，官仓蔡氏于凤山立古庙奉"三王爷"，或许正是当年建庙的初衷。

一般来说，初垦时期，环境恶劣，草寮当庙，神明也是备尝咸酸苦涩的。等到垦地有成，聚落渐兴，才兴建庙宇，让神明稳坐殿堂接受膜拜。这种草创阶段人神同甘苦共命运的经历，几乎所有的开基古庙都有过。风雨百年的凤山古庙，在成为蔡氏祖庙的行进之中，也有它的荒漠与兴荣……

对于庙的始建年份及修缮历史，据《樟木头镇志》记载，相传建于明代，但具体年号无从考证。并载，曾三次修建：第一次为清代一个地方官员主持修建；第二次为 1949 年由同宗沙井村民蔡秉权主持修建；第三次于二十世纪 90 年代由官仓村民蔡福来号召蔡氏同宗募捐修建。

其始建年代大概是从门额上镶嵌的"凤山古庙"麻石匾额为推断。

但还有另一种说法，蔡石军多年考证，认为该庙始建于清乾隆四十年（1775）。由蔡氏宗长蔡得周倡议，六房份捐资而建，其中捐得最多的是蔡殷宝。抗日战争结束，在 1947 年，凤山古庙修缮一次。新中国成立初期凤山古庙从瓦面至墙身及室内一切均被毁坏，到 1993 年由蔡福来募捐和私人合股进行重建。"由于资金少，重建后庙的质量及型样比原建模样差很远。但是，每天也吸引了不少人前往烧香求签。"他说。

乡民精神寄托之所

我们的祖先，特别是开基创业的先民，大多以立庙敬神来增加生活的安全感和信心，激发生活的勇气，在某一时期成为其不可或缺的精神文化。

其实，人的一生生理、心理和物质、精神的满足，似乎都与神结下难解之缘。居家奉门神（如钟馗、尉迟恭等），生病拜医神（华佗），经商敬财神（关帝），赴考祭文神（孔子、魁星爷）等，从衣食住行，到生老病死，从博取功名，到消灾解厄，都蒙上一层浓厚的神明保护色。

凤山古庙也不例外。此庙供奉着三尊神像：大王爷、二王爷、三王爷。当地百姓又称"三王宫"。

另外，在正庙的左间立文昌、木康爷雕像，右间立关帝、志辉爷雕像，楼阁立魁星爷雕像。民间传说，因三王爷神威最灵，有求必应，故称三王公庙。蔡屋不少男丁的名字都有个"王"字，也是契给王爷祈求王爷保佑之意，并流传有到此膜拜便能加官晋爵之说。

所以，也就有了新中国成立前，蔡氏子民对"三王宫"的无比信仰，也就有了数百年来香火不辍。

隐于书香中的"民国东莞县政府"

循着朗朗书声，我们走进石马河畔的养贤学检。此刻，夕阳正温柔地抚摸着参天的香樟树叶，闪着余晖的灿烂。树下小径的尽头有座中西合璧式的小楼，在斑驳陆离之中，一身阑珊，寂寞无语

待在"闺"中无人识

"我们学校的人没有一个能真正说得清这幢小楼的来历。"养贤学校的谢万容老师如是说。

这是一幢晚清时期建筑，坐北朝南，二层券廊式，钢筋混凝土结构，前排走廊均为券拱形，中间大门如意纹券门恢宏气派，正面山花为凸起三角形镂圆孔，下书"养贤学校图书馆"，柱顶饰穹庐尖顶，建筑总长16.6米，宽13米……

虚掩的两片厚实的木门后面，是一个宽敞的大办公室，几个老师正各自忙着备课。据介绍，二楼现用作该校的图书馆，三楼、四楼、五楼闲置着堆放了些杂物。其裙楼后接一座碉楼，名为"养贤碉楼"，长6.5米，宽5米，高六层17.5米。

1930年建成的养贤学校，因其历史的变迁，现已是一所民办学校。该校政教处主任雷传明说，养贤学校现有在编老师都不清楚这楼的渊源，只晓得年代久远。有一次东莞市的文物专家来此考察他作陪时，听说过这座楼是一幢难得的建筑文物，还曾被日寇侵占过。但小楼的"本来面

目"他说他的认识还很模糊。

也正是因为有那一次的作陪，他才真正开始触摸小楼的历史……

揭开"庐山"真面目

吸引市文物专家的这座小楼，到底有什么特别呢？

据樟木头镇志办有关同志介绍，1938 年 11 月 190，日军向南扫荡，莞城沦陷。国民党东莞县党部、东莞县政府退出莞城，分别隐避于樟木头石马坪承和楼和养贤学校。其时，广九铁路首尾已为日军占领，但中段自平湖至横沥 9 个站完全在抗日军队控制中，当时国民党守军和地方部队在此驻军 1 万多人，故东莞、宝安两县政府都搬迁至樟木头石马坪。东莞县政府搬入石马牙北面的养贤学校。国民党东莞县党部书记长香楝方、组织委员香照城等县政府、县党部工作人员在此办公。这座如今隐于书香的小楼就是国民党东莞县政府办公旧址。

1943 年，日军打通广九线，石马、樟木头成为半沦陷区，铁路、公路交通中断。国民党县党部、县政府被迫迁往惠阳县镇隆。

1945 年 1 月，迁回常平土塘，直至日军投降后，才返回莞城。1945 年春，日军第 129 师团奉命从长沙秘密南下，在惠阳县淡水一带和广九铁路沿线驻防，以对付美军舰队反攻华南。其时，日军第 129 师团司令部驻养贤学校。1949 年 10 月，樟木头乡、石马乡合并为樟石乡，成立大会于 1950 年 2 月在养贤学校举行。1958 年 4 月，樟木头农业中学创办，附设在养贤学校。后改为小学校，招收石新、柏地这两个社区的儿童入学。2000 年起，改为民办学校，学校名称不变。

在雷传明的领路下，我们打开"养贤碉楼"的大门，楼内充斥着一股霉味，沿着吱吱嘎嘎的木梯拾级而上，墙砖上的弹孔千疮百孔，诉说着历经战火的伤痛……据说这座"养贤碉楼"是解放战争时期，国民党东莞县政府的最后一个堡垒。

车如流水"马"如龙

时间回到 1938 年，在国民党东莞县政府安置于这座小楼的同时，广东省金库、交通部、电邮局、东江游击纵队司令部、宝安县政府以及国民党县党部亦迁来石马圩。东莞县分金库（银行）设在石马圩的中正街。东莞县监狱设在官仓养贤学校，税务局、田赋征收局等一些单位也设在石马坪内。石马圩一时成为政治、经济、军事中心。

据了解，那时石马坪有运输行13家，茶楼酒馆17家，小食档20多个，酒米馆13家，中西药店5家，布匹百货店5家，打铁店2家，赠产所1家，竹木日杂百货店3家，烟酒副食商店8家，理发店3家，家禽牲畜圩场1个。全圩总人口近4000人，街上经常是人头攒动，一片"繁荣"景象……

如今的石马圩，宽敞柏油路的两边，耸立着高楼大厦，处处充满着现代气息，车水马龙中，让人想及古诗：还似旧时游上苑，车如流水马如龙……

洗尽铅华方现"宝"

阅读更朝换代的兴衰，历经七十多年的风雨，小楼在寂寞中等待……

2009年2月，樟木头镇文物普查队对各个村落进行了细致调查，欣喜地发现了许多不曾被发现的文明印记，确定了首批13个文物保护单位，这座小楼就是其中的一处，这也标志着我镇的文物保护工作进入了一个规范、系统、科学的时代。

当年，镇政府还出台了一系列的文物保护政策。政策明文规定，不论文物是公有还是私有，镇财政每年将拨出相应经费用作修缮、管理和维护。对有开发价值的文物进行合理的开发利用，以文物养文物，变"保"为"宝"，充分发挥文物的潜在价值……

2009年2月27日，舞麒麟，鸣鞭炮，"文物保护"的牌匾也高高挂起，校园很热闹，小楼显得很"激动"……当红布被揭下的那一瞬，人们可以看到，书香中的小楼正在回眸一笑。

养贤史话

岁月赢华，时光荏苒。位于石新社区的养贤学校自创办以来，已走过了 86 个春秋。其历史，可以说是当年石马乡乃至今日樟木头镇革命史的一个缩影。今天，我们俯身拾起关于她的一些历史碎片，以此来缅怀那些为革命而流血牺牲的仁人志士、滋养后人……

养贤学校校名的由来

1911 年辛亥革命胜利后，伟大民主革命家孙中山先生提出的"振兴中华""兴办教育"等主张之风吹遍了东莞市镇农村，清溪乡的鹿鸣学校、坜场的端风学校……都建起来了，而此时的石马牙只有一位名叫蔡福康的老先生在上屋坪仁岱祠设私塾，学生一二十人，设备只有福康先生八仙桌一张为教坛，点书给学生读，学生自备桌椅。"每年的农历九月九，先生不走学生走"是当时石马牙私塾的写照，可见其教育事业之落后。

1930 年，以蔡美朋、蔡步贤、蔡顺隆等为首的石马牙当时热心教育人士筹建并创办成立了养贤学校，因石马坪的村民大多数是养默祖和育贤祖的后裔，故学校取名：养贤学校。建校资金均来自坪内商户、群众及祖尝等捐款，规定凡捐 1000 元以上的均给予在礼堂挂一大像，以表彰其热爱教育事业的精神。开学时礼堂两侧就挂有蔡美朋、蔡步贤、蔡杰培等人的像。

新成立的养贤学校也有自己的校歌，师生们这样唱道："我们养贤，雄踞石马，右有大河，左有交通的汽车，位置天然，风景堪夸。在这里求学的我们，须要努力，切勿虚度韶华。"

校名润笔费：1500 斤稻谷

养贤学校的校名是广东顺德名人梁澄所书，当时笔润 1500 斤稻谷。第一任校长是黄挽澜（嘉应州的人）。学生来自石马、樟木头、白果洞等各乡村私塾，开办 1 年级至 6 年级。黄挽澜博学多才，治学有方，诗词、古典文学十分精通，门生不但文学优异，且书法也很有名，其众学生中蔡运新、蔡育良、蔡其富、蔡玉石、蔡福珍、蔡振等是石马乡出类拔萃的人物。

第二任校长是黄德昭，接着是钟敏、魏拾青、蔡鸿禧、邱品良、蔡铨涛、李泽光、刘访君、房业勉、王纬吾、房南光、张帆、何雪贞、蔡福恩、罗新发、赖锦友、蔡水坤、罗春元、蔡九如、王伟欢等。

师生打着洋操鼓迎蔡丽金

1930 年，学校遵循孔孟之道，围墙上写着"忠孝仁爱、信义和平"八个大字，讲台上写着"礼义廉耻"，学生多是商贾、富家子弟。穷人子弟多是读三四年就为家计而停学了，每年六年级毕业生均在 20 名以下。

在黄挽澜任校长期间，石马乡蔡族最高学历的蔡丽金从北京大学储才馆毕业荣归故里，学校以其读书事迹教育学生，鼓励学生勤奋读书，宣传"学而优则仕"是青年学生的光明出路。故经常在养贤学校作为专修生的蔡子培，也在这期间先到鹿鸣学校后转到广州读中学、大学深造。丽金回石马坪时，村口大道上搭大彩楼，学生老师及绅士们列队恭候热烈欢迎。这对学生和教育影响之深刻，可想而知。大彩楼撰联曰：

硕士破天荒，毕业储才，国内咸推拔萃

伟人兴地利，荣归故梓，乡中极表欢迎

由于蔡丽金的影响，继蔡子培去广州深造后，则有蔡运新（蔡云）、蔡其贵、蔡传庆、蔡中民、蔡焕勋（蔡品中）等许多青年学生或祖尝资助或自筹资金纷纷到广州、东莞等城市读书。蔡丽金很关心养贤学校的教育，经常亲自引荐有才华的教师、校长到养贤学校任教，并亲自为学校书写校名等。他每次回乡，养贤学校的师生都要打着洋操鼓去樟木头火车站迎接。

樟木头最先响起国歌的地方

养贤学校值得赞颂的年代是从 1937 年开始的，卢沟桥抗日炮火唤醒了中华民族，许多热血青年群众的抗日热潮风起云涌，时任养贤学校校长魏拾青（又名魏独青），是蔡子培的老师，更是一个思想进步的爱国知识分子，无论琴棋书画，体育文娱都很精湛。

正好这时蔡子培在中山大学读书，他积极投入广州市的抗日救亡活动，被选为广州市抗日救亡联合会的执行委员，子培常把抗日宣传资料，尤其是抗日救国的歌曲寄回学校或亲自带回学校，当时在学校任教的教师有蔡克欧（1939 年任马共高级干部）、蔡玉石、蔡士明、罗北风等进步青年，他们热情欢迎抗日歌曲，第一次拿回来的是田汉作词、聂耳作曲的《义勇军进行曲》，由音乐老师蔡玉石先生用风琴弹奏，接着就引吭高唱，当时全体师生情绪激昂，振臂高呼"起来！起来！打倒日本帝国主义！"在蔡玉石老师的教唱下，很快全校学生就学会了。

可以说，樟木头最先响起《义勇军进行曲》的地方就在养贤学校。

客家山歌中融入抗日宣传

从此，抗日救亡歌曲源源不断地在这片热土上星火燎原，如《渔光风》《在松花江上》《救亡进行曲》《壮丁上前线》《大刀向鬼子们头上砍去》《自卫歌》等都响遍了学校。这些充满抗战斗志的歌声，不断激励着学生和群众的爱国热情。当时上五年级的蔡群光同学，为了用军号奏《义勇军进行曲》的前奏，日夜勤学苦练吹喇叭，不到一个星期就学会了。学校积极开展宣传抗日救国运动，在牙日常上街演讲，在二帝宫门口演短剧。每次都是人山人海的，百姓争着看，每次蔡群光吹响《义勇军进行曲》前奏时，台下都报以热烈的掌声！蔡子培亲自在礼堂教全校学生唱《青年航空员》。

学生们将客家山歌的创作融入抗日宣传之中。其中，有首客家山歌是这样唱的："讲起日本我心伤，派架飞机到我乡；放只炸弹算筐大，刚好炸正我屋中央，炸死我婆见阎王。"这些通俗易懂的宣传，都是群众喜闻乐见的，对鼓舞百姓抗日的士气很有作用。

蔡子培领头成立抗日自卫队

有次国民党在承平社抽签招兵，许多青年都去参加了抽签，有家独生儿子抽到一个"去"字，正在犹豫不决之中，青年学生蔡其贵则举臂高呼："我去！"蔡其贵参加了国民党军队后不久就上了前线，在日军进攻南京时，目睹日军对南京人民大屠杀，十分愤怒。后来他负伤在医院养伤时曾写信回学校，信中写道："我伤愈后将再上前线！"这些豪言壮语极大地鼓舞了养贤学校的学生。

1938年秋，从延安陕北公学回乡的蔡子培和养贤学校校长魏拾青、蔡焕勖一起开始筹备成立石马乡抗日自卫大队。其时，广州已沦陷，蔡子培、魏拾青骑自行车到东莞县政府，县府的大小官员已收拾家当纷纷出逃。他俩找到了县长张我东，呈上成立石马自卫大队的申请书，张我东立刻批准了。当他俩再提出要武器时，张我东说："什么枪也没有了！"后来带去仓库给了一箱手榴弹和一箱七九子弹。蔡子培、魏拾青当即用单车载回养贤学校……

过了两天，子培的同学卓扬、丘继英、陶子梅、魏凡、关其清（子培的夫人）等人也从延安经广州回到了石马乡以养贤学校为基地开展抗日救亡运动。很快就在三王宫（今官仓凤山古庙）成立石马乡抗日自卫大队，选举蔡子培为大队长。

蔡子培智斗国民党保八团

当时国民党在石马坪一带村庄驻有保安第八团，徐东来的第三支队以及杨达的营部等，他们纪律甚坏，偷、抢欺压老百姓，百姓管他们叫

"派臭水！"

1938年冬，国民党爱国将军丘琼（中山大学教授、国民党少将参议员，丘逢甲之子），由子培带到蔡群光家里住了十多天，丘琼和蔡群光一家三口住在不足40平方米的瓦房里，生活十分艰苦，但丘天天穿便服出巡，深入群众，了解军纪、军风。

有次，保八团士兵在田沟、坡头捉鱼破坏了水利，还和转江村农民发生争执，打伤了农民，引起了风波。于是，保八团在养贤学校召开"军民联欢会"，其目的是想缓和群众关系。

会议开始了，保八团团长张煜坐在主席台上，丘琼和蔡子培等也在台上。

当时有几百名群众和几连荷枪实弹的士兵参加了大会。会中，保八团副团长张威烈大吹自己部队如何丰功伟绩，随后话锋一转，指着养贤学校的校牌便骂："这不是叫养贤学校，这是养牛学校，除出了一个中等人才蔡品中以外，都是蛮牛……"讲了半个钟头后，便得意扬扬地坐了下来。

此时，蔡子培再也坐不住了。只见他猛地起身走到讲台前，向群众和士兵们施完礼后，便侃侃而谈："士兵们、兄弟同胞们，你们满腔热血地离开了温暖的家庭，走上了抗日救国之路，你们万万没有想到，今天在部队里，过着半饥半饱的日子，要去耳鱼、砍柴来维持生活。人民百姓纳的公粮、商人纳的税、华侨的捐款都到哪里去了？大家知道吗？都是让你们的军官贪污了……"紧接着，蔡子培大讲军民如鱼水的道理，与张威烈进行针锋相对的斗争，骂得张面红耳赤、脸色铁青。

而台下的士兵与群众都报以热烈的掌声，丘琼也点头支持，颔首而笑。

反动派视其为"赤化了的二帝宫"

1938年，广州沦陷。其时，石马坪也成了半沦陷区，养贤学校已给东莞县做县政府了。养贤学校在半沦陷期间，先后有东莞县张我东、李鹤龄、罗瑶、张仲旋等四任县长占用为东莞县政府所在地，而石马牙内的承平社也由国民党部占用,珊珠棚则被第七战区司令员邓琦昌占驻,大和村则由保安第八团团长张煜占驻,还有杂牌军徐东来占驻昌栈……

其时,国民党重要机关都设立在石马乡周围,养贤学校学生则变成了无巢之鸡,其中,养贤学校优秀学生蔡运新在回乡避难时,带着蔡信等人在新坪吓鸭寮以"新民学校"为校名,教育失学儿童,学校有七八十人,全是男生。

敌机经常来轰炸学校,学校曾在上屋坪猪栏角办过,珊珠棚办过,圩内的二帝宫办过。当时聚集了一些进步老师,因此也被反动派视为"赤化了的二帝宫",迫于压力,后只得停办,学校又变成私塾在村设馆教"三字经"了。

石马坪,国民党军政机关岗哨林立,笼罩在白色恐怖之中。蔡振、蔡信在谷行和中正街常张贴一些革命标语,这些标语在樟木头街头是第一次出现。

蔡运新老师(当时改名叫蔡云)叫学生蔡信把东莞县党部孙中山遗像两侧的"革命尚未成功,同志仍须努力"对联上下联分别加上"闲事""爬钱",气得县委书记香棣芳和党棍尹孔怀暴跳如雷,声言誓查赤色分子。

在抗战年代,养贤师生一直是勇于和敌作斗争的一面旗帜,也有许多老师、学生为革命而光荣牺牲了。

革命志士蔡群光被害经过

在日本投降抗战胜利的时候,在石马坪附近的东江纵队仍在继续进行革命活动。

1945年农历九月十八日是石马坪日,蔡群光、蔡振、蔡信与平时一样在街上收税。早上8时许,蔡云(时任乡长、连队指导员)从街上跑到蔡信的家,命令蔡信:"有紧急情况,蔡振、群光有危险,赶快通知他们立刻撤出石马牙,这是命令!"说完还掏出6粒左轮子弹叫蔡信转交群光,随后便匆匆离去。接到命令后的蔡信跑到街上时恰好在街口碰见群光，交代好上级指示后，蔡信随即赶到地下交通站——清一色饭店，一看，蔡振不在，便对蔡振母亲说："如果蔡振回来，叫他火速离开石马坪！"当蔡信送完信在石马村村口，迎面就看见新一军的汽车已到石马车站（昌栈门），车上跳下反动分子蔡洪有及一群新一军士兵，为避其锋芒，蔡信折回家里藏了起来。也就是这一天，新一军和刚成立的樟石乡剿共委员会（联防队）在石马坪折腾了一天，直到深夜，还到处抓人，抓赤化分子。子夜时分，蔡信才联系上蔡振，两人藏身于蔡元安家牛栏的草堆里。直至拂晓时分，突闻外面响起二轮冲锋枪声，两人才冲了出去⋯⋯

　　事后，蔡信才得知，新一军那夜抓到了群光，将其反剪双手，倒吊在吉普车外，残忍杀害。蔡群光，学生时代就一直是宣传抗日救亡运动的积极分子，参加过抗日自卫大队和丘琮领导的东区服务队，在石马乡抗日民主政权成立后曾任青抗会长和农抗会长，在石马牙维持会办公室曾活捉过樟木头伪田赋处处长刘尧（刘丙耀），积极领导农民退租减息运动，开展禁吸、贩卖片烟运动。对于蔡群光的牺牲，蔡子培在党内会议上曾如此评价："蔡群光是我们党外的出色布尔什维克！"

辉世重光里的罗屋围

沿着新铺就的怡安街沿长线，在华泰大厦附近，距离马路边数十步远有一片客家古建筑群，那就是罗屋围村村落的原址。与怡安街沿长线宽敞的柏油马路，以及周边充满现代化气息的城市高楼大厦相比，古老的村落中具有岭南风韵的民居和紧挨着民居的祠堂、碉楼，让人感觉恍若隔世，时光倒流。

祠堂、碉楼、古榕树、客家民居，就是现时罗屋围村原址村貌的缩写，而罗屋围村原址的周边，高高矗立的一排排错落有致的高楼大厦，也是整个罗屋围村城市化变迁进程中的产物。

不管将来这些古树、老屋、祠堂、碉楼是否会消失，但我们有理由相信：历史的车轮将会让罗屋围这片处于镇中心地带的热土"辉世重光"！

一座祠堂：樟木头罗氏有 1200 人之众

这是一间为砖、瓦、石结构分三进两天井四偏间分布的客家古祠建筑。平面面积为 360 平方米，高约 7.5 米，人字形屋脊分 15 坑瓦面。大门为花岗石砌成，二进有长石镶成的"止步门"，天井铺石，通风透光。祠外，夏日炎炎似火，而走进祠内，却是阵阵清凉。

深深庭院中，那一砖一木之中仿佛都渗透着岁月的沧桑。一抬眼，"止步门"上的几株小草在夏日的风中摇曳，也正吐着绿芽绽放新的生机。

"启辉罗公祠"是罗屋围罗姓氏族的祠堂。罗屋围村罗氏后裔罗仕林介绍说，他的祖先在这里已开枝散叶 270 多年了，从清乾隆年间（1736 年—1795 年），六世祖罗启辉自老围移居新围（原名苟美围）立村以来，从樟木头罗屋围村开枝散叶出的罗氏人口有 1200 之众。

祠堂大门的一副鲜红的"启祖有德辉世重光"对联更衬出古祠的久远。罗仕林说："每年春节祠堂都贴春联，而大门的对联内容是固定不变的，均以'启祖有德辉世重光'来表示对启辉公的敬重，也寓意着对我们罗姓重振族业的期盼和信心。"

他还指着"灯花灿烂景致辉煌"的二进对联说，这是为春节"点灯"专用对联。三进上设神龛摆放着始祖启辉公等列祖列宗神主牌，对壁两侧书联："启发裔孙，个个集中堂上恭贺新年，俱宝贵；辉光耀祖，房房齐来祠内叩跪春禧，尽添丁。"

"这3副对联内容年年都不变。"罗仕林称他们罗氏逢年过节，都往祠堂祭祖设宴，"而结婚嫁娶也要在祠堂祭祖设宴的，到20世纪70年代以后就不流行了"。

这三副曾经不知在父辈、祖辈的嘴里咀嚼过多少次的对联，如同厅堂中央那条"耕读家声"的谚语一起，世代响亮在每一个樟木头罗氏人的心里。

《樟木头镇志》载："原有的'罗氏宗祠'（豫章堂）建于连屋大围，因年久失修，自行毁损，后改建民宅。坐落在罗屋村的'启辉罗公祠'为罗屋村罗氏子民的祖公祠。"

据介绍，"启辉罗公祠"始建于清代乾隆二年（1737），曾于嘉庆、光绪年间，以及1938年多次重修，并保存完好。

2008年，樟木头镇文物普查队对各个村落进行了细致调查，欣喜地发现了许多不曾被发现的文明印记，确定了首批13个文物保护单位，而这座古祠就是其中的一处，这也标志着樟木头镇的文物保护工作进入了一个规范、系统、科学的时代。

据了解，2009年，樟木头镇政府还出台了一系列的文物保护政策。政策明文规定，不论文物是公有还是私有，镇财政每年将拨出相应经费用作修缮、管理和维护。对有开发价值的文物进行合理地开发利用，以文物养文物，变"保"为"宝"，充分发挥文物的潜在价值……

2009年2月270，古祠显得很"激动"。醒狮舞起，鞭炮响起，"文物保护"的牌匾挂起，古老的村落一下子变得很热闹……古祠掀开"红盖头"，人们也在倾听古祠的诉说。

应该说，罗姓在我国民间是一个人人熟知的响亮姓氏，族大人众，家世显耀。跟我国大多数的姓氏一样，罗氏也是发源于两千多年以前的春秋时代，是当时的周朝天子的诸侯之一，后来封国不存，子孙就以国为氏，纷纷姓了罗。

关于罗姓的来龙去脉，历来许多有关姓氏学的古籍，都有十分详尽的考证，譬如《名贤氏族言行类稿》指出："祝融之后，妘姓国，初封宜城，徙枝江，周末，居长沙，汉有梁相罗怀，襄阳记有罗蒙。"

从 1735 年罗氏迁居此处至今已经有 280 多年的历史了，罗氏在此也已经传了十几代。两百多年后的今天，我们看到的是一些租住在老屋的新莞人每天在门前来来往往，古祠门楣上的雕龙画凤、富贵气派依旧彰显出罗氏一脉原有的繁华与兴隆……

一棵古树：百年古树见证了历史变迁

"之所以叫田心洞，是因为罗屋围四周都是稻田。"罗仕林介绍说。

"启辉罗公祠"祠后不到一百米远的距离有一棵大叶榕。只见古树主干苍劲挺拔，绿荫如盖，郁郁葱葱，长势旺盛，且"长髯"随风飘飘，又似垂柳婆娑。树冠覆盖面积 800 多平方米。它，遮天蔽日的，仿佛在诉说着该村数百年历史车轮碾过留下的古朴记忆。

观树知村。时至今日，我们仍可遥想"河流穿古树而过，古树揽村庄于怀"的清丽水彩画画面；也可遥想两百多年的悠悠岁月，以及罗氏子民在古树下的家长里短，都嵌在年轮里，蒙上时间苍苔……

"我们小时候常常爬上树摘那些嫩小的树芯吃，酸甜酸甜的，很好吃。"罗仕林介绍说，这棵树至少有 200 年历史。"我很小的时候，这棵大叶榕就很粗。"在罗氏后裔钱伯的记忆里，原来村头还有两棵小叶榕也是百年古树，但现在只剩眼前这一棵了。应该说，古榕不仅是村里的一道风景，更是村庄的灵魂。罗仕林称，逢年过节，以前村民会为古树砍杂清淤，打扫卫生；远行的村民，甚至会在古树下伫立良久。

当年罗屋围村田野环绕，阳光或月色映照村头的大榕树时，从叶间漏出的银光，已经随着岁月的变迁消失得无影无踪。居住在此地的罗氏后人，与樟木头其他姓氏的后人一样，在光阴的流逝中一代又一代地传下去……

一片民居：岭南客家古建筑风格的代表

据介绍，樟木头最早入居的客家人，住在山上的大细窝和上九栋、下九栋，因地制宜，就地取材搭建住房，四周墙体砌石，用泥浆涂墙，上盖茅草作瓦面；后来，搬下山脚建村，用石头砌墙脚，用泥砖砌墙体，用松树或杉树作桁梁，上面盖瓦多为两进金字廊客家屋，人畜共居。

所以，典型的金字廊两进客家围建筑既是罗屋围的建筑特点，也是岭南客家古建筑风格的代表之一。

时间流去 200 多年，在这些客家围建筑风格中，人们还可看到客家人的勤劳与智慧。如今，富足后的村民们全部自建洋楼或搬进了花园别墅，有的漂洋过海成了海外华侨，有的移居香港世代繁衍。而这些老宅已大多租住着来樟"寻梦"的新莞人，但庭院里的一砖一瓦依然让那些身在海外的游子们魂牵梦绕。

据《樟木头镇志》载：清光绪二十八年（1902），废除了科举制度，推行近代教育，兴办学堂。资料显示，"新中国成立前，樟木头镇各小学均为私立小学，当时，全镇各个乡村从祖尝收取的田租谷中提取一部分作为奖学金，奖励能升上中学、大学的子孙。如小学毕业能上中学的，每年由祖尝奖励稻谷若干担；中学毕业能升上大学的，一切学杂费、住宿费、伙食费均由祖尝供给"。

罗屋围也不例外，罗氏祖先自古以来"崇文尚武"，非常重视子孙教育。罗氏村办学校由谁牵头于何年创立虽无从考证，但在钱伯的记忆里，一直到人民公社化的年代该学校才废止改作集体食堂。

这种祖尝奖学制度，对鼓励学生努力学习起到了很大的促进作用。罗屋围里也走出了不少人才。据有关资料显示，近几年来，从樟木头大姓的罗姓宗族里共走出了不少公务员、国家干部，甚至"一巷三镇长"的说法也在民间广为美传。

一座碉楼：护佑着罗氏百姓保家卫国的坚定信念

婉约的田园诗里，除了一棵古树、一座古祠外，就是那座伴依着古建筑民居的碉楼了。罗仕林称，这座碉楼叫红楼。

碉楼，客家人统称炮楼。据介绍，樟木头的碉楼多建于清末民初。这期间，外侮内犯不断，盗贼猖獗，社会动荡。为了自身利益，较为富有的村民或祖尝（旧时的宗亲组织）便自建或共建有防御性质并可登高瞭望的碉楼。一方面避免战火扰乱、防贼防盗，另一方面显示财富身份，因为当时有条件建楼的人，多为出国谋生而有点"积蓄"的客家人，他们或多或少受到过西方文化熏陶，吸收了西洋建筑的格调。故此，碉楼有别于客家传统建筑。

据资料显示，截至2005年，全樟木头碉楼共有22座，以石马河以西的樟罗、樟洋社区居多。一般碉楼顶层的外墙，多冠以主人的名字，如：常富楼（连常富）、厚安楼（张厚安）、顺隆楼（蔡顺隆）、吉昌楼（蔡吉昌）等。

而红楼的命名来历却与上述碉楼的取名不同。据《樟木头镇志》载：罗屋村的红楼和乌楼两座碉楼均是由公尝筹款建筑的，故不以人名命名。

罗仕林手指着不远处车

罗屋村的地标——炮楼

水马龙的怡安街沿线宽敞的柏油路说，与这红楼相比邻的乌楼就是因为城市建设的需要，于2012年9月才刚刚拆掉。他还介绍称，碉楼的墙壁是用石灰、黏土、沙石、漏水糖（制红糖的次品）拌匀，多层次用人工夯实，非常坚韧，据说火烧不动、枪弹不入，甚至连地雷也炸不开。

红楼离"启辉罗公祠"也就50米距离左右。钱伯称，红楼、乌楼与"启辉罗公祠"是呈一条线排列的，"红楼在祠的左边，乌楼在祠的右边，两楼相距100余米"。

为什么叫红楼和乌楼？钱伯说，除了这两座碉楼均是由公尝筹款建筑不以人名命名外，还因为碉楼外墙颜色有红与黑之区别。

我们可以想象，红楼曾与乌楼一起耸立在一片绿色的田野上，一如两支宝剑一般，双双挺拔坚韧，栉风沐雨，诉说着夜阑卧听风吹雨，见证着祖辈们忧国忧民的坚持，也护佑着罗氏百姓，以及他们保家卫国的坚定信念。

红楼高15米左右，与镇上其他碉楼的功能相似，在每层楼房的墙上都设置枪眼（对外射击孔），人站在下面向上仰望，窗口和枪眼也能隐约可见。此外，据称楼顶还备有火药包和石头，以便居高临下，攻打盗匪。与镇上其他碉楼的历史相似，红楼在抵抗日寇时期也发挥着相当重要的作用。

1981年嫁到该村的李姨说自己刚结婚的时候，看到乌楼和红楼在一片民居老宅中显得非常显赫和"突出"，"因为它毕竟在当时是算很好的建筑了"。

如今，红楼紧挨着新都会酒店员工宿舍楼而立，新旧建筑在这里和谐共生，也相映成趣。而最特别的是，楼顶有棵小树却长得特别旺盛，在夏日的阳光中也显得特别耀眼。它，似乎在预示着罗姓家族一脉"辉世重光"的强盛生命力。

一座城市：现代化城镇正在崛起

罗仕林指着巍然矗立的启辉A楼称，该楼的原址原本是一片池塘。

人们可以看到，昔日被阡陌沃田包围着的罗屋村，如今已是樟木头镇的最中心最繁华的地方，也成为樟木头政治、经济、文化中心所在地。

据介绍，改革开放前，罗屋围村的村民们大多把农活干完后，从事商贸增加家庭收入。从 20 世纪 90 年代之后，洗脚上田的罗屋围人充分发挥地理位置和交通便利的优势，引进外资和自筹资金大力发展房地产业和商贸服务业。建有裕隆大厦、集贤大厦、启辉大厦、广场等物业。如今，改革开放所惠及的罗屋围村村民们，家家拥有小轿车，户户住进小洋楼，纷纷过上了富足的生活。

舞醒狮、放鞭炮，敲起锣、擂起鼓。2010 年 11 月 9 日，罗屋围又掀开了历史上重要的一页：罗屋围旧村改造拆迁启动仪式就在"启辉罗公祠"前启动。随后，挖土机、推土机相继开进了这个古老的村庄。2011 年 9 月，一条崭新的柏油马路从怡安街贯穿至永隆街……

站在怡安街沿线宽敞的柏油马路上，看着"车如流水马如龙"的景象，我们可以想象，一座现代化的城镇正在罗屋围这片古老的土地上悄然崛起！

西山世胄南宋家声

——走进官仓蔡氏宗祠

走进樟木头官仓蔡氏宗祠，看到一群鹤发飘飘的老者在祠
内打麻将、玩纸牌、抽烟、聊天、品茶，笑声不断，其乐融融时，
不由让人想起《桃花源记》"黄发垂髫，并怡然自乐"的句子……

——题　记

怡然自乐祠中现

有族必有祠。据说官仓蔡氏是较早来樟木头开基的客家人，而位于
官仓社区围心村的"崇礼堂"，就是樟木头官仓蔡氏的宗祠。

祠外，一条马路贯穿于宽阔的广场，高楼广厦之间，小车和公汽的
喇叭声不绝于耳；川流不息的，还有熙熙攘攘居于邻近外来工的身影。

而古祠，就像是一个坐在那里守望子孙的耄耋老人，历经百年风雨的目光里，写尽沧桑和柔情，也看尽朝代更替的兴兴衰衰。

据说这广场上原先立有两座旗杆墩，墩体呈正立方形，边长约1.8米。左边墩竖国旗，右边墩竖蔡族旗。是由清代同治癸酉科封任两广总督惠东县大夫弟村的蔡锦青所赠造，可惜旗杆墩在公社化时毁了。

官仓蔡氏能立旗杆墩，那这一脉先人的显贵就可见一斑。

那天，阳光很亮。阳光是现时的阳光，建筑是古时的建筑。两百多年前留下来的"西山世胄 南宋家声"木刻门联和"蔡氏宗祠"大门横额，在阳光照耀下仍显鲜活。

细看门廊壁画，无论是花卉虫鱼，还是飞禽走兽，典故人物，都刻画得惟妙惟肖，生动活泼，栩栩如生，仍可见古人的独具匠心。

或许如蔡氏宗祠这样藏于民间的雕刻艺术，还有许多。

门是敞开的，扣响铜头门环，跨过门槛，也就踏进了乾隆盛世……

它是一幢砖木石结构的古建筑，青砖墙体、花岗石柱台、杉木桁架、雕屏画壁、琉璃瓦脊，工艺十分精致。祠堂三进，坐北向南，中间两大天井，里面宽敞舒适。

二进厅堂内，支着一些桌凳。一群老头、老太围在一起，聊天、抽烟、品茶、玩麻将、打纸牌……笑语盈室，悠闲中可见其乐融融。也许《桃花源记》中"黄发垂髫，并怡然自乐"说的就是这些吧。

当笔者用相机聚焦他们的时候，他们却浑然不觉……

"自20世纪90年代开始，这里一直就成为官仓老人活动中心。"官仓社区的工作人员说。

楹联颇后人

据《樟木头镇志》和《蔡氏族谱》记载，官仓蔡氏宗祠始建于清乾隆乙未年（1775）。当年，蔡得周（清波公之祖父）与族中长老合议，由官仓蔡氏六房捐资始建，于丁酉年（1777）农历九月初三竣成，敬奉列祖登祠，子孙从此实行每年春冬二祭。

宗祠是属于一个姓氏的公共建筑，起着加强家族凝聚力的作用，它深含着长辈们对子孙后代的一片期望，宗祠的大门上、柱子上，至今保存着特意刻撰歌颂先祖业绩、激励后人拼搏的楹联。

在崇礼堂第二进屏侧壁上，左右木刻对联一副："系出闽省，自西山九峰以及，虚斋理学昌明，充足光照一姓；家居广南，从梅州揭邑而来，莞水渊源久远，庶几蕃衍千秋。"

第三进的后壁上就排列着蔡氏前辈祖宗的神位，堂上供奉的是蔡氏列祖列宗以及历朝历代蔡姓杰出人物，以供后世子孙缅怀追思。案几上的香炉上仍见香火正燃。侧柱上有联曰："宋室忠臣宇；明朝进士家。"这应该是过年祭祖时贴上去的，对联至今还很鲜红。侧壁两边又镶一副木刻对联："基发尖田，不论上田下田，好福田宜广种；堂开祗德，不拘大德小德，称明德自为馨。"

官仓社区的工作人员说："这一副蕴含着治家修身的哲理对联，是先人清波公自撰的。联中'尖田'就是指揭西县河婆的尖田村，说明我们官仓蔡氏是从尖田村迁过来的。"

据说从这里繁衍的后人有两万之众，但目前也仅1100余名蔡姓原居民留守官仓祖居地。

一年祭祖分四次

每家的祠堂都有自己的堂名，蔡氏宗祠又名"崇礼堂"。

今年73岁自称是"福粤公"第30代后裔的蔡石军每一年都要在这里主持四次祭拜仪式：春分拜裴然公；清明拜殷宝公；秋分拜东湖公；重阳拜仰东公及显瑞公。这与《樟木头镇志》所记载的"实行每年春冬二祭"并不冲突。蔡石军说，不是共房的并不需都要祭祀，每年春冬二祭是指每个祖先都要一年祭拜两次。

据他介绍，东湖公是樟木头蔡姓子民的始祖，凡是姓蔡的都要拜祭。"东湖公就葬在现在的东莞市第八高级中学地方。因为建校，所以迁坟时镇政府还补偿了蔡姓族里98000元迁坟费用。"他说。按祖规，每次

第四辑 古镇风物

祭祀都要在祠堂内摆酒设宴。这摆酒也有讲究，但凡 60 岁以上的男丁才能来，不但可以来，而且可以堂堂正正地来，按辈分坐席，而女人是没有资格来的。虽是祖规，但也有改革的机会。蔡石军说在殷宝公（蔡殷宝）手上就很特别，讲究"男女平等"观念，祭祖时，殷宝公认为男女都可以来。来了，人人还发红包。除了祭祖，一般蔡姓子民结婚、做生意、生仔（生女儿除外）也都要在祠堂摆酒。其实，蔡氏宗祠在时代变迁中，也曾面临着几次厄运。

蔡石军讲述，1972 年冬因官仓大队办碾米加工厂，将宗祠的后进部分拆去瓦面升高，面貌已稍有走样。至 1992 年由蔡子培建议，族人捐资，请揭西县李耀龙施工队承接工程进行修复，才是今天的模样。宗祠修复后就一直作社区的老人活动中心使用。

站在祠的弄堂，可以感觉到风大，凉爽。也许在官仓生活过的人们，无论如何也不会忘记这拂弄衣角的弄堂风，以及过年过节时舞麒麟"参门"、接灯、祭祖时的热闹。因为这里，流着他们的血脉。

"每年正月村里都要从凤山古庙请来神像在祠堂内举行接灯仪式，这项仪式一般是关起门来做的。我做小孩的时候，就常透过祠堂门缝偷看接灯仪式。感觉童年的生活很有趣，仿如昨日。"说这话时，蔡石军的眼睛泛着光……

宗祠变"保"为"宝"

2009 年 2 月 27 日，樟木头镇分别在全镇 7 个社区举行盛大仪式，对首批 13 个镇级文物保护单位进行挂牌保护，时任樟木头镇的镇委书记、镇人大主席李满堂在为官仓蔡氏宗祠镇级文物保护单位揭牌时表示，樟木头镇将一如既往地做好文物保护工作，让全镇人民记住历史，通过优秀的传统文化来教育后人。

我想此举不仅为打造"旅游新樟城"添砖加瓦，也是培育"感恩文化"的重要举措。同时，在全镇范围内掀起了一股文物保护热潮，将为樟木头镇的旅游文化事业注入新活力。

历史在延续，时代在发展。我们可以欣喜地看到，宗祠文化也将在传统的格局中解放出来，推陈出新，承传人文的精神，发扬着民族的文化魅力！

阅读延伸一：官仓蔡氏源流

《樟木头镇志》载，官仓蔡氏原住地在官仓窝。蔡氏鼻祖出自姬周（前1046），公元前213年，周武王定都镐京（在陕西长安西南）。分封诸侯时，蔡氏始祖叔受封于河南汝宁上蔡县，立蔡国，后因政变死于放逐地。他的儿子胡，忠于周朝，被派到鲁国有功，又被封于蔡国，史称"蔡仲"。

春秋时代，蔡国为楚惠王所灭，后裔便以国为姓。子孙蔓延四布，一部分逃到山东济阳定居。唐朝末年，黄巢之乱，蔡炉（起问）带53姓从济阳南迁福建宁化县赤岗高梧村，而后蔡兴星迁广东梅州松源，再后蔡锦（绵）基迁揭西县河婆尖田尾开基。

明崇祯五年（1632），蔡显瑞并廷兰偕诸弟侄迁广东省东莞县樟木头官仓窝开基，后又迁官仓河边立村。清咸丰二年（1852）其弟子把蔡东湖（卒于1576）及原配朱氏等遗骸从潮州尖田尾迁葬于官仓，并立为太祖，是为官仓村蔡氏始祖。随着人口的繁衍等原因，官仓蔡氏村民又播迁于丰门、赤山、刁龙、泥陂、古坑、柏地、石马等地形成望族，称为"蔡屋洞"。

阅读延伸二：客家史上六次大规模迁徙

客家民系因战乱、旱灾、水患，造成大规模的避难者、历代贬谪官宦、商人、游学者自中原迁居南方，定居闽粤赣边地区，先后经历了六次大规模的迁徙，并在六次迁徙过程中繁衍发展而来。

一是秦汉统一中国，大批中原士卒开始南下，分驻于粤、籍、闽的军事要冲地带，这些秦汉士卒的后裔，也就成了第一批的中原南下移民。

二是汉末建安至东晋永嘉之际，为了避难，大批中原望族举族南迁，大部分稳定在长江中游两岸，其中一部分入江西赣南，部分又经宁都、石城进入闽粤边州县。由于政府的种种照顾政策，很快趋于稳定，一直保持了五个世纪。

三是始于唐代，由于社会动荡不安，黄巢农民起义军的兵锋纵横南北，大批北方汉民为了躲避战乱带来的巨大灾难，大量南逃迁移，落户在相对安宁的江西、福建、广东地区，成了第一批客家先民，稳定了300年。

四是两宋时期，金、蒙古相继占领北方，并日益南侵，使一批批中原避难者再次迁往江西西部、福建西部及南部、广东东部及北部，并与当地畲、瑶等少数民族逐渐交融，最终形成客家民系。

五是明末清初，由于清朝统治者南下入主中原以及瘟疫的发生，人口锐减，加上闽西、粤东人口膨胀，清政府下令沿海居民向内地挤压，客家人又开始了再次迁徙，一部分迁至广东中部和滨海地区及川、桂、湘、台等地，一小部分迁至贵州南边及云南。

六是太平天国运动时期，不少客家人从粤东闽西一带迁至粤南及一些沿海地区，有的则移居海外。

官仓惊现东莞最大私家花园

乾隆年间，位居莞邑"四大财主"之首的蔡殿宝，在其樟木头官仓村的祖居地上，兴建20亩三家巷，并将30亩的巷舍、庄园、金鱼池、跑马场汇集一处，当年的架势、场面、奢华程度，在东莞是绝无仅有，古村规模可能是东莞历史之最……

——题　记

日前，笔者在樟木头镇官仓社区无意间发现三家巷巷舍外，其实原本还有连成一片的私家花园、金鱼池、鱼塘、晒场、私家跑马场等，占地约20000平方米，虽历经240多年的风吹雨打，如今只剩一间残破"新厅"和一口几百年古井，但杂草丛生仍掩盖不了当年的繁华……

三家巷保留清代文化

三家巷位于官仓社区，与石马坪接壤，住着蔡姓人家。走在古民居巷舍中，随处可以感受到淳朴的民风。房前屋后，随时可以看到放养的鸡鸭猫狗。据官仓社区工作人员讲，住在三家巷的本地居民已经很少，古民居中多为外地人租住，不过他们和本村人相处得很和谐。我们看到，每家每户虽贴有鲜红的门联，但大半巷内民居门锁仍见锈蚀斑斑。

纵横的街巷，尽管有一些已破旧了，其中也冒出几座不和谐的两三层楼房，却并不影响村子的古朴和静谧。记者的到来，不时招来巷口探起脑袋张望的目光。

三家巷的住屋均按照客家风俗规式，一色的都是水磨青砖、重檐叠瓦、屋脊云鳌、墙头塑龙、曲径回廊的清代建筑，采用三间一座或五间一座，二进或三进，中间开天井。大门缩蟹口，栋飞用线塑，瓦檐作班

第四辑　古镇风物

鱼条，墙角及门窗框用花岗石。其巷道迂回，宽约 2 米，均取用 0.8 米至 1.2 米的长条麻石铺砌，石面光洁、干爽通风，巷道虽窄，但阴凉避晒。巷与巷不直通，巷头设门楼装防盗弄柱，巷尾墙体闭塞，巷道全铺花岗条石。墙体下半部砌石，上部砌磨面青砖。室内后进设屏棚，栋算下第三条人桁下设子孙桁，刻有百子千孙字样。"这样的房舍共 140 间，占地 20 亩。"官仓社区工作人员蔡先生说。这上百间民居错落交织，在乡间的山风中闪现着古典的韵味。

巷舍门楼上无论是走兽还是花鸟的木雕、石雕全都栩栩如生，这古民宅建筑群落不仅保留了较为完整的清代文化，而且还成了考察早期客家居民生活状况的鲜有依据。

庄园主人身世显赫

从"三家巷"的建造规模就可见建造者的身份地位非同寻常。

据《樟木头镇志》载，三家巷是清代东莞的商业奇才蔡殷宝所建，至今大约有 250 年以上的历史了。生于清雍正十一年（1733）的蔡殷宝，号恕轩，字序器，樟木头官仓村人，是樟木头蔡氏唯一载入《东莞地方志》的名人。

官仓蔡氏后裔蔡石军老先生介绍说，蔡殷宝 17 岁开始从商闯荡江湖。先是在乡间买下 50 担谷，租船由石马河经东江运到石龙销售。凭商家善谋，看准石龙是东江流域物流集散地，看好东江水运优越条件，广泛接触产销两地经营客户，从中摸索市场规律。同时，大胆投资收购地铺地皮，修建店铺、仓库，他经营谷米、油联、铁锅、陶瓷、建材、烟草，分设 22 间店铺经营。

1761 年，时年 29 岁的蔡殷宝，为给儿孙造福，他在宝安观澜大水坑逐年买下 8000 多亩水田，出租收租，每年收 14000 担谷。至 1763 年之后，他又在樟木头及谢岗各地连续买下 6000 多亩田，同样以出租收租。其时，他共有田产 14000 多亩，租谷每年 25000 多担。

乾隆四十年（1775），蔡殷宝已 43 岁了。石龙经商收入及田产租谷收入，合计每年都有 7000 多两白银，历经数十年奋斗历程的他，当年财富达 20 万两白银。

当时莞邑有四大财主，分别是：茶园刘孔武、石步封绍仪、河凹陈三明、官仓蔡殷宝，而蔡殷宝有"莞邑银王"之称，位居莞邑四大财主之首。蔡石军说："蔡殷宝的财产总量比第二大财主的财产要多出一倍。"

规模或创东莞之最

蔡石军讲述，乾隆三十年（1765），因人口逐增，蔡殷宝见祖屋已住不下，就斥巨资花 4 年半时间，按三个儿子分成三家，建"三家巷"（按儿子分成三家而称三家巷）。建成"三家巷"后，蔡殷宝还剩余十多万两白银。此时蔡殷宝很会用钱，他响应族里清波公之祖父得周公倡议，捐资建官仓蔡氏宗祠（崇礼堂）和"凤山古庙"。

另外，蔡殷宝家族还于 1775 年间在官仓河畔买下 30 多亩地，建三座豪华大院，院名叫做文华堂、大厅、新厅，分别给其次子灿南、季子斗南、长子辉南使用。

据《樟木头镇志》载，三座大院占地 20000 多平方米，内设花园 4500 平方米，灰沙地塘 3000 平方米，鱼塘 2 个共 600 平方米，跑马道及马舍 3000 平方米，养马 40 匹。还有附属居室 20 多间占地 500 平方米。戏台一座 110 平方米，围墙长约 900 米，金鱼池 3 个共 30 平方米，3 个大门楼，12 个小门楼，练武场两个。设施这么齐全的私家庄园，就是在当今也难以找到。可以想象，当年官仓河畔赛马的场景有多热闹，所以，这种庄园规模或创东莞历史之最。

乾隆四十八年（1783），蔡殷宝已 50 岁，并有六个孙子。此时，他在石龙的产业交由次子和季子打理，长子接理田产。自己则归隐乡间，终于乾隆五十九年（1794），享年 62 岁。

"新厅"仍显蔡氏荣耀

穿过三家巷，来到一座像是家祠的建筑前，镇文广中心工作人员介绍说："这座建筑，三家巷的人称之为'新厅'，是蔡殷宝赐给儿子斗南的一所大宅院。"

　　"新厅"大宅建在官仓河畔的庄园里，没与三家巷连在一起，相隔数十米远，坐北朝南，背靠鲤山，官仓河从其后流过。其建筑风格与一般民宅不同，外观为一室三间拼垒大宅，左右两间突出，中间凹进。设大门，门高 3.05 米，阔 1.43 米，门前有三级石阶，门槛石为 0.23 米，全屋宽 13.2 米，长 22 米，占地面积约为 286 平方米。硬山顶，人字山墙，屋顶以青砖墙体承重。外观可见彩色壁画，墙头雕花，屋脊鳌头；内视能见屏风香木，清高干爽，宽敞舒适。

　　门头和梁下多幅大型精美壁画均被黄泥覆盖，仍依稀可见。檐下灰雕部分已损坏，两边东西厢房间天井内设水池观赏小景，大厅上方有木雕装饰，雕刻有牡丹花等富贵吉祥图案。红砖堰地，麻石基脚、门框、台阶，墙体下半部分为灰沙卵石夯土墙，上半部分为青砖墙，墙高为 6.30 米。

　　"斗南公（即季昌）是贡生，与其父同居，所以大厅建造更有气派，单讲门，大小共 108 个，造型似皇宫，1958 年还能看见它的旧貌。"蔡石军称，"新厅"的正室为殷宝公的长子辉南公的居室，左右两偏间为二子灿南、三子斗南的居室。"殷宝公 30 亩的庄园建筑，只剩下这间'新厅'了。"他说。

　　如今，人去楼空后，杂草丛生，唯有"新厅"依然完好屹立。现在，布满灰尘的门楣已不显华贵，却依然静静地守护着官仓蔡氏一脉。

　　正厅一根粗木横梁摇摇欲坠，同行的记者不时互相提醒大家，小心脚下，残壁可危。正大门上的黄泥斑驳中仍见完整壁画，

栩栩如生。据同行推测，这黄泥该是"文革"的产物，也正因黄泥糊墙，才使"新厅"壁画逃过"破四旧"的劫难，才有今天让我们再见当年蔡氏庄园奢华一角。——细想一下，这种说法确有道理，也站得住脚。

但"新厅"仍显示了蔡氏一族的荣耀。据说，"新厅"大宅原为会客厅之用，会客厅后建筑群在抗日战争期间被日本飞机投掷炸弹炸毁。站在门口望着墙上的杂草，让人感叹不已。如今，族里的年轻人大多搬出去自盖新楼或住上了花园别墅，只有在祭祀祖先和过年的时候，空寂的祖居地才有一些热闹，偶尔，也会有游人前来参观。

跑马场已成荒草地

"新厅"门前空地宽广，空地的终端有一条由官仓河引进的水渠，渠旁可见一口水井，经岁月打磨，井沿虽残破，然井水清澈，溢满可用，井边的水生植物在阳光的照耀下更显葱郁，与古井形成鲜明比对。

在古井边，我们恰巧遇见村中老者蔡中兴老人，他自称是蔡殷宝后裔。蔡老，身体硬朗，耳不聋、眼不花，一口普通话与我们交流起来毫不费劲。蔡老抚摸着树下古井的沿边说，这口井是明代官仓蔡氏开基时掘的，以前水质很好，村人饮水都到这口井里打水，"到了20世纪70年代，村中有了自来水，这口井也不怎么用了，慢慢也就废了"。他还笑言自己是喝这口井的井水长大的。当笔者问他身体这么棒是不是与喝这井水有关，蔡老露出一张缺牙的嘴，笑而未言。一方水土养一方人，也许是三家巷的灵秀给村里带来了好运。这个村确实出了些人才，据不完全统计，仅在清代，蔡殷宝裔孙成名者就有：贡生9人、千总2人、监生3人、庠生2人、武生4人、府职1人。蔡殷宝季子蔡斗南就是贡生。

据蔡老回忆，1938年日机多次轰炸樟木头，仅官仓就被轰炸7次，炸死炸伤数人，"新厅"大宅院就在那时被炸成一片废墟。废墟的残存遗址上，现在仍能见到鹅卵石砌成围墙的一角。随后，蔡老又带着我们来到官仓河边，指着一片荒草地说："这就是殷宝公庄园所在的跑马场！"朝代更替，沧海桑田，两百多年前的3000平方米马场如今只剩下一片荒芜的杂草，旁边甚至还堆放了一些垃圾，引来群蝇乱飞，

151

第四辑 古镇风物

其余已荡然无存。庄园的影子虽随时光流逝了，但站在乾隆年间的私家跑马场原址上，仍可遥想当年猎猎旗风，马嘶声扬……

返回时，正值实验小学放学，粗略一问，当中竟有数个是蔡殷宝后代，但他们对自己祖先的故事几乎一无所知。

蔡氏子弟读书家族基金会买单

六月天，考试季。随着会考、高考、中考的落幕，各类中学、高校、政府和社会团体的奖学金、助学金不断刺激着人们的眼球。其实，早在两百多年前，樟木头镇官仓社区蔡氏家族就已设立"家族基金会"，除用于家族祭祖及修缮家族祠庙外，还特别用于奖学助学。这，或开东莞历史之先河。正是在这种机制激励下，官仓蔡氏可以说是人才辈出。

据不完全统计，仅在清代，蔡殷宝裔孙成名者就有：贡生 9 人、千总 2 人、监生 3 人、庠生 2 人、武生 4 人、府职 1 人。

创置公偿产基金

有人说，建于乾隆年间的樟木头官仓蔡氏宗祠能保存两百多年至今完好，并且该村能人辈出，完全得益于嘉庆时创立《崇礼堂创置偿产碑记》，创置公偿产基金，不仅修祠祭祖有保障，而且扶贫助学解决族人经济困顿、激励后人求学上进，其创举或创东莞历史之最。

客家人崇尚聚族而居，多以同宗同姓聚居一地，形成宗族，俗称家族。每个家族有一个或几个祠堂，岁时祭祀，尊亲敬祖，敦亲睦族，故"有族必有祠"。他们把绵延几百年、上千年的家族史，都浓缩在宗祠神龛上供奉着的一块块黑色祖宗牌位上。

据悉，官仓蔡氏是较早来樟木头开基的客家人，而位于樟木头官仓的崇礼堂就是蔡氏望族的宗祠。据《樟木头镇志》和《蔡氏族谱》记载，它始建于清乾隆乙未年（1775 年）。当年，蔡得周（清波公之祖父）与族中长老合议，由官仓蔡氏六房捐资始建崇礼堂，并于丁酉年（1777）农历九月初三竣成，敬奉列祖登祠，子孙从此实行每年春冬二祭。

崇礼堂竣成后的第 30 年，即 1807 年，官仓蔡氏清波公效仿北宋范文正（范仲淹）有义田之设，倡议族人捐资，为解决族人的扶贫助学和每年祭祖及今后修祠庙之费用，创置公偿产基金。此倡议甚佳，立即得到族人响应，六房 32 份捐款（各捐额无记述，且漏记一份人名，仅知其中的蔡殷宝之子斗南公捐款最多），共捐白银 160 两购置田产，以出租租金于敷用。

据说这项距今 202 年的创举，在当时是独一无二的。

石刻碑文今何在？

那这笔公偿产基金当时到底规模有多大？由于时过境迁，公偿金账本早已遗弃，目前谁也说不清。但蔡中兴老伯给笔者举了一个例子，说新中国成立前深圳观澜两个管理区的田产共计一万多亩，仅仅是官仓蔡氏公偿产的其中一部分。官仓蔡氏公偿金规模可见一斑。

1807 年，公偿产基金成立之后，官仓蔡氏祖先曾石刻成《崇礼堂创置偿产碑记》立于崇礼堂之内。据 82 岁的原居民蔡中兴老伯回忆，碑一平方米左右，长条形，字体有大拇指大小，1972 年冬因官仓大队办碾米加工厂，将宗祠的后进部分拆去瓦面升高，在祠堂改进时石碑被打坏，后来连碎片都难找到，甚至在 1992 年还曾有人挖祠堂地坪想找寻石碑碎片，但未果。但他称碑文在其族谱内仍然可以见到。

随后，笔者在官仓社区见到《蔡氏族谱》（曰字本），其中《崇礼堂创置偿产碑记》原文为："以为偿产之需每岁递归其母期十七年以讫事将来足以备荐新修祠之用足以为敬老尊爵之资其所赖不已多乎……"

公偿产激励后人向学

宗祠是属于一个姓氏的公共建筑，起着加强家族团结的作用，除了祭祀先人，逢年过节、红白好事、添丁、做寿等一些活动，都会在这里举行。

也正因为有了这笔公偿产基金，才使蔡氏宗祠在更朝换代中，有钱修祠，于两百多年来仍然完好屹立。另外，按族规，公偿产基金的一部分用于扶贫，另一部分用于激励后人求学上进。

蔡中兴老伯称，逢年过节族里都派猪肉、派钱、派粮，按男丁多少、人口多少，以一定比例分配。随着时间的推移，"公偿金"对族内子弟读小学全部免费；上中学每人一年补 300 斤稻谷；念大学一年 12 担，一担按 120 斤稻谷算；大学毕业后还得办酒席请族里老人吃上一顿"秀才粮"，吃过"秀才粮"的人，每年还要继续享受 12 担稻谷的"秀才粮"待遇。蔡中兴表示，自己在读书期间就一直享受着公偿产资助。

或许蔡中兴对具体规定的助学补贴数据的追忆有出入，但在当时确实形成了族规制度并代代相传。自称是"福粤公"第 30 代后裔的蔡石军描述说，他前几年刚去世的大哥蔡石松从小学读到石龙中学的全部费用也都源于公偿产基金。

以收取田租于敷用

蔡石军说："创置公偿产基金主要是以购置田产每年定期收取田租的形式，以解决祭祀、维修宗祠、扶贫、宗族子弟读书等事务。"据他介绍，他的先祖蔡殷宝号称"莞邑银王"，当年归隐乡野后，其子斗南、灿南负责石龙码头产业，田产交大儿子辉南收租。"公偿产基金的收租事务以后一直都归辉南公这一房承担。"他说。

据蔡石军回忆，族里有位年长他十几岁前两年才去世名叫蔡官检的人，就曾向他讲述过一些收租细节。"蔡官检新中国成立前曾亲自参与过收租。有次碰到抗租的，甚至还通过当时国民党乡公所带武装协助他上门收租。"

公偿产走过 151 载

正是在这种机制激励下，官仓蔡氏可以说是人才辈出。据不完全统计，仅在清代，蔡殷宝裔孙成名者就有：贡生 9 人、千总 2 人、监生 3 人、庠生 2 人、武生 4 人、府职 1 人。

据悉，官仓蔡氏公偿产基金由 1807 年开始至 1952 年土改结束，一共走过了 151 年的历史。

蔡中兴老伯告诉笔者，公偿产一直到土改时才废止。因为所有公偿产的田产都被当作地主的财产分给当地的农民了。

阅读延伸一：崇礼堂创置偿产碑记

吾族蔡氏自明初时由闽迁粤家于揭阳人文蔚起阅七八世崇祯年间先人复由揭阳来莞卜居官仓久安乐土然大宗祠犹未构也迨乾隆乙未先君与族者等始合议六份捐资建崇礼堂旋于丁酉九月初三敬奉列祖登祠子姓一堂孝恩不匮前人之力也由是定为春冬二祭不疏不然偿产阙如牲未备不能不俟诸后人矣嘉庆丁卯冬余乃请命者老倡为积资置产之举而力膺其任者则有畅滋斗南赞襄其事者则有殷广绚章于是族中响应并为一谈其在列者计分则三十有二酿金则百有六拾权其子以为偿产之需每岁递归其母期十七年以讫事将来足以备荐新修祠之用足以为敬老尊爵之资其所赖不已多乎昔范文正公有义田之设族中贫而无力者胥受其惠若斯举之奉先思孝不分畛域亦犹行古之道也所愿贤后裔辈踵事增华并受其于是延西山之泽开驷马之门又安有限量乎哉今岁甲申余七旬有四而偿产之举犹幸及吾身以藏其事不可谓非祖宗之垂佑也诸长老命余志其原委并书在列芳名以及所置田业所议规条勒石措壁以垂诸后示不忘也

——摘于《蔡氏族谱》

阅读延伸二：官仓蔡氏分三次迁入

据蔡氏福粤公族谱编纂员会 2008 年 8 月 8 日出版的《蔡氏大宗族谱》记载，官仓蔡氏分三次迁入樟木头。

第一次：明崇祯五年（1632）廷兰公挈两子偕诸弟从河婆尖田尾迁入。第二次：明末清初顺治年间显瑞公挈子偕诸弟侄与荣昌公挈子偕两侄从河婆尖田尾迁入。第三次：乾隆年间名香公、兆芳公从河婆迁入，仁川公从黄江下流洞迁入。合共六房十三开基世祖，奉东湖公为官仓开基始祖。

又载：福粤公第十五世孙东湖公、石山公挈眷石山公、阳吾诸弟的子孙，由河婆迁移东莞樟木头官仓村。

阅读延伸三：绵基公脉系辈序续编

系统肇姬周，先芬孰比牟，西山崇理学，东士庆封侯，蕃衍逾千派，云仍遍五洲，人文长蔚起，万冀介洪麻。

——摘于《蔡氏大宗族谱》

石新大埔围村走过风雨百年

敲锣鼓、放鞭炮、舞麒麟、贴对联、摆宴席……2013 年 10 月 6 日下午，位于樟木头石新社区的大埔围村宗亲乡邻举行隆重的庆祝仪式，以庆祝该村走过风雨一百周年。

在大埔围村众屋的地坪前，众屋大门前张贴了"百年艰辛创业麻手服足赢来丰衣足食，历代勤劳发展树人育贤以达国泰民安"的大红对联。地坪空地上锣鼓铿锵，麒麟飞舞，大埔围村的蔡氏宗亲代表 500 余人欢聚一堂，共同分享建村一百周年的喜庆。

据介绍，该村是由祖先蔡隆玉的后人买地于 1913 年 10 月 6 日开始建村的，村里人才辈出，子孙繁衍生息遍布港澳等地。在时代的发展变迁下，虽然周边高楼矗立、别墅丛生，但大埔围村依然保持建村原貌，典型客家建筑群与现代建筑交相辉映、和谐共生。

大埔围村的诞生

镇有镇志，村有村史。据《大埔围村村史》记载，一马平川的大埔地坐落在塘窝山麓，面积一万余平方米。该村因地势较高，在改革开放前，村里不能种水稻，而只能种番薯、花生等经济作物，固称之为埔地，又因面积大被称为大埔地。

"我们大埔围村是祖先蔡隆玉的后人买地建起来的，子孙繁衍生息遍布港澳等地。"村里长者介绍说，大埔围村所在地原本属于樟木头连姓，祖先蔡隆玉的后人看中了该地便把它买下来作为建村之用，"在购买过程中是一波三折，幸得有个嫁到樟木头连屋围名叫蔡谭英的人从中斡旋，才大功告成"。

这位长者还称，蔡隆玉与蔡亮玉两兄弟原本都从官仓门坪（崇礼堂侧）搬迁至新坪吓发展的，历经 4 代至 5 代人后，两大支脉人口繁衍众多，新坪吓地方又狭窄，没地方发展建房居住，所以才另找出路，由蔡隆玉支脉把大埔地买了下来建成大埔围村。

"听老一辈的人讲，新村建成时，大家欢天喜地地从新坪吓村迁到新居，大放鞭炮以示庆贺，而新坪吓村也同样欢喜，两者发展都有空间、都得利。"村里长者如是说。

大埔围村的建村规划

说及祖先蔡隆玉，村里长者称，隆玉公后人有功名且有据可考的有"国学"蔡璧璋、"州同"蔡起荣、"庠生"蔡苑馨、"五品"蔡少熙等，可谓人才辈出。

大埔围村以樟木头飞云山为靠，村前紧依官仓河，左有园岭仔，右抱狮坑山，依山傍水，呈交椅扶手状护卫村庄，在堪舆学家的眼里可谓是物华天宝人杰地灵的风水宝地。

据《大埔围村村史》记载，大埔地成功购买后，隆玉公的嗣裔便选出几个有学识且办事能力强的人组成建村人员，按照地形，规划房屋坐向，规定房屋的高低长阔。

起初，建村人员把大埔地分成东西两边，中间留有一块约 460 平方米的空地，每边各建 4 排房屋，每排建屋 7 间，共建 56 间。建村 20 年后因人口众多，东边后排再建了一排 7 间房屋，在空地的顶端建造了一间 100 平方米的众屋代替祠堂。另外，村前还留有 1189 平方米空地。

建成后的大埔围村一排排、一座座，是整齐划一、泾渭分明。如今，虽现代城池包围大埔围村，但建村原貌依然保存完好，历经百年风雨的典型客家建筑群与洋楼、别墅透着现代气息的建筑交相辉映、和谐共生。

大埔围村的名称

据《大埔围村村史》记载，大埔围村原本有三个名称，一是叫大埔围，因建村时是一块大埔地；二是叫塘窝村，因该村附近有个塘窝山，但塘窝是一逛一窝凹陷不平之意，意头不好名难听；三是叫新围场，取斗转星移时光流逝新变旧之意，但久而久之也没人叫了，唯有大埔围村的叫法名正言顺地从开村至今一直沿用。

村前绞寮坝的由来

以前，大埔围村的村前约走 10 分钟路程有一块面积不小的平地，由于是沙石底只长青草不能种作物。平时村人以此作放牧场，但在甘蔗收获季节，村人会在该地搭一个大寮棚，砌大炉灶，请个制糖大师傅回来制糖。

改革开放前，村中几乎家家都种有甘蔗，为了节约，且家家自力更生搞起制糖加工。制糖开始，蔗农便按先后次序，运送甘蔗进窑，换成片糖回来，除自用外有余的便挑到市集去卖，买些油盐咸杂作家用。非本村的附近蔗农也来换糖，但要比本村人多收一点费用，所以搭寮制糖成本很低，经几次后，此地便被称为"绞寮坝"。

大埔围村的民风

与樟木头其他客家人一样，勤劳善良、纯朴憨厚、遵德守礼是大埔围村人的真实写照。

村里长者说，在新中国成立前樟木头土匪猖獗，时有发生贼人拟绑票新郎来勒索赎金的事，全村老少便都会拿起自卫武器组成巡逻值夜确保新郎安全且不收任何酬劳。

英才辈出的大埔围村中，有为石马乡建设养贤学校而捐资白银 300 两的蔡充华；有为 2013 年扩建官仓崇礼堂而慷慨捐资 38 万元人民币的蔡颂文、蔡锦荣；有合股开设成为当时石马坪最大商店合丰源商店的蔡炳樂、蔡木荣、蔡王送等人。

据称，合丰源商店资金雄厚，以经营碾米、油榨等生意。抗日时期，东江纵队游击队在附近活动时，因补给暂时困难，抗日名将蔡子培曾亲自到合丰源商议。合丰源先后两次捐资给部队解困支援抗日。

大埔围村的血泪史

七七事变后，抗日战争之初，日寇南侵路过大埔围村，便进村抢劫，村内房屋大门全被砸破，屋内钱财悉数被抢。不仅如此，他们见到一间房屋内有位百岁老妇人（蔡恩怀妻）卧在床上，便兽性大发，放火将该房屋烧毁，活生生地把老人烧死。

大埔围村的众屋

众屋，顾名思义是大家之屋，大埔围村的众屋是一间综合利用率非常高的大屋。内设炉灶两座、大锅两个、小锅两个，在村人婚嫁、元宵节、开灯等办酒席时用来杀猪杀鸡鸭之用，以节约开支。同时也是村民集合议事之地、公物贮藏之地。

大埔围村的人文事物风俗

风俗之一：娶新娘　习俗承传的大埔围村在改革开放前娶新娘时，购置有麒麟、锣鼓、花轿、彩旗等物。娶新娘有人抬花轿，有人抬嫁妆，麒麟锣鼓助兴，彩旗挥舞，鞭炮齐鸣，组成迎亲队伍，热热闹闹地把新娘娶回来而不需付人工费用。当晚，新郎要约好友十余人来新房"烧新娘"，许多小孩及妇女作观众凑热闹，叫新娘唱歌，出一些亦庄亦谐的难题来为难新娘，有做好人有担丑角，以观察新娘的脾气，弄得新娘哭笑不得，也引得观众哄堂大笑。直至夜12点左右才送新娘新郎入洞房。新婚第二天"拜堂朝"也在众屋举行，新娘要给长辈、嘉宾斟茶，叫饮"新娘茶"，介绍新娘认识亲友，饮茶之人要给红包，作为见面礼。其过程中，有专人吹奏洞箫，声韵悠扬。

风俗之二：仆五姐与仆杆扫神　在旧社会，很少村庄有娱乐及文化设施，大埔围村亦然。青中年男女为了打发时间进行一种叫"仆五姐"及"仆杆扫神"的活动。其中，妇女玩的"仆五姐"因失传，记载不详。而"仆杆扫神"是男性玩耍的一种游戏。每年农历八月十四、十五、十六日中秋节前后三天的月明之夜，男性约十余人带上三四支扫把到晒谷场，每支扫把仆一至两人，俯卧仆下，双手拿住扫把，随后由一个会请神的人吟诵所谓的请神经诀，一会儿入了神的人便会手脚在原地伸缩上下移动，平时不会唱歌的叫他唱歌他也便会唱，在晒谷场上，其伸缩的双脚脚跟磨破出血也毫不知痛，更不可思议的叫"师傅使法"时便会打人，在场观众要及时避走，否则便会中招。一个孔武有力的人在平时两个仆神的人都不是他的对手，但在"师傅使法"下便无法控制得住，还会被打到头破血流。村里长者说，这种既伤身体又迷信的游戏在"破四旧"时就已经废弃了。

百余年风雨不倒的近仁书室

　　听闻在樟木头镇金河社区泥坑村一山坡上，一处青砖瓦面、门楣留存"近仁书室"字样的古老建筑，靠山而坐，村中只有为数不多的几位古来稀者略略知道它的来历。那隐藏在乡间的这处老建筑又有着怎样的历史风貌和来历呢？

——题　记

　　经考究，这处名为"近仁书室"的古老建筑，始建年代约在清朝嘉庆年间，距今至少 170 年以上的历史，其实为当时泥坑乡有钱的宗族集资建起、供附近宗亲子女读书的一间豪华私塾。同时，该书室是目前樟木头镇唯一幸存书室，其时在十里八乡中的教育意义和教育地位可以说是独一无二的。

风雨飘摇百余年

盛夏的午后，蝉声处处催，已无朗书声……

在当地人的引领下，我走近了这间书室。只见书室依山而建，距民居不过200米远，因常年鲜有人踏至显得颇有遗世独立之感。它，坐东向西，建在半山坡上，面阔11米，进深13.7米，麻石门框、窗框，门口的道路是由河卵石铺设而成，门楣上依稀可见"近仁书室"字样。

它，雄立在这方秀美的土地上，其建筑形成了一道令人羡慕的独特风景。岁月流逝，书室可谓是几经沧桑，墙体迎风晒阳，显得斑驳脱落。抚摸着斑驳的老墙，感受村落的古老，聆听远去的读书声，老屋的情怀也不由得随之飘散开来。

由于年代久远，眼前的近仁书室已经变得十分残旧，院内院外长满了杂草，部分屋梁已经腐化，上厅屋顶几近坍塌，偏房屋顶也有不同程度的崩塌。

书室墙体用黄糖做

据介绍，近仁书室始建年代不详，可考究的历史至少170年，当时是由金河乡（社区）泥坑围（村）有钱的宗族自筹资金建起，书室的墙体下半部分由沙石、石灰、黄泥、黄糖等混合的三合土夯实而成，上半部分为青砖墙。

书室当年建成后主要用做书院，供附近宗亲子女读书。村民蔡伯介绍说，"能来此读书的，都是家里有条件的，就如同现在的贵族学校。"

"古时候客家人建房子习惯就地取材，因不远处有石马河经过，河槽里的河卵石经常被取来建房子。为了'缝合'这些河卵石，客家人就用黄泥、石灰、沙石拌黄糖自制'黏合剂'，等干透后取出固定的木板，河卵石房子就建好了，冬暖夏凉之余，百余年时间过去了，依然保存完好。"蔡伯如是说。

百余年岁月侵蚀，老屋不倒。如今，近仁书室与村子里的一些新楼对望，洋溢着生命的希冀而又变得生动起来……

书室使用百年才被废置

据介绍，在 2008 年第三次全国文物普查中，樟木头镇 9 个社区的古建筑群落只有金河社区的近仁书室有教书育人这一功能，这可以说 170 多年前，近仁书室对十里八乡的教育意义和地位是独一无二的。

应该说，近仁书室在当时的功能等同于"私塾"，学生一年缴纳一两百斤稻谷作为学费，宗族会请来先生前来教授四书五经，供有条件家庭的子女前来学文化。

这间旧书室的存在，应该说融汇了一段历史的记忆，凝聚了一幅往事的写意，经历了一番沧桑的风雨。采访中，蔡伯称："听父辈讲，书室开办后，常年都有三十多个十几岁的孩子在此读书。"民国时期村里建起养贤学校后，近仁书室才完成了其历史使命，没有开办下去。随后，这里也就慢慢成了附近乡亲摆喜事、摆放宗教物品的地方，并兼具了祠堂功能。直至近年，它才终于真正被废置起来。

希望学子有"近乎仁"之美德

"近仁"，出自《论语·子路》"子曰：刚、毅、木、讷，近仁。"意思是说，孔子在为人处世、待人接物上，有一个鲜明的特点，那就是他厌恶夸夸其谈的花言巧语。相反，他嘉许寡言少语，推崇不善言辞，甚至有点拙笨的"木讷"，盛赞它是"近乎仁"的美德。那老祖宗当时为书室取"近仁"名，恐怕其意也在于此吧。

百年书室渐行渐远，作为百余年前樟木头客乡人读书梦的承载地，它正慢慢淡出岁月的地平线，带着一份柔美和凄婉在风雨飘摇中伫立。任雨淋，任日晒，尖锐的砖角也变得更加圆润，旧书室为此添了几分沧桑，多了几段故事。

老宅不比小物件的古董，它是必须要面对着雨雪风霜洗礼的。百余年虽风雨不倒，也许，将来的某一天，这间书室不可避免地将走向破败、拆迁、湮灭，当那一天真的到来时，谁会替它惋惜呢？

历史钩沉

　　古树、历史名人、非遗传承项目、逸闻趣事……庞杂，但包罗了气象万千的多元文化。在浩渺的历史长河之中，可能有的已被岁月所沉积，有的正让时间所遗忘，有的在渐行渐远中模糊了我们的视线。今天，我们把它们一一翻腾出来，让历史铺陈在你我眼中……

——题记

蔡氏名人蔡殷宝的故事

蔡殷宝，号恕轩，字序器，官仓村人，生于清雍正十一年（1733），终于乾隆五十九年（1794），享年62岁。蔡殷宝为当时莞邑四大财主之首（官仓蔡殷宝、茶园刘孔武、石步封绍仪、河凹陈三明），是清代东莞的商业奇才，也是我们樟木头蔡氏唯一载入《东莞地方志》的名人。他创建的"三家巷"以及"三座大院"，具有历史参考价值。俯拾蔡殷宝散落民间的故事传说，是想让其光照后人……

——题　记

"神童"诞生

蔡殷宝父蔡庭才以卖猪肉为业。一日清晨，蔡庭才很早去新坪吓担猪肉回乡卖，路经一个叫"三棵松"的地方，被路边一浮石绊倒，站起身来后，出于善心，他想把石块挖走，免得再绊倒别人，当他掘起石块时，发现下面埋着半缸白银，顿作惊喜，遂将白银取出，急返家。一进家门，得知老婆生下一男婴，真是天赐财丁，喜上加喜。由于家庭经济改善，少年时蔡殷宝得到了良好的培养。蔡殷宝聪明机敏，9岁习完《四书》，11岁熟诵《五经》，口笔两厉，乡人称之"神童"。

石龙争舶事件

乾隆十四年（1749），石龙坪处于雏形阶段，官仓村蔡大程常往石龙做生意，也常在宗亲面前谈起石龙集市情况。蔡殷宝听了堂叔公的陈述后，顿时产生经商念头。此时，蔡殷宝已17岁，步入青年时期，凭他的才智和家庭经济能力，完全可以闯荡江湖。于是他在乡间买下 50 担谷，租船由石马河经东江运到石龙销售。一回生两回熟，谷市越做越赚钱。

毕竟是商家善谋，他看准石龙是东江流域物流集散地，看好东江水运优越条件，广泛接触产销两地经营的客户，从中摸索市场规律。一方面制定"以销定购"、平买贵卖，增收利润。另一方面千方百计扩大经营，采取与本地人合作，搞好人事关系，避免竞争冲突。同时，他大胆投资收购地铺、地皮，修建店铺、仓库。蔡殷宝经营谷米、油联、铁锅、陶瓷、建材、烟草，分设 22 间店铺经营。由于经营大，货源全靠水上运进，当时蔡殷宝自用码头不够用，为了扩宽泊位，他请石匠打石碑，加凿"蔡殷宝码头界石"字样，涂上苏苔，夜间抛入河中。不久，发生了争舶事件，引起官司，蔡殷宝诉于衙门，举证述理，官差到现场取证，见有界石，就依此判蔡殷宝胜诉。从此，蔡殷宝经营的配套设施更完备，业务更畅通，钱就越来越多了。

蔡殷宝理发

多钱的蔡殷宝很会保护自己，他出外归家，穿着简陋，形似乞丐佬。一次去理发店剪发，理发师见他那样未理睬他，他在店内站了很久，见后来者都坐上去理发，还未让他就座，他感觉到这间店待人太不公平了。但他没有声张，只是走出店门口，等不多久，见一个街边理发佬走着，于是他招手叫其过来就近在理发店门口给他理发。理发佬服务周到、技艺精湛，他感觉很舒服，理发完毕，他从衣袋拿出三个银圆，对理发佬说，"阿伯收钱吧。"理发佬说："给我零钱。"他说："无所谓，你拿去吧。"理发佬说："先生，你的银圆价值太高，我做三年也赚唔到，我怎好要？"几番推让，把理发店的理发师都惊动了，理发师看到：蔡殷宝将三个银圆塞进理发佬的衣袋里离去，理发佬下跪磕头，感触万分，理发师却后悔莫及。

说也奇怪，蔡殷宝下次理发竟然又来到这间理发店，理发师虽认出他还是那个模样，往事回想，不计前嫌，以百般殷勤奉侍。剃毕，蔡殷宝给予零钱，理发师目瞪口呆地说："先生，你上次给那个理发佬那么多的钱，如今我给你理发花足精神，给我钱都要上上下下啦。"蔡殷宝说："上次为了赴宴应急，情况特殊多给钱值得，这次属闲时理发，且生财有道，你就照平时收罢。"理发师听后，脸面通红了。

蔡殷宝避贼

又有一次，蔡殷宝衣着简陋从石龙步行回乡，路经土塘到百果洞之间一段山道，此处常有贼人行劫。果然，这次他遇上贼人了。贼问他曰："你看见蔡殷宝吗？"他答："蔡殷宝在后头。"贼人在傻等，蔡殷宝就这样避过贼人的行动。

1761年，蔡殷宝29岁，他已生有三个儿子，长辉南、次灿南、季斗南。为给儿孙造福，他在宝安观澜大水坑逐年买下八千多亩水田，出租收租，每年收一万四千担谷。至1763年之后，他又在樟木头及谢岗各地连续买下六千多亩田，同样以出租收租。他共有田产一万四千多亩，租谷每年二万五千多担。乾隆三十年（1765年），因人口逐增，祖屋已住不下，蔡殷宝建"三家巷"（按儿子分成三家而称三家巷），动用一万二千平方米地，花四年半时间建起140间住屋。这些住屋均按照客家风俗规式，采用三间一座或五间一座，二进或三进，中间开天井。大门缩蟹口，栋飞用线塑，瓦檐作班鱼条，墙角及门窗框用花岗石。巷与巷不直通，巷头设门楼装防盗弄柱，巷尾墙体闭塞，巷道全铺花岗条石。墙体下半部砌石，上部砌磨面青砖。室内后进设屏棚，栋算下第三条人桁下设子孙桁，刻有百子千孙字样。房间向后墙开小窗，加三根粗钢筋及网铁防盗。前门额头灰塑四个大字，如"福缘善庆""长发其祥""兰桂腾芳"等匾文。

捐资建蔡氏宗祠

乾隆四十年（1775），蔡殷宝已43岁了。石龙经商收入及田产租谷收入，合计每年都有七千多两白银，他从17岁经商，至43岁时，已有 29 年奋斗历程，他的财富约达二十万两白银。建成"三家巷"后，他还剩余十多万两白银。

此时蔡殷宝很会用钱，他响应清波公之祖父得周公倡议，捐资建官仓蔡氏宗祠（崇礼堂）；捐资建"凤山古庙"。他还买下石马河河边 30 多亩地，建三座豪华大院，院名叫做文华堂、大厅、新厅，分别由其次子灿南、季子斗南、长子辉南使用。斗南公是贡生，与父同居，所以大厅建造更有气派，单讲门，大小共 108 个，造型似皇宫。三座大院占地两万多平方米，内设花园 4500 平方米，灰沙地塘 3000 平方米，鱼塘两个共 600 平方米，跑马道及马舍 3000 平方米，养马 40 匹，还有附属居室 20 多间占地 500 平方米。戏台一座 110 平方米，围墙长约 900 米，金鱼池 3 个共 30 平方米，3 个大门楼，12 个小门楼，练武场 2 个。

邑府应捐

乾隆四十八年（1783），蔡殷宝 50 岁，已有 6 个孙子。此时，他在石龙的产业交由次子和季子接理，长子接理田产。他在家里过着闲逸的生活。

有一次，他听说东莞邑府发布建市桥及河涌募捐，他带着孙子允升公离乡到邑府应捐。捐募地点设在邑府大院内，分三进设登记处，前进属低档捐铜钱，二进属中档捐铜圆，三进属高档捐白银。蔡殷宝依旧穿着简陋，带着孙子允升向三进走去。此处都是长衫马褂的绅士聚合地，当蔡殷宝进入时，理事人员看他的样貌，以为他走错了点，叫他退到前进去，他说："我就是要来这里捐募的。"他等了很久，榜上登记不少人，他们捐的款值都在一至七两白银之内。

轮到蔡殷宝报捐，他叫孙子允升去写，允升写上一两后，回头望着公公，公公叫他加直一笔，一两就变为十两，成为最高捐额，在场的人哗然注目，允升再望着公公，公公叫他在十之上方加撇，便是千两了。众人惊愕，理事人持疑，他们的目光集合到蔡殷宝身上，觉得这人的模样与捐额不太相称，会否戏弄作怪？便问："你捐千两是真是假？"蔡殷宝说："怎会假？跟我去拿就是啦！"

主办人指派两人跟蔡殷宝去，到了石龙，蔡殷宝叫各个店铺拿出白银来，放成一大堆。那两个理事人看了之后，暗赞曰："这个人是'喑湿财主'啊！"千两白银，两人不易拿，提出改日再来取。下次来取白银，由主办人带队，还带了舞狮队来答谢，众人都说，"蔡殷宝何止财主，其实是莞邑银王！"（莞邑四大财主：茶园刘孔武、石步封绍仪、河凹陈三明、官仓蔡殷宝）

蔡殷宝极重视教育，提倡男女平等。他从财产中抽出大量资金，留作教育基金和祭祖基金。规定：后裔读书，公助学费，读中学奖励八担谷，读大学奖励十二担谷，每年如是。祭祖男女有责，宴酒男女同席。在清代，蔡殷宝裔孙成名者：贡生9人；千总2人，监生3人；庠生2人；武生4人；府职1人。

蔡殷宝是清代东莞的商业奇才，也是樟木头蔡氏唯一载入东莞地方志的名人。他创建的"三家巷"以及"三座大院"，具有历史参考价值，尽管文华堂和大厅被拆废，但遗址如故。

东纵抗日名将蔡子培的抗战故事

　　2016 年是中国人民抗日战争暨世界反法西斯战争胜利 71
周年，回望过去，历史的硝烟已经散去，曾经的记忆依然清晰。
在中国抗战史上，有卢沟桥事变、南京大屠杀、百团大战这
样的大事件，更有无数知名或不知名的抗战故事在烽火中演
绎。而在我们客家古镇樟木头也先后涌现出东纵抗日名将蔡
子培、刘胡兰式的英雄人物关其清、英勇抗日的客家壮士蔡
云等一批英烈，他们的抗战精神和抗战故事同样在莞邑大地
上广为传颂……

——题　记

　　位于樟木头镇东南的古坑沙元村是一个山清水秀的地方，这里茂木
平川，钟灵毓秀，平缓起伏的大山形成美妙的天然屏障，如同母亲一般
围护着错落有致的客家村居，形成"五马归槽"的壮丽景色。村民们祖
祖辈辈在这里靠山而居，日出而作，日落而
息，过着与世无争的安宁生活。

　　1913 年 8 月 27 日，东纵抗日名将——
蔡子培就出生在这个客家小山村里。

　　遥忆东纵战倭寇，星光蕉叶裹尸还。东
纵抗日名将蔡子培的抗日传奇故事在莞邑大
地广为传颂，他的英名像一列呼啸的火车，
永远穿行在樟木头镇的历史上……

组织武装队伍惠樟路上阻日寇

1938年10月，日军在惠阳大亚湾登陆，开始了对华南的全面入侵。1938年10月110，广州沦陷。120，莞城沦陷。日军的11架飞机，在11日、12日短短的两天时间内，对广九铁路展开疯狂的轰炸，在老虎坳、土塘车站、常平车站共投弹30多枚，所到之处触目皆是断垣残壁一派荒凉。针对这一情形，广东省委、东莞县委同时做出决定，派武装干事黄高阳负责组织石马、清溪、凤岗、塘沥等乡的抗日自卫团，到嶂阁、白花洞集结，积极组织联合社会各界力量进行抗日。

10月150，回到家乡石马的蔡子培和同去的五六个人商量着怎样才能有力地打击敌人，经过探讨，他们一致认为石马的民众抗日情绪比较高涨，有较好的群众基础，可以积极地宣传发动群众起来抗日。

17日，蔡子培联同"陕公""抗大"的卓扬、蔡品中、魏独青（又名魏拾青）、关其清和陶祖梅、魏凡、林启周、丘继英、杜声闻等同志在石马乡三王宫大庙（即凤山古庙）里召开群众大会。蔡子培在会上首先作了慷慨激昂的动员报告，声情并茂地讲了当前的形势及任务，而后卓扬等几位同志也都发了言，群众的抗日意识被唤醒，一时群情激昂，群众纷纷举手争着报名要参加抗日武装队。

经商议，大会决定该武装组织叫"石马乡民众抗日自卫大队"，推举蔡子培为大队长，蔡品中为副大队长，魏独青为大队部负责人。

蔡子培领导的一个抗日组织就这样自发地形成了。会后，蔡子培组织人员编造全大队武器弹药、花名册，共编成七个中队。

10月20日，蔡子培和魏独青两人骑着自行车，奔波了40多公里到东莞县政府报告备案。此时，日军已在大亚湾登陆了。大亚湾与东莞一衣带水近在咫尺，听到消息的东莞县政府的官员们一时不知所措，乱哄哄地欲作鸟兽散。县长张我东看着风尘仆仆汗流满面的两个年轻人，无奈地说："你们也都看到了，现在大家都已走开，我们也准备走了！"言下之意是泥菩萨过河，自身难保。这时，东莞县民众抗日武装自卫队负责人王若周走了过来，他看了报告后，深感两位年轻人的不易，也深被这两个年轻人的精神所打动。于是，在征得县长的同意后，王若周把蔡子培的队伍命名为"东莞县民众抗日武装自卫队第四十一大队"，委任蔡子培和蔡品中为正副大队长。从此，蔡子培的队伍变成了一支名正言顺的队伍。

得知惠阳鸭创仔铺的小部分日本军正沿惠樟路经樟木头奔袭虎门时，蔡子培立即召集人马，埋伏在公路边的山林里，准备对敌人实施袭击。蔡子培把队员们布置在日军的必经之路古坑和官仓路段。远远地看着敌人像散兵游勇一样漫了过来，蔡子培立即挥手下令让队员们给日寇一顿迎头痛击。石头土炮一齐向鬼子开火。空谷回声震耳欲聋。鬼子惊慌失措，连忙改变路线后撤。也许是看到游击队员们抢占了山高林密的地势，也许是不清楚对方究竟有多少兵力，而且当时日军的目的不是樟木头，所以无心恋战，对蔡子培带领的游击队的主动出击并没有还手，而是掉头便走了⋯⋯

领导队伍首次在樟木头处决汉奸

在领导"东莞县民众抗日武装自卫队第四十一大队"期间，蔡子培把延安的优良作风也带到了生活和工作中。他以延安精神教育自卫队员，对他们加强政治思想教育，提高警惕，严防汉奸活动，不仅要练就过硬的本领，也要练就过硬的政治头脑和敏锐的观察力。就这样，石马自卫队成立后，同时负起了地方的治安和宣传抗日捉拿汉奸等责任。

一次，一个汉奸在石马坪的星洲客栈住宿，被细心搜寻的自卫队员搜出了毒药。经审问，汉奸承认他是上面派来投毒搞破坏的，目的是企图毒害抗日武装组织领导人，扰乱民心军心。嫉恶如仇的蔡子培狠狠地踹了汉奸两脚，下令由蔡群光把汉奸押往石马河畔石井角沙滩执行枪决，决不姑息。行刑时沙滩上挤满了来看热闹的老百姓，汉奸污红的鲜血淌了一地，有力地震慑了有可能潜藏在群众中间的汉奸余孽。铲除了汉奸，村民们拍手称快。

——这是樟木头地方第一次处死汉奸。

国共联手铁腕行动肃清匪患

惠州沦陷后，日寇肆意烧杀、奸淫、掳掠，所到之处为所欲为，行径令人发指。惠樟公路上逃难的难民成千上万，络绎不绝，他们扶老携幼，肩背手提，伤的、病的、饿的、冻的……境况十分悲惨。但在柘山村一带却还有一帮丧尽天良的土匪趁火打劫，经常在惠樟公路柘山村附近的地段洗劫村民财物，甚至剥去他们身上的最后一套衣裳，每日都有难民前来报案和哭诉。

当时惠樟沿线驻扎着国民党温淑海的一个旅，每天也是经常接到难民报案。于是，蔡子培去找这支部队商量。温淑海答应派一个营给蔡子培让其指挥，协同作战。

1938 年 11 月 21 日晚，蔡子培率领石马民众抗日武装自卫队和常备队会同温淑海旅的一个营，包围了土匪的巢穴，并通过内线的协助，逮捕了一批罪大恶极的土匪分子，把他们全部拘押在石马牙承平社内，肃清了危害难民生命财产的匪患。为此，抗日自卫队的威信大大提高了，得到了人民群众的热烈拥护和大力支持。

阻击日寇顺利转移民众

广州沦陷后，日寇妄图扫清广州外围的障碍——东、宝、惠、增、博等县的抗日力量。于是在 1938 年 11 月 24 日派惠州的日本兵兵分三路，一路沿惠樟线东莞西进，一路指向宝安深圳、南头、西乡、龙华一带，另一路沿东江河"扫荡"增博等县。

11 月 25 日下午三时左右，想取道东莞的日寇沿惠樟公路出发，到达了距蔡子培队伍仅八华里之遥的丰门坳。

这天是农历十月初二，正好是石马牙的赶集日。集市上熙熙攘攘人头攒动，村民们从四面八方涌过来赶集，小小的集市热闹非凡。村民们沉浸在集市的热闹中，完全不知道有一队穷凶极恶的日本兵正在向自己逼近。

国民党部队温淑海旅在得知消息后悄悄地藏匿到了镇隆一带的大山

里，动也不敢动。蔡子培和他的抗日自卫队则跑上了高高的飞云山，远远望去，惠樟公路丰门段的日军星星点点，旗幡飘扬。公路上蠕动着一条像蛔虫一样的长长的队伍。走在前面的尖兵队是十个戴着耳朵帽的骑兵。

集市上有那么多的老百姓竟浑然不知危险的逼近。怎么办？危急时刻，蔡子培把队伍拉上惠樟公路镇江头村的山上，高高地竖起队旗，让老百姓远远地看见他们的队旗，先让他们心里感到安定。

自卫队离日寇的部队较远，就算开火也不一定能击中日寇。但蔡子培还是下令开火，这样做的目的是为了暂时阻止他们长驱直入樟木头、石马，为群众转移赢取时间。于是，自卫队向着日寇骑兵开了一轮排头火，日寇人地两生，突然遇袭，一下子还没反应过来，也不知虚实，犹豫了一下便掉转了头。此时，民众便趁着日军犹豫的间隙镇定地转移到了深山老林之中。

其时蔡子培部队手上只有几把手枪和几杆土造七九步枪，面对着成千上万配备精良的日寇，他们的武器可谓捉襟见肘。考虑到保护群众的目的已达到，蔡子培也没有继续恋战追赶，而是马上率部向清溪方向转移，与清溪方面的部队会合。

整顿社会秩序宣讲抗日精神

1938年，蔡子培、张松鹤领导下的抗日整编队伍——东宝惠边区人民抗日游击队，后来成为东江纵队的前身。

当年12月中旬，由蔡子培会同林锦华、张松鹤等同志带领两个连200多人到清溪、石马、塘凤等地区建立抗日游击根据地，开展游击战争。

当时清溪的日寇刚刚撤走，赌馆林立，鸦片馆很多，小偷、私娼也开始出现，整个清溪被搞得乌烟瘴气，群众抱怨连天。

蔡子培派队伍包围了清溪圩，把几十名赌徒、鸦片佬全都抓了起来。他把这些人全部集中在一起，宣讲时势的严峻性，宣讲抗日重要性。对为首的头目，则进行了严厉的批评教育，然后全部释放。没收了赌款几千元和全部鸦片烟具。蔡子培又令人在大街小巷张贴布告禁烟禁赌、肃清小偷和私娼……经过这番严打和整治，清溪的社会秩序好了很多，群众欢欣鼓舞，奔走相告。

空枪救人在当地传为佳话

1944 年，蔡子培被任命为东江纵队第二大队队长，所率部队的活动区域主要锁定在路东（广九铁路以东）清溪、凤岗、石马一带。蔡子培带着队员们活跃奔走在深山老林中，经常给日本鬼子出其不意的打击。

日本兵进驻樟木头后，在樟木头为所欲为，做尽坏事，他们强拉民夫做苦役，把民房扒掉做材料，分别在飞云山顶、石壁径坳、大石山顶、大科山、煤屎岭、笔架山、石马桥头等处筑有碉堡 7 座，每座碉堡派一个班的兵力把守。一次，柏地村蔡王福家娶媳妇放鞭炮，驻扎在飞云山顶碉堡做贼心虚的日军误以为是机关枪声，恼羞成怒地冲下山来抓人缴枪，抓去了 10 多人灌辣椒水，其中有 1 人被摧残致死。同时，日军还从广九沿线抢来无辜的民女逼良为娼，在樟木头刘辉记旅店和石马承昌杉店分别设立慰安所，每所 10 多名妇女，专供日本兵蹂躏淫乐。

蔡子培恨透了这伙丧尽天良的日本鬼子。

古坑（主要是沙元村）的民众为了防止日本人的扫荡，在山上事先搭好了草寮，若日本鬼子进村扫荡时，便跑到山上的草寮躲起来。一次，日本鬼子又派了一个中队到古坑扫荡，得到消息后的村民们闻风而逃，仿佛遇见了洪水猛兽。村民们争先恐后地躲进山里事先搭好的草寮里躲避。

而此时，23 岁的农家姑娘莫英正在山上放牛。听说日本鬼子进村了，村里人都慌不择路地逃难，莫英也连忙赶着牛往山上躲。哪知牛像有什么预感似的，就是不听话，任凭莫英怎么吆喝，横竖站着不动，没有半点反应。莫英用手扯住绳子拼命拉，可她的力气哪能挣得过牛呢？莫英使出全身的力气，拿拳头打、用脚踢，都没有用，牛就像受到惊吓似的动也不动。关键时刻，牛还不识时务地"哞哞"地叫个不停。莫英急得脸涨得通红，眼泪在眼眶里打转转。她不能舍弃这头牛，这可是她们家最值钱的东西，也是她们家耕田犁地的唯一家当啊。就在莫英进退两难的时候，日本鬼子听到牛的叫声追了上来。见眼前有个放牛的年轻姑娘，鬼子一时淫心大发。他们像一群疯狂的野兽，如狼似虎地追了上来。莫英放下手中的牵牛绳吓得拼命往前跑，可是吓坏了的莫英已经没有力气了，她不停地跑，又不停地摔跤。日本鬼子像魔鬼一样在后面紧追不舍。

带领游击队藏在山中监视敌人动向的蔡子培见到了这悲惨的一幕。眼看着日本鬼子就要追上莫英了，在这千钧一发的关键时刻，蔡子培命令队员："赶快打空枪，把鬼子的注意力吸引过来。"

"砰砰"几声枪响，这寂静旷野里传来的枪声果然震慑住了日本鬼子。受惊的鬼子再也顾不得追莫英姑娘，趁此间隙，莫英姑娘急忙逃脱了敌人的魔爪。

莫英姑娘得救了！蔡子培勇救莫英的事情，也在当地传为佳话。

枪决土匪恶霸毫不手软

其实在樟木头，蔡子培还带领着他的部队做了很多为民除害的事情。

石马乡有个著名的土匪头子叫蔡蛇旺，人称"人王"，此人广交社会上的三教九流，用以扩大自己的势力，且拢集社会上的一些渣滓，形成势力强大的土匪团伙，骑在老百姓头上作威作福。蔡蛇旺为人凶悍恶毒，他的手下集结了一百多号"东江马"（东江博罗一带的土匪），经常打家劫舍，做尽了丧尽天良的坏事，多年来，让当地老百姓苦不堪言。

隆冬时节，樟木头进入农闲阶段。村民们的一些耕牛也在家里闲置了下来。蔡蛇旺便指挥他的手下明目张胆地洗劫村庄，要农户们统统把牛交出来。耕牛可是农民的命根子，农民们哪里会甘心呢。于是便有人开始反抗，而稍有反抗的人就会遭到毒打。为非作歹的土匪们强占了耕牛后，就把它们一群群地赶走，等到来年春耕时，再以高价卖给农户，农户们敢怒不敢言。村里面稍有姿色的妇女，只要被蔡蛇旺看中的必定难逃其魔掌，其行径简直令人发指！

蔡子培命令手枪队的蔡汉尧负责把蔡蛇旺抓来审问。蔡蛇旺被带走的消息一下子就传开了。整个石马坪都震动了。因为在此之前，还没有谁敢动蔡蛇旺一根汗毛，在整个石马牙，他蔡蛇旺就是土皇帝，没人惹得起他。

得知蔡蛇旺被抓的消息后群众都很兴奋，但马上又担心起来：抓走蔡蛇旺，蔡子培确实是为人民除了一大害，可是这蔡蛇旺，党羽众多，心狠手辣，不知蔡子培是否能奈他何？石马乡的乡绅和头面人物纷纷来为蔡蛇旺说情，甚至乡绅们写下具保书，挨家挨户地叫石马坪商户盖了上百个图章，签了上百个名字，集体为蔡蛇旺说情。

蔡子培说："家有家法，国有国法。做了伤天害理的事哪里能够这么随随便便就了结？那天下的人都来做坏事，末了认个错难道就完了？"

"叭叭"，随着蔡子培的一声令下，作恶多端的蔡蛇旺被枪决了。在这次的公审处决中，官仓村的土匪恶霸"高脚凤"同样未能幸免。

"高脚凤"是一个五毒俱全的小混混，此人纠结社会上的一些无业游民，在乡间横行霸道、为非作歹。他们经常搜刮民脂民膏，奸淫掳掠，无恶不作，整得樟木头一带乌烟瘴气、鸡飞狗跳。

有一次"高脚凤"偷了邻居家的一只生蛋鸡，被女主人发现了。他不仅没有意识到自己的无耻，反而变本加厉杀害了女主人。其卑劣的行径让人怒不可遏。

蔡子培闻讯后立即命令警卫员蔡松发等人把"高脚凤"及其同党悉数抓来，下令统统枪决，一个也不留！

肃清汉奸大快人心

驻扎在石马养贤学校的日本中佐叫中村。他豢养了一条汉奸走狗叫吴华细。吴华细除刺探游击队的情报外，还依仗日寇势力狐假虎威，经常欺负乡邻。吴华细性格暴戾乖张，飞扬跋扈，为人十分阴险狡诈。对日本鬼子，他是竭尽奴颜婢膝之能事，对人民群众却是百般凌辱和敲诈。

吴华细平时为所欲为，有时走在路上看谁不顺眼，凭着一时兴起，就会把对方抓起来冠之以"莫须有"的罪名严刑拷打，酷刑用尽。村民们谈吴色变。

蔡子培命令警卫员蔡松发想办法抓来汉奸，马上处决！

还有为日寇强征农民粮食的樟木头田赋处主任刘尧；为日寇张目的

客探刘昌仔、发麻仔、蔡九华；在东江一带无恶不作的大队长"马验林""博罗志"等汉奸，一个个都被蔡子培下令捕获关进监仓或索性当场枪决。

驻扎在樟木头的日寇宪兵队水马部下的泽木、麦老昌、余叔等十多个汉奸平时横行石马乡，见此情形再也不敢肆虐了。

蔡子培的铁腕作风极大地震慑了石马乡一带的土匪。处决蔡蛇旺、"高脚凤"后的相当长一段时间，石马乡清静了许多……

率部痛击日本流寇

除了惩治这些乡匪，蔡子培还带着他的部队到处打击分散的日本流寇。

1945 年 2 月 9 日，驻守在石马的日军警备队四名鬼子到石马的丰门村煮饭。他们窜到农民家里，掠走农民家的凳子，企图劈了当柴烧。日军在抢劫村民的财物时，放松了警戒，把枪放在村民家的墙角里。这户人家的大儿子发现后，连忙使眼色机警地告诉一个从自己家门口走过的人，要他火速带信给蔡子培的部队。

得到消息后，蔡子培连忙派了短枪队的六个兄弟前往袭击日寇。蔡子培把六个人分成了两组，一组三个人，其中一组由他的警卫员蔡汉尧带队。

蔡汉尧到了村民家后迅即分工部署，他自己带两个人先破门而入缴掉鬼子的枪，另外一组三个人则负责警戒及射杀敌人。

蔡汉尧做了一个手势，带着另外两人一起突然冲入屋里。随即以迅雷不及掩耳之势收走了敌人放在墙角的三支步枪。日寇发觉后，连忙过来抢夺枪支，阻拦蔡汉尧。因距离太近，蔡汉尧来不及拔枪，两人便紧紧扭在一起抢夺枪支。鬼子个子高大，身材矮小的蔡汉尧不占任何优势。于是，机警的蔡汉尧便就着和鬼子扭打的间隙顺势坐在地上，用手捉准鬼子的睾丸，猛力一握，鬼子被这突如其来的一招痛得条件反射地松了手，捂着裆部"哎哟"一声蹲了下来，紧随蔡汉尧身后的另外两位同志同时向鬼子开枪，瞬间结果了鬼子的狗命。

另外一组负责警戒和射杀的同志也向其中的三名鬼子开了枪。有两名鬼子当场被击毙，剩下的一名负伤逃窜。当三人向逃窜的敌人继续追捕时，得到风声的鬼子派来了援军。蔡汉尧便让其他同志马上收队，不再继续追捕。

这次的战斗，缴获了敌人的勾仔步枪三支，刺刀三把，另有子弹一百多发。

成功伏击山本小队

1945年5月24日上午，驻清溪岭的日军"81147"部山本小队30多人企图到鹿湖坝考察破坏的桥梁和公路。日军带了两挺轻机枪，两只掷弹筒，其余的则全是步枪。二支队的侦察员在获取情报后，分析日敌有出动清溪的可能，便在一起商量布置如何拦劫和消灭这股敌人。

二支队的3个班34人奉命去追击这股敌人。33名同志带着步枪，一名同志带着驳壳枪。蔡子培把人分成3组，从三个方向向敌人包抄。

从正面接近敌人的一路人马接近长排坳山脚时，与山上的敌人短兵相接。山上的敌人用机枪猛射，强大的火力使队员们不能前行。敌人占据了有利地形和武器的优势，弄得队员们一时难以突围。于是，蔡子培命令队员们撤退。敌人又分出一股从队员们的退路上围了过来，仗着武器优势妄图切断队员们的退路，先行在这一路段埋伏负责袭击公路的小分队队员们出其不意地对其予以猛烈打击，敌人只好丢盔弃甲、落荒而逃。

以游击战与敌人较量

1945年5月27日拂晓，大地一片寂静。深蓝色的天空中还残留着星星们未及褪去的影子。农田里的庄稼和村民们都在熟睡，村庄和田野归于宁静。可他们万万没有想到，一场灾难正悄然向他们逼近。驻在岭干围（离清溪约20公里）的敌军派了30多人，带着轻机枪和弹筒以及步枪等罪恶的武器，正准备在夜色的掩护下袭击他们。

得知消息后，二支队连忙火速行动，队员们分成几组分头出击迎敌。

附近是山地，这是队员们熟悉的家乡，这也是队员们熟悉的大山。在山上，队员们悄悄地埋伏起来，在晨曦中圆睁着仇恨的双眼，只等着敌人靠近⋯⋯

当这群罪恶的身影走到离山头不远的地方时，埋伏在黑暗中的队员们毫不留情地扣响了扳机，以密集的火力向敌人扫射，还没来得及反应过来的鬼子们号叫着，有的死了，有的负伤了。污血流淌了一地。侥幸活着的鬼子连滚带爬地向风吹廉方向逃窜。

5月280，同样是在清溪。19名鬼子带着枪支武器出现在清溪坪日的街头上。这天是清溪的牙日，村民们从四面八方过来赶集，集市上热闹非凡。日本兵抓住一些年轻力壮的男人，企图逼迫他们去修筑公路。消息传到二支队，蔡子培随即派出24名队员去伏击这股敌人。

战士们埋伏在敌人必经的路上。果然，鬼子因为前方有部队在警戒而不敢前进，只能向后退，正好碰上埋伏的二支队队员们。不出所料，英勇的战士们打了敌人一个措手不及。

这样的游击战已司空见惯。蔡子培带着他的队员们，就这样与敌人较量着，每天穿行在硝烟之中⋯⋯

寡不敌众仍英勇杀敌

一次，蔡子培带领着全大队指战员把敌伪军追了好几公里，追至桥头附近时没想到伪军的援兵到了。蔡子培的部队被夹在中间，大有腹背受敌之虞。蔡子培指挥队伍硬冲了过去。当时第一中队队长宋发领着曾环的小分队冲在前面。宋发手持驳壳枪，专打堵在前面的伪军机枪手。宋发的枪法极准，十发九中。他一路掩护着蔡子培的部队往前冲。

借助宋发的强有力掩护，蔡子培带领部队往前冲，拼死杀开一条血路。子弹不长眼，好几次子弹从他身边掠过，都被他巧妙地躲过了。最险的一次是子弹贴着耳边飞来，他下意识地侧过头。子弹旋即从他耳边呼啸而过。好险！他看到前面有个战士正向前冲，不远处一个敌人的机枪手已瞄准这名战士，而战士却没有注意到。于是他一个箭步扑上去，紧紧搂着战士，把战士保护在自己的身体底下。所幸敌人的子弹打飞了，他和战士遂得以转危为安。

这场战斗打得艰苦卓绝，异常激烈。在腹背受敌寡不敌众的情况下，蔡子培带领战士们打得十分英勇顽强。战斗结束时，敌方的尸体遍地都是，活着的日军只顾逃命，对满地的尸体根本无暇顾及，只能是弃尸仓皇逃窜……

仅用一枪俘虏一个中队日伪军

1945年，当时的塘厦火车站驻有日伪军的一个中队，中队长郑天池原是国民党某部的团长。由于该站有油水可捞，故许多国民党军队里的营长、连长纷纷相邀着来这个中队里当排长、班长甚至士兵。这帮兵痞为了自身的利益经常鱼肉百姓，想方设法榨取老百姓的血汗，而且经常会想出一些怪招损招来欺诈老百姓。当地老百姓对这帮人深恶痛绝却是敢怒不敢言。见到这种情形，蔡子培决心要端掉这个黑窝，为民除害，还老百姓一个公道。

但日伪军的防范意识却是很强。他们的安全工作做得非常严密，想接近他们并非易事。经过多次观察，蔡子培发现该部有个班长，经常到我方一位做地下工作的同志家里来，目的是想勾引该同志守寡的母亲。蔡子培决定利用这个有私心的日伪班长作突破口。

他亲自约见了这个班长，动之以情，晓之以理，动员他弃暗投明，不要与那些人沆瀣一气。蔡子培的一番肺腑之言感动了这个班长，他表示愿意与蔡子培合作。在经过一番周密部署后，他们相约在他带班放哨时行动。到时他们里应外合，"祸起萧墙"，打他个措手不及。

轮到班长值班放哨的那个晚上，蔡子培带着人马悄悄地埋伏好了，只等内应给个信号，便一跃而起，直捣日伪军的"黄龙府"。

武工队的同志担任先锋冲到前面打探情况。班长悄悄地把关口门打开了，并把该中队唯一的机枪交了出来。武工队神不知鬼不觉地进了营房。100多名伪军全部已进入熟睡状态，鼾声如雷，此起彼伏。他们做梦也没想到蔡子培的部队进来了。包围了日伪军的同志们大声叫道"缴枪不杀！"伪军从睡梦中惊醒，这突如其来的叫喊声让他们方寸大乱，他们还不明白发生了什么事便乖乖地举起双手投降了。许多伪军连裤子都没穿好，其中有一小队长想伸手取枪，意欲反抗，武工队的蔡木娣眼疾手快，一枪便把他打死了。

这一仗只用了一枪，就俘虏了这个中队的全部伪军。足智多谋的蔡子培用最短的时间花最少的装备就为民除了害。

机智脱险

1945年初，阴历尚在冬天，南方的天空冬天也是一片灰蒙蒙的。不久，蔡子培受命担任广九路东人民抗日总队副总队长。

清晨，蔡子培带着两名警卫员蔡谭全、蔡进福从清溪鹌鹑薮出发。途中，发现有一支100多人穿便衣的队伍，一个挎着手枪的长官模样的人正在队列前训话。为了摸清该部队的底细，蔡子培便使了个眼色，让走在前面的蔡谭全打探情况。蔡谭全跑上前去问："同志，请问你们是哪个部队的？"话还没说完，那个训话的人就从腰间拔枪打向蔡谭全。蔡谭全机警地躲过了。他赶紧扭头就往回跑，一边拿枪还击一边对蔡子培大叫："快跑！"一百多个敌人呈分散队形追了上来。3个人拼命向后方的山里跑。敌人在后面紧咬着不放。情况相当危急，追来的敌军距离蔡子培他们只有20米远了。蔡子培急中生智连忙叫警卫员们分头跑，由他自己来殿后。两名警卫员不断向后面追过来的敌人射击，边射击边跑开。两名年轻的警卫员跑开了，蔡子培自己却身陷险境。他的手无意中触碰到口袋里的一扎钱。于是，他灵机一动，把钱拿出来撕成几瓣，一下下撒了出去。碎纸片在满山坡飞散。敌军士兵蜂拥着去争抢被撕碎的钞票，趁着这间隙蔡子培赶紧跳进了一道山沟，向下一滚，掉进一个两米多深的土洞里。密密麻麻的灌木丛和杂草足有一人多高，把洞口隐蔽得严严

实实。捡完钱的敌人追过来了，四下查看，哪里还有半点影踪。蔡子培听见敌人在说，奇怪了，遇见鬼了。刚才还在的，一眨眼的工夫怎么不见了？于是，一百多人对准山沟一顿乱扫后灰溜溜地走了。蔡子培凭借自己的机智在敌人的眼皮底下成功脱险。

遗憾的是跑进山里的蔡谭全因子弹打完，最后被敌人抓住。后被敌人带往惠州残忍地杀害。

脱险后的蔡子培和蔡进福半夜才回到部队。蔡子培的衣服已被荆棘挂烂，手臂上、脸上全是被划伤的血口子。两人摸黑进了部队，卫生员见到吓了一大跳。赶紧找来针眯着眼睛帮两人挑身上被扎的刺，足足挑了两天，才基本把刺挑完。

为挨饿的百姓抢粮

夏天，正是青黄不接的季节。没有粮食，乡民们有相当一部分都生活在饥馑中。日寇在樟木头车站刘屋村刘氏宗祠囤积着大量白米、面粉等粮食及一批枪支。

看到饥饿中的乡民们无力争回自己的粮食，蔡子培心如刀割。为了让乡亲们不再饿肚子，蔡子培决定铤而走险，带领人马把粮食抢出来分给广大乡民。

蔡子培仔细侦察。他发现这批粮食仅有刘屋村的巡丁看守，巡丁人并不多，距刘屋祠堂一公里左右。而驻在罗屋村天主教堂的一小队日兵只是夜间来巡视一两次，人数也不过是三五人。

为了确保抢粮时群众的安全，蔡子培组织当地民运队六十多人，选择一个阴雨的夜晚十点行动。对于火车站的日本兵，则调来一个主力排担任狙击手，不让他们靠近半步。至于天主教堂的日本兵，他派了蔡松发、李明等守住日军来巡逻时必经的连屋围路口，严格控制他们进入粮仓。他们议定以手电筒光为信号。

经过周密的部署，晚上十点左右，蔡子培带着武工队冲入刘氏宗祠。守粮仓的巡丁还没反应过来就被俘虏了，他们不费一枪一弹。

但谨慎中依然出了一点小差错。派出联络警戒天主教堂的战斗小组的蔡宏基走错了路，耽误了时间。当民运队队员们离开刘屋祠堂，挑着粮食、扛着枪支弹药撤到对面公路山边时，为了掩护群众安全撤离，蔡松发和李明两名队员迅速分工，一人负责袭击来换哨的日军。一人负责掩护群众。当时天色太黑，伸手不见五指，李明来到池塘边时跟前来换哨的日军碰个正着，他被敌人发现了。日军先放一枪把李明打伤了，李明立即倒地伏在池塘边。日军以为把对方打死了，于是继续前行；当日军来到李明身边时，李明一跃而起，拖住日军的脚，一起滚进池塘跟哨兵肉搏起来（当时不敢再拔枪，怕惊动教堂的敌人），最后，哨兵死了，年仅20岁的李明也因流血过多而不幸牺牲……

蔡子培令人把他埋葬在上南路旁的大石墩旁，并立了墓碑，以便让后人永远怀念这位民族解放战士。

这次行动为群众抢到了几百担粮食。对正在饱受饥荒煎熬的乡民们来说，这次的抢粮不亚于是雪中送炭。

大造声势智迫日寇受降

1945年8月中旬，经过艰苦卓绝的八年抗战，日军宣布无条件投降。东纵司令部、政治部授命蔡子培和黄克两人到樟木头和日军谈判受降问题，并派敌工科长林展带了两名日本反战同盟盟员到了清溪苦草洞的队部，共同研究如何到樟木头和日军谈判衔接受降问题。方案确定后，林展回司令部，大队转移到石马古坑村。开始他们派了一名白皮红心的伪保长带领那两名日本反战同盟盟员到樟木头与日军当面沟通，但作用不大，日军根本不为所动。蔡子培便派蔡云等人前往交涉，谁知日本人负隅顽抗，拒不接受。还说什么他们是"土共"，不是真正的共产党，并说枪只交给国民党中央军，"此乃上峰的指示"。

日寇冥顽不化让蔡子培火了。他令人写出"最后通牒"的告示，命令受降的振武部48小时内就地缴出全部武器及军用物资。

蔡子培将这封"最后通牒"让蔡信交到振武部队。蔡信便叫当时石马乡伪乡长带路把通牒交到养贤学校内振武部日寇手中，但日寇坚持向中央军缴械，不向东纵受降。

当时因为大部分日寇已投降，我军部队的兵力比较分散，驻在石马乡一带的指战员加起来也仅有100多人，而日寇却有一千余众，敌多我寡，力量非常悬殊，就算打硬仗的话只怕也占不到什么便宜，怎么办呢？

于是蔡子培叫各通讯员下通知，召集全石马乡的青抗、农抗、妇抗会干部到场开会，让干部们动员全乡男女老少，集合在古坑村蔡氏宗祠开大会造声势。他们把过去准备防盗和械斗用的土炮等也一并搬了出来，擦得亮锃锃的。群众则把家里的锣鼓、笛子、海螺、喇叭、麒麟等拿出来，凡是能制造声音和气氛的家什都被搬了出来，以壮军威。各种声音响了起来，群众舞了起来，村民们还杀了几头大肥猪饱餐一顿。上千名民兵、战士、群众聆听蔡子培的战前动员报告。在蔡子培的带领下，义愤填膺、群情沸腾的人群浩浩荡荡地越过笔架山山腰，向石马牙前进。

天渐渐黑了。在日军觉察不到的暗处，千百门（支）土炮、洋枪、土枪对准了驻守在养贤学校的日军。蔡子培一声令下，惊天动地的枪声、炮声、锣鼓声、喊杀声从四面八方涌了过来，夜空上交织着红色的火线，战鼓声、军号声、喊杀声响彻云霄，各种乐器发出的声音响成一片。心虚的日军惊慌失措，忙把驻地的所有灯光手忙脚乱地全部熄灭了，个个龟缩在碉堡里。群众的声音一直持续了两个多小时才撤走，日军吓得连大气都不敢出，更无人出来应战。

第二天天一亮，遭受了一夜惊吓的伪维持会会长马上派人前来，说振武部愿意投降，请部队尽快派人联系。蔡子培便让蔡信去养贤学校，带他们过来谈判。蔡信到达学校时，远远地就看到那个叫联美的参谋长和一个翻译以及另一个随从在校门口恭迎。维持会长打躬作揖，往日的嚣张气焰荡然无存。

谈判的地点确定在大和村村民蔡斯庆家中。没多久，蔡信便带着日伪的代表前来谈判了。

经过谈判，日军慑于蔡子培逼人的气势，答应缴械。这次受降，缴获了迫击炮4门，轻重机枪25挺，枪支弹药足有两卡车，是东纵接收日寇投降物资最多的一次。这批武器弹药先是被运回蔡子培的家乡古坑村，到第三天，部队战士和广大群众走山路，经线鸡头、苦草洞将这批武器运抵惠阳县南坑村东纵司令部。当时曾生司令员见到这批武器弹药非常高兴。他拍着蔡子培的肩膀朗声赞道："你们真行！咱们部队成立以来还从未缴获过这么多的武器呢。"

日寇投降后，曾经在广九沿线作威作福的汉奸、走狗都纷纷逃往香港、九龙等地。蔡子培决心为人民讨回公道。于是，他派参谋詹云飞带领蔡汉尧、蔡赐、蔡瑞遴、蔡观妹等，动员原在敌寇服务过的张桂、黄九立功赎罪，前往九龙去捕杀逃到香港的汉奸。

詹云飞、蔡汉尧等遂前往九龙，当街处决了敌伪期间横行九龙半岛的黄老八；又处决了在樟木头作恶多端恶贯满盈的赖丁才；还在沙田公审了罪大恶极、为日寇卖命的女翻译官。

多行不义必自毙。对蔡子培采取的正义行动，群众无不拍手称快。

东纵抗日英雄蔡子培夫人关其清的历史

　　遗范垂后世，风采映苍穹。今天，我们将东纵抗日英雄蔡子培夫人关其清的"刘胡兰精神"用文字记下，既是缅怀先烈并以此激励后人，也是了却蔡子培和张松鹤两位革命老前辈的革命遗愿……

——题　记

　　"生得伟大，死得光荣"，世人皆知这是 1947 年春天毛泽东同志为英勇就义的刘胡兰的亲笔题词。而在我们樟木头，也有一位刘胡兰式的英雄人物，熟知详情的全国政协委员、中国著名的雕塑家、画家、诗人张松鹤先生曾评价她是樟木头的刘胡兰！

　　她，就是原东江纵队抗日英雄、樟木头客家名人蔡子培的夫人关其清同志！虽然她抗日救国所开展的工作涉足樟木头的不多，但作为蔡子培的夫人、樟木头人的媳妇，她光照千秋的革命一生足以让我们樟木头客家人为之敬仰和自豪……

迎着敌人冷冷的枪口视死如归

　　1944 年，河源县的能溪、兰溪仍笼罩在白色恐怖之中。

　　因能溪、兰溪"三点会"煽动群众，并阻止粮食出口，将抢到的粮食散发给群众，从而激起国民党驻地军队的恼怒。于是，当时驻河源的国民党巡官张家超指派大队人马将 106 名无辜群众抓了起来，不仅诬指这些群众是破坏分子，而且下令择日全部就地枪决……

元月 10 日，眼看着这些无辜的农民群众即将失去生命，在这千钧一发之际，有一位河源县妇委的女同志大义凛然，不顾自己产后不久羸弱的身体，怒冲巡官府，并指着巡官张家超的鼻子大声呵斥敌人："你们这些杀人的魔鬼！杀无辜的老百姓算什么本事？要死，我一个人死，不许伤害群众……"

她义正词严的斥问如一把把锋利的钢刀刺进敌人的心脏，且闻讯而来声援的群众越聚越多，大家都怒冲冲地围着巡官府讨说法。这时的张家超气急败坏起来。只见他脸色铁青地从腰间拔出手枪并用手枪顶着这位女同志的脑袋，暴跳如雷地叫嚣："你再煽动群众，我一枪崩了你！"

英雄斗志如钢。这位女同志昂首挺胸、毫不畏惧地紧步上前，迎着敌人冷冷的枪口……枪响了，一声，两声……

"永别了，乡亲们，战斗吧，同志们，敌人的末日不远了，胜利一定是我们的。"在倒下的一瞬间，她鄙视了一眼垂死挣扎的敌人，甩了甩披在脸上的短发；仰望翻滚的乌云，环顾万里江山……她坚信，黑夜即将过去，祖国的明天将阳光灿烂，就在生命的最后一息，她高呼："中国共产党万岁！毛主席万岁！……"

这位为了中国人民的解放、为了雄伟的共产主义事业而从容就义、壮烈牺牲的人，就是关其清同志。

出生在封建式民族资本家大家庭

关其清，又名关素文、关若茜，是广东南海县九江乡人（具体出生年月不详）。父亲关颂平曾在广州市河南海天四签开设"富强"塑胶厂和经营出口贸易的"富强"桂皮庄，还在香港开设了一间"祥和"五金行。其父有 4 房，继母李媛琼当家，关其清为庶母林文卿所生，有同父异母的兄弟姐妹 15 人，她排行第六。同胞的有弟弟关世芬、妹妹关其玉、关其凤、关其芳等 6 人。

她就出生在这样一个封建式民族资本家的大家庭里。由于妻妾争宠和财产纠纷，家庭矛盾重重，时有明争暗斗的事发生。因母亲是妾室，关其清及其同胞弟妹是"细婆仔"，所以，其家庭地位非常低下，既没有经济权，常遭到歧视，遇事受制，且继母生性狭隘、孤僻，关其清从小就要帮助母亲操持家务，做重体力活，还要去塑胶厂缝鞋面，挣些工资作自己弟妹的零用。平时既常受到异母兄弟姐妹的无理侮辱，又要为同胞弟妹辩解和翼护，担负起教育弟妹的责任，以至关其清从小就对这种压迫不满。

父亲开设的桂皮庄，其出口生意和价格常受到洋人的垄断和控制，受尽了洋气与洋罪，同时还受到军阀、官僚的敲诈勒索，少年时的她就对洋人、军阀、官僚深恶痛疾。

"抗日救国会"委员卖花募捐支持抗日

关其清家世居于广州市河南同福西路85号，与横行霸道的洋人居住地一沙面租界只一路之隔。念过私塾后的关其清毕业于广州河南洁芳小学，并于1930年9月考入荔枝湾广州市立二中读书。当时，广东省在军阀陈济棠和官僚政客胡汉民的统治下，沦为半封建半殖民地。

1931年"一·二八"事件，日寇公然出兵侵略我国的上海吴淞，19路军不堪日寇的欺凌和压迫，奋起抗战，全国掀起了抗日救国的大浪潮，市立二中成立了"抗日救国会"，关其清由于积极参加抗日宣传活动，被同学们选举为"抗日救国会"的委员，与蒲卓英同志等领导全校女同学卖花募捐，支援淞沪抗日，随后又发动支援东北抗日义勇军的募捐，为抗日救国运动做贡献。

1933年在市立二中毕业，在高中阶段与蔡子培等同志一起受到新文化思潮的影响，让她深刻地认识到：只有共产党，才能救中国。

结婚为筹措奔赴延安的旅费

1937年，七七卢沟桥事变后，关其清在广东国民大学教育系念书，愤于日寇的野蛮行径和忧于祖国的岌岌可危，感到再也不能在学校读书了。于是与同学蔡子培一起决定奔赴延安、奔赴抗日最前线。

然而，旅费又该如何筹措呢？在探索革命真理的道路上，已擦出爱情火花且志同道合的关其清与蔡子培于是决定举行婚礼，并以此来筹措奔赴革命圣地一延安的旅费。

婚后，他俩随即将结婚所收的金镯子、钻戒等首饰尽数卖掉，得款数百元以作旅费，并于1937年10月得到李又华和一位姓梁的同志介绍，会同李泳风、徐留两夫妇，以度蜜月为名，远赴西安找西北青年救国会负责人，经与西安七贤庄八路军办事处接洽，关其清与蔡子培被介绍到陕西省三原县安吴堡青年训练班，接受进步思想教育和学习，并进行军事训练。

步行13天行800里到达延安

一个多月的紧张学习结束后，班领导决定选数百人前去延安继续学习，关其清、蔡子培在批准之列。

数九寒冬，北风凛冽，雪花纷飞。关其清穿着笨重的棉衣和布鞋随队伍每天步行六七十里，这对于一个从资本家家庭走出的广东女学生来说，确实是一次革命意志的考验。

当队伍抵达洛川县休息时，关其清脱下布鞋，发现自己的脚掌起满了水泡。她用针一一将水泡刺破，擦上碘酒，继续与同时来自广东的卓扬、丘继英、杜声闻等人跟上北上部队。在洛川旅店休息时，恰遇一辆八路军的运粮汽车。关其清竭力与司机联系，并将同伴送上汽车去延安，而自己则坚持步行。

终于，步行13天行程800里抵达革命圣地延安。

曾与蔡子培一起组建石马乡抗日自卫大队

1938年2月，关其清顺利进陕北公学就读，且编在14队（女生队），聆听毛泽东、周恩来、成仿吾、杨双、艾思奇等中央领导讲课。在青训班，由于表现突出，思想进步，1938年3月被中央陕公总支部批准为中国共产党党员。

同年6月，陕公由清凉山搬迁到延安北门。第二期学习结束后，关其清同志被分配到陕公接任吴英（艾思奇的夫人）的图书馆主任职务。

这时候的广东形势发展很快，日寇扬言要攻占广东，刚成立不久的中共广东省委按中央指示，"以建党为中心，切实搞好建党工作基础，开展抗日民族统一战线"。

1938年10月，广州沦陷的前几天，关其清按党的指示和号召，参加了中山大学教授丘琮（中山大学教授、国民党少将参议员，丘逢甲之子）领导的"广东民众武装抗日自卫队总部的东区服务队"，同卓扬、丘继英、邓慧、黄炳辉、林启周、杜声闻等同志一起撤离广州，经从化、花县到达梅县、蕉岭等地区开展抗日宣传工作。当年秋，蔡子培从延安陕北公学回乡，和养贤学校校长魏拾青、蔡焕勋一起筹备成立石马乡抗日自卫大队，关其清及其同学卓扬、丘继英、陶子梅、魏凡等人也从延安经广州回到了石马乡以养贤学校为基地开展抗日救亡运动，很快就在三王宫（今官仓凤山古庙）成立石马乡抗日自卫大队，并选举蔡子培为大队长。

由于东区服务队的队员都是陕北公学、抗日大学毕业的学员，其延安的革命作风，受到广大青年学生的欢迎和赞扬。

1939年2月，东区服务队在蕉岭文福乡创办抗日青年训练班学校，并举办妇女夜校，组织妇女抗日会、农抗会、青抗会，发展党组织等工作。在此期间，关其清做了大量工作。

智斗国民党反共顽固派

革命的星星之火在蕉岭大地燃烧，顽固派对东区服务队的工作非常害怕。在强迫东区服务队的全体队员加入国民党遭到失败后，顽固派们又四处造谣："共产党借东区服务队企图赤化闽粤边区"，并叫嚷要解散东区服务队。

当反共顽固派的四战区政治部主任丘誉来蕉岭视察时，亲自找到关其清和陶祖梅两位女同志谈话。

丘誉说："客家妇女都是劳动妇女，她们不但能自己生活，而且还能养活全家老少，不烦你们前来解放，你们两人都是广府人，广府的妇女与客家妇女不同，可以不劳动，完全依靠丈夫过寄生生活，所以你们应该回到你们家里去，解放你们广府的妇女。我们梅县、蕉岭的妇女不需要你们代劳……"企图以此来瓦解东区服务队，挑拨离间东区服务队和广大东区民众的关系，把东区服务队赶出东区各县。

关其清针锋相对地驳斥道："我们是来宣传民众和组织民众起来抗日的，是响应蒋委员长的号召的。地不分东西南北，人不分男女老幼，皆有抗战守土之责，只有日寇汉奸才害怕我们，才不需要我们！"

关其清的话一针见血地揭露了顽固派丑恶鬼脸，丘誉被驳斥得灰头土脸……

用延安精神鼓舞抗日士气

1939年夏，在日寇的强势进攻下，在潮汕守备的国民党独立第九旅败退下来。12集团军总部命令东区服务队去前线做部队政治思想工作。

该部旅长华振中说："汪精卫当汉奸，国民党腐败无能，消极抗日，唯有共产党才能救中国。"由于其原是19路军的抗日将官，所以，关其清和东区服务队的队员们放心地将延安精神用来鼓舞官兵士气，并放手进行政治工作，鼓励士兵"收复潮汕，把日寇赶出中国"，深受官兵好评。

1944年，关其清从东区服务队转移到惠阳的香翰屏游击指挥所，发动群众抗日。是时，关其清怀孕临盆生下一女孩的36天后，接受中共东江特委书记尹林平同志的指派到河源县妇委工作。也正是在此时因阻止国民党巡官张家超滥杀无辜群众而英勇就义的，时年27岁左右。

"她是刘胡兰式的英雄"

"壮志饥餐胡虏肉，笑谈渴饮匈奴血。"在关其清牺牲后的许多岁月里，其高贵品格、革命气节和英雄壮举一直鲜为人知。她与蔡子培所生的两个女儿一个叫蔡素平，一个叫蔡咏平，均寄养在河源一黄姓老百姓家中，直到新中国成立后，蔡子培通过各种渠道才找到女儿，并认回了女儿。

对于关其清革命的一生，曾与之一起在东江纵队参加过抗日救亡工作，我国著名的雕塑家、一级画师、教授、诗人、书法家张松鹤曾如此评价关其清："她是刘胡兰式的英雄！更是樟木头人的骄傲！"

1996年8月，病榻中的蔡子培将他和关其清合影的结婚照郑重地交给蔡信，并口述历史，嘱其整理公诸于众，这位"刘胡兰式的英雄"一生才得以重焕光辉，光照千秋。

遗范垂后世，风采映苍穹。蔡子培和张松鹤两位革命老前辈都先后逝世。今天，我们将关其清的"刘胡兰精神"用文字记下，既是以此激励后人，也是了却两位革命老前辈的遗愿……

英勇抗日客家义士蔡云的抗战故事

> 回望烽火，为的是铭记历史、缅怀先烈，珍视和平。在莞邑大地上，涌现出许多抗日的英勇志士。客家壮士蔡云就在其列。今天，我们将其不为人知的抗战故事挖掘出来，旨在深化民族记忆……
>
> ——题　记

东纵是东江纵队的简称，全称是广东人民抗日游击队东江纵队。1943年12月2日，为了适应形势的发展和斗争的需要，党中央指示把广东人民抗日游击总队的番号，改为广东人民抗日游击队东江纵队，下辖七个大队。每个大队下面又设中队。曾生任东江纵队司令员，王作尧任东纵副司令员，杨康华任政治部主任。公开发表成立宣言和领导人的就职通电，明确宣布东纵是中国共产党领导的军队。

东纵的历史，是中国共产党领导下的广东人民英勇抗战的历史。对于整个中国的抗日，都起着不可忽视不可磨灭的作用。据不完全统计，东江纵队共计同日伪作战1400多次，击毙击伤日伪军6100多人，俘虏、投诚3500多人，缴获各种枪支6500多件，火炮25门。

东江纵队的历史表明，她是党中央领导下的一支鏖战在华南敌后的人民革命武装队伍。广大党员为拯救祖国，为共产主义事业而浴血奋斗，把鲜血洒在了东江两岸。他们用鲜血谱写了东江人民和广东人民英勇抗日的光辉历史。

东江纵队第二大队又分为四个中队，第一中队队长是宋发。宋发枪法极准，是蔡子培看中的人才。后来果然在蔡子培领导的多次战役中发挥了重要作用。第二中队队长叫杨良。第三中队队长蔡云也深受蔡子培的影响，一直把蔡子培作为自己仰慕和学习仿效的对象，跟随蔡子培南征北战了多年。第四中队队长罗威能。

蔡云、蔡子祺等青年们目睹了蔡子培的所作所为，对他都非常崇敬，个个视他为偶像。受蔡子培的感染，后来他们都相继参加了革命，尤其是蔡云，蔡子培对他的影响非常大，足足影响了他一生。蔡云后来在蔡子培领导的东纵第二大队第三中队任队长，跟随蔡子培出生入死，英勇杀敌，为新中国的解放献出了自己宝贵的生命。

蔡云原名蔡运新，出生于樟木头石马坪。幼年时蔡云家非常贫苦，蔡云很小就失去了父亲，由母亲何才娣一人千辛万苦地抚养成人。他们家兄妹四人。蔡云自幼就读于家乡养贤小学，能文善画，学习成绩非常优异。可惜因为家贫上不起学，蔡云小学毕业后便到莞城振华路一家理发店去当了学徒工。由于老板苛刻，只是让他做苦役并不教他一点有用的技术，蔡云便写信向母亲倾诉。"大字不识一箩筐"的母亲何氏求村里的"状元"蔡应元帮忙解读。蔡应元见蔡云的书信文辞并茂，赞不绝口，觉得他是个人才，便找来蔡云的堂兄蔡国彰等人商量，建议变卖农田，资助蔡云到广州升学，不要浪费了人才。在家人的努力下，少年蔡云果然不负众望，以优异成绩一举考取了省立一中（广雅中学）的初一甲班。在学校里，蔡云天资聪颖，加上后来的勤奋努力，每一学期的成绩都是名列前茅。蔡云的祖屋内贴满了优异成绩单，广雅中学的校长还亲自写信给蔡云家长，称赞蔡云是勤勉好学的好学生。

1938年广州沦陷后，蔡云所在的省立一中迁至曲江东河坝，蔡云随学校到曲江就学。那时是国共合作时期，蔡云读高二。驻韶关的国民党12集团军司令部到省立一中挑选优秀青年到政治部工作，蔡云便和一部分同学纷纷投笔从戎。经学校重点推荐，他被安排在12集团军余汉谋部政治部当战地记者，专门从事新闻报道。

蔡云在部队里热情似火，刚正不阿，敢于说真话，敢于同不良风气作斗争。1939年，日军扫荡粤北，和12集团军交战，由于军官怕死，指挥不当导致惨败，死伤甚多，战俘被日军野蛮屠杀。余汉谋等国民党军官不以为耻，反而无耻宣传所谓的粤北大捷。正当国民党各种报纸吹嘘"粤北大捷"的号外满天飞时，蔡云秉笔直书，以战地记者的身份发表署名文章揭露所谓的"粤北大捷"真相，并具体指名哪些国民党军官在粤北战场上贪生怕死，造成惨败的罪行。蔡云把新闻稿交给该部爱国将领赵一肩（原 19 路军参谋长）审阅后，赵一肩拍着他的肩头说："写得太好了！"并在他的纪念册上题词："责任之所在，虽蹈汤赴火，义不容辞。"然后说："此稿由我发，你立即离开这里。此处不宜久留。"

报刊上登出蔡云的报道后，余汉谋大为光火，下令缉拿作者蔡云。此时蔡云已回到家乡，他把新坪吓荔枝园鹅房当做学校，取名新民学校，对青少年灌输革命思想，向群众宣传抗日道理。

一天，有个叫吴泽民的东莞县政府国民党巡官巡察至此，发现蔡云没有在学校悬挂蒋介石的像，便粗声大气地责问他："为什么不挂蒋委员的像？"蔡云理直气壮地说："蒋委员又不抗日，只知道打内战，我凭什么要挂他的像？！"吴听了，恼羞成怒地说："你反了不成！"一边说一边从腰里拔枪。刚好蔡云的侄儿蔡信拿着刈柴的竹篙在一旁，竹篙上绑着一把镰刀。见此情形，机智的蔡信连忙把竹篙递给叔叔，蔡云敏捷地迅速把镰刀挂在了吴的脖子上，说："你敢动手！看看是你的枪快，还是我的镰刀快！"大概是想到自己也占不了什么便宜，吴见状只好软下来，便收回了枪，灰溜溜地走了。镰刀比枪快的故事在当地不胫而走，一时传为佳话。

深受蔡子培影响的蔡云后来也参加了东江抗日游击队，并出任东江纵队二支队二大队政治指导员兼任樟石乡抗日民主政府乡长。1946 年，和蔡子培一起北撤到山东烟台的蔡云终因积劳成疾，不幸在山东病逝。

东莞古树 "四美人"

两百多年悠悠岁月，古树下家长里短，都嵌在年轮里，蒙上时间苍苔……

——题　记

2009 年 12 月 2 日，由东莞市绿化委员会主办的观澜湖杯 "绿在东莞" 十佳美树评选大赛的获奖名单出炉，樟木头镇金河社区沙园村一棵 207 年树龄的高山榕位居全市古树 "四大美人" 之列。

关于这棵树，当地村里有人讲它是神树，有人说它是镇村宝树、风水树，也有人尊称它为 "榕树伯公"，还有人认为它曾播撒过革命种子，是棵 "革命的树"。

日前，笔者特意来到金河社区沙园村探访这棵古树，揭开树后一些鲜为人知的故事。

独木成林，全村人在树下纳凉

与现代城市的高速发展相对比，现在的沙园村仍显落后和偏僻。这棵被称为全市古树 "四大美人" 的高山榕就长在小山村的南面，依山，树下有一条 3 米多宽的水泥路蜿蜿蜒蜒，一边是村舍，一边是荔枝林，古树就在人与自然中和谐地生长着。一长，几百年傲视着风霜。

古树主干挺拔，长势旺盛，奇特气根连体生长，千丝万缕纵横交错，且长髯随风飘飘，又似垂柳婆娑。树冠覆盖面积约 700 平方米，虽是冬季，但绿荫依然如盖，苍劲挺拔，郁郁葱葱。远看仿如一片树林，呈现独木成林的奇特景观。更加奇特的是，这棵高山榕除主干直径达 3 米左右外，另有两处旁支的枝干垂到地面与主树连成一体，其中一枝长在地面的连体枝粗细竟也有 1 米左右的直径，自然形成多根共一树的景象。树下，停放了些小轿车、农用车、摩托车，人影寥寥，但鸡犬相闻，俨然是陶渊明笔下的意境。

据了解，这棵高山榕是国家三级保护古树，2004 年 6 月东莞市政府已挂牌保护，编号为 11090008，属桑科，经专家考证，至今已有 213 年的树龄。

64 岁的沙园村村民蔡王进介绍说，在他的记忆里，以前，每逢夏季，古树如伞，全村的老老少少聚在树下乘凉，听老人讲古，妇女们在树下做些手工活，小孩子们则在树下四处追逐、玩耍、做游戏，"自从 20 世纪 90 年代空调进入普通百姓家后，才很少有人再在树下纳凉了"。

建村种树，三棵风水树呈"品"字形

古树是古村历史的活化石。据了解，沙园村现有原户籍村民近百户，400 余人，全是蔡氏族下。其实，沙园原先并不叫沙园，住的村民也并非现在的纯蔡姓人家。

村中长者蔡伟添老人介绍说："原来这个村是本地人居住，并非现在的纯客家村民，后来蔡姓客家人搬进了本村，本地人慢慢全迁走了，才变成今天的样子。所以村庄换了，村民换了，村的名字也改了，由原来的'山下园'改叫现在的'沙园'。"

观树知村。从 2007 年 7 月 1 日由金河社区沙园居民小组立的村志石碑上可知这棵古树有段古史。

据有关史料记载，明末清初年间，蔡氏先祖东湖公偕石山阳吾诸弟的子孙由揭阳河婆来东莞卜居官仓久安乐土，数年后其派下由官仓迁徙至"山下园"即沙园（围）村定居迄今约三百年历史。蔡氏先人在这片风水宝地上，历来以农耕为主，农闲从事种果，做泥水（建筑）、竹篾、烧炭、打猎，习文练武等。虽生活艰苦，但民风淳朴。

蔡伟添说，200多年前，蔡氏东湖公的两个孙子庭兰和仓玉在这里安基落业，先祖信风水，这棵高山榕就是在安基立村时种下的，一共三棵，呈"品"字形排列，除这棵高山榕外，还有两棵细叶格，一棵在村东，一棵在村西。

人才辈出，曾为革命播撒过种子

古树承载了无数历史，走过了无尽的悠悠岁月与苍凉。在古榕这历史年轮的时光切片中，蔡伟添老人介绍说，这三棵风水树庇护着沙园村一方村民人丁兴旺，"这里繁衍过不少人呢，像箭竹排、裕丰、柏地等村都是由这里分支出去的"，建沙园村以来，蔡氏子民在这里一代代传下来，至今已有20多代了。

偏僻的沙园村，人杰地灵。它不仅孕育了百年大榕树，同时也孕育出大批贤人志士。据了解，东纵二支第二大队队长蔡子培和东纵北撤人员、广东电视大学原副校长蔡传庆等就是出生在沙园村，在这棵古树下长大的。

樟木头镇文广中心工作人员蔡玉财介绍说，抗日战争爆发后，沙园也就成为革命根据地，蔡子培和蔡传庆等热血青年就经常在此进行抗日救亡宣传活动。蔡伟添老人称，蔡子培还曾经在这棵高山榕树下做过演讲，播撒过革命火种，"所以讲它也是一棵革命的树"。

关于古树的种种传说

"这是一棵镇村宝树！谁都不敢砍，哪怕是它的枝干，大家都让它自然生长。"这是每一位村民对这棵高山榕的叙述，并且村里还流传有"谁砍谁遭殃"的说法。说是有户村民因邻树而居，天长日久，树枝蹭到房顶，村民就锯断了一些枝丫。后来，该户人家接二连三地遭遇变故。

"老榕树树皮可入药，民间也有些人会剥些树皮做凉茶之用，但绝对无人敢砍古树的大枝丫的。"蔡伟添说，位于村东的那棵百年古树细叶榕树下还建有一间叫"沙官庙"的土地庙，庙里至今仍香火不断，每年都有人在树下拜神，以求神树的庇护。

"听老一辈人讲，村里人把这三棵古树都叫作'榕树伯公'，"榕树伯公'的'手脚'谁敢乱动？"谈起村里的三棵古树，蔡伟添一脸虔诚。

"老树有神的！"沙园村村民蔡东寿老人说。1984 年那年，刮了一场大台风，古树折断了一根大枝，有村民就担忧其兆头不好。刚好不久，村里名人蔡子培从广东省物价局局长的职位上退下来，有人把树与此事联系起来，更加认为这是棵未卜先知的神树。蔡东寿还讲，台风折断的树枝，有一外地人花 30 元钱买下锯断，然后卖了 90 元钱，从中赚得 60 元。不久，这个外地人生病求医，所花费的钱刚好是卖古树树枝所赚得的钱。

说到古树的神，蔡东寿老人还讲到一件自己亲眼得见的事。说是在"破四旧"年代，因树冠生长影响村居建设，生产队队长带领村民去砍树枝，树枝被锯断的时候，掉下来单单折断了队长的脚。据他回忆，这是 1974 年以前发生的事。

樟木头老人取名热衷冠"王""谭"渊源

樟木头老一辈人取名，很有意思，如：蔡王生、蔡王送、蔡王添、蔡王福、黄谭生、刘谭昌、罗谭发、连谭福……他们爱以"王"和"谭"冠名，这其中有什么典故呢？

"王"，源于"三王宫"

据原樟木头镇文化站站长刘永业介绍，名中带"王"的，多是蔡姓。相传建于明代坐落于官仓村的凤山古庙，为樟木头蔡姓人的祖庙，庙内供奉三尊神像：大王爷、二王爷、三王爷。当地百姓又称"三王宫"。

新中国成立前，蔡氏子民对"三王宫"信仰有加，庙内香火常年鼎盛。村民添丁（生男孩）时，大都到庙里祈求"三王宫"赐个好名字，给"三王宫"做契仔（义子）。故蔡姓的男丁姓名中多冠以一个"王"字，如"蔡王生、蔡王送、蔡王添、蔡王福"等。

"这种现象新中国成立前比较流行，新中国成立后就没人这样取名了。"刘永业说。

为此，笔者特意采访了1939年出生现已退休的蔡王"某"，他是樟木头赤山村人。他说自己小时候身体多病，父母担心其长不大，5岁的时候改的名，原先并不叫现用名。"那都是父母给改的，为的是能得到'三王爷'的庇护。"回顾往事，他自己也觉得这是一趣事。

但在采访中笔者也发现，不是蔡姓的，也有姓名爱用"王"字，如：邱王"某"、罗王"某"等。

依樟木头镇官仓社区工作人员统计，在该社区现1096名原居民中，如今名字带"王"字仍健在的还有12人之多，年龄大约在60岁至80

岁之间。而在被官仓蔡氏称为祖庙的凤山古庙1990年修建募捐名单上，笔者细数了一下名字带"王"字的人则有28个之众。

"谭"，源于"谭公爷"

而姓名中多冠以"谭"字的，又有什么典故呢？

据《樟木头镇志》记载，樟木头围公角山旁，石马河畔，有座谭公庙，始建于清代光绪二年（1876），庙内供奉着"谭公爷"和"三界宫"两座神像。据民间传说，"谭公爷"八岁成仙，为樟木头围黄氏族人，由惠东东尖笔庵请"谭公爷"到此庙供奉，庙内设有六十四卦签供人问卜，签内有药方（含男、女、外、眼各科）为患者治病。民间传说其神明有求必应，尤以眼科最为灵验。

现年75岁的蔡谭"某"讲，正因为民间认为"谭公爷"灵验，所以新中国成立前的樟木乡的附近乡民多敬奉"谭公爷"，大多在其名字中冠以"谭"字，如"黄谭生、刘谭昌、罗谭发、连谭福"等，并自认为是"谭公爷"恩赐的名字，以求庇护。

"以前一般生男仔都喜欢取'谭'取'王'，生女仔不会这样取，大都是父母亲求神灵保佑自己的小孩大吉大利。我名字的来历也是这样来的。"八十多岁的官仓村民蔡王春如是说。

日前，笔者在石新社区开展普遍联系群众活动走访中，一份村民走访联系名单里，共有102个联系人，就有8个男户主姓名中冠以"谭"字，年龄都在50岁以上。如：蔡谭才、蔡谭月等。

在樟木头，蔡姓基本集中在金河、官仓、柏地、石新、裕丰几个社区。推而广之，那么在全镇范围里，本籍户口人取名冠以"谭"字的数量之众，是可想而知的。

最幺的兄弟姐妹，取名爱冠"美"

樟木头老人取名热衷冠"王""谭"外，还有一个有趣的现象，那就是在樟木头不管是蔡姓、黄姓、连姓，还是罗姓、赖姓，只要你发现姓名中带有"美"的，必定是家中兄弟姐妹中排行最小的。如：蔡美青、罗美华、黄美婷、蔡美月等。

笔者在走访中发现，樟木头姓名中带有"美"的，其年龄并不一定局限于是上了年纪的长者，70后、80后的，也不乏其中。仅石新社区的本户籍村民姓名中带有"美"字的，就有七八人之多。

石新社区70多岁的蔡伯介绍说，樟木头客家人生儿育女，爱把最幺的儿子和最幺的女儿取名冠以"美"字，有"好了"的意思包含其间。

美，在字典中有"好""得意""称赞""理想"等意思。以此推之，大概樟木头客家人生儿育女生到最后一个时，大都认为这是自己的得意收官之作，心里美滋滋的，或认为这已是完美无缺、了无遗憾的事情吧！

粗布蓝黑衫与裤　务实简朴客家衣

客家传统服饰特色反映出客家文化与客家人的精神。樟木头客家人服饰充分体现了客家文化兼容并蓄的态度、务实避虚的作风、朴质无华的风格、勤俭节约的美德和保守恋旧的文化心态……

——题　记

历史渊源——客家服饰简朴实用造型单一

樟木头客家先民，在汉末晋初，历六朝、隋、唐、五代十国时期开始南迁（不是成批迁徙），到北宋末、南宋中、12世纪中叶完颜亮南侵结束而最后完成。大体空间均在当代客家人聚居区域，即赣、闽、粤三角地带。客家人的传统服饰为明朝的服装，此服装通称为"唐服"，客家人叫"衫裤"，旧时客家人，家家户户备有纺织车和织布机，农耕之余纺纱织布，自织自穿。

古时，客家人因为一些特殊的社会因素，一般都居住在交通不便的山区，因此服装的款式比较统一，单纯、朴素、实用、宽敞、简便是其最大的特色。客家人普遍喜欢穿着素色，如蓝、黑、白色最为流行。

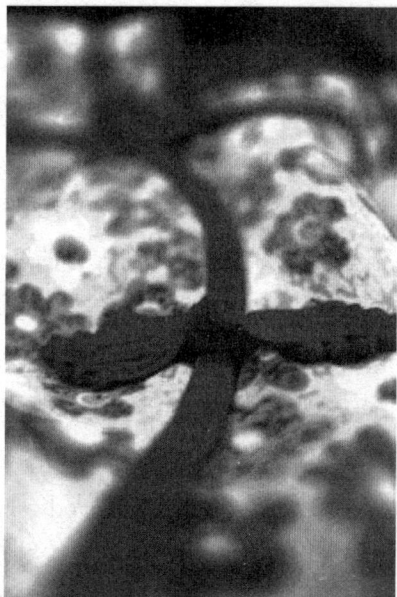

白色也只限于偏米黄色的白，这跟当时的生活条件以及风俗习惯有关，一是因为纯白的颜色难以制作，二是根据风俗习惯，纯白色只有在亲人过世时才可以用，因为客家人十分尊重鬼神先辈，认为穿着的衣服颜色太过白亮，给人以鬼魅之感，不吉利。

而从客家服饰的颜色还可以区别客家女性是否已婚。这一般要看女性所穿的"围身裙"的颜色。未婚的女孩子，一般穿蓝衫系红色的围身裙。而结了婚的女性，一般穿黑色衫，系蓝色围身裙。做了阿婆的客家女人，系黑色围身裙。如果是德高望重，又子孙满堂的老太太，围身裙就复杂一点。

客家传统服饰这些特色反映出了客家文化与客家人的精神，归纳为以下几点：一是讲求实用的价值观；二是朴实保守的品质；三是节约爱物的美德；四是崇尚自然的精神；五是不强调阶级区分。总的来说，体现了客家文化兼容并蓄的态度、务实避虚的作风、朴质无华的风格、勤俭节约的美德和保守恋旧的文化心态。

人物：罗才娣

妹子所穿多为红绿等鲜艳颜色

樟木头现在已经没有人在日常生活中穿客家服饰了。

被当地人称为"山歌王"三姐妹之一的罗才娣偶尔穿下客家服饰，也是表演的需要。"从 2007 年开始，我们因为要经常上台表演，唱的是客家山歌，自然要穿地道的客家服饰。"所以她家里准备着一些客家服饰，不仅仅是为她自己准备，也要为其他表演者准备。

"想当年在樟木头的客家人，全部是穿这些客家服饰的。"罗才娣所说的当年是指 20 世纪五六十年代的事情了。1944 年，罗才娣出生于樟木头罗屋村，1963 年嫁到隔壁的连屋村。在她印象中，当时男女都穿客家服饰。男人穿的衫是长袖，正面开缝，企领型。一般妇女穿蓝色大襟衫，又称其为"蓝衫"。男女穿的裤一律是"大裤裆"，又宽又大；

裤的腰头是白色的,四五寸阔,不开口,多余部分折叠于肚前,以带系住。

客家服饰比较单纯,它没有少数民族服饰那样色彩斑斓,而是以简洁、朴素的蓝、黑两种颜色为主,这些颜色耐脏而又不张扬。"客家传统服饰具有实用、粗朴、节约的特色,而且造型单一。"罗才娣从屋里拿出一件红肩花肚的上衣。"女性款式都跟这件一个样,只是颜色不同而已,妇女一般穿蓝色,像我们这样的老人家只能穿黑色的了,但那个时候妹子还是穿红、绿等鲜艳的颜色,纹理还挺花哨。"

当年做一件衣服要三到五块钱

古时,客家服饰中妇女穿的"蓝衫"所用的蓝布,据说是用草木染成的,可以防虫和预防皮肤病,被称为"蓝百永"或"蓝包永",按字索义,是象征永永久久,百穿不厌的意思。但自罗才娣记事起村里几乎没有人织布了。"在上个世纪 60 年代,扯一尺布大约二三毛钱,一般三尺就可以做一件衣服,六尺就能做一套衣服了。"

选料则多用棉质、麻料,因为南部气候四季如春,几件棉质布衣足够应付各季节。天气稍凉,加添一件棉袄或背心也就十分舒适温暖了。"家庭富裕的人家有资格和能力穿得起丝绸料,穷人家有件棉料已经算是奢侈了。"罗才娣记得,她自己当时也就一年才做一套,过年时穿的。布料也不是她想扯就扯的,当时扯布是要布证的。

"扯布不贵,但手工费不便宜。"罗才娣当时在一家酒楼当服务员,一个月工资 34 块钱。"做一件衣服手工费却要三块到五块。"由于市场需求大,每村都涌出了二三家裁缝店,尤其是到了 20 世纪 70 年代,樟木头更是出现了一家机缝社。"那里的师傅加徒弟有十多个人,算是当时最大的裁缝店了,师傅裁缝,徒弟缝纫,但做件衣服,还是要排上几天时间。"

不过到了 20 世纪 80 年代,客家传统服饰逐渐没落。当时制衣厂在东莞各镇区遍地开花,所产衣服价格便宜,款式多样。罗才娣指着身上的衣服说,现在这些衣服穿起来既方便,又好看,客家传统服饰比不了。穿的人逐渐减少,做的人也慢慢退出了市场。

人物：李光晨

18 岁开始拜师学艺

樟木头现在已经没有专业制作传统客家服饰的人了。

樟木头盛发制衣店设计师李光晨只算是一个代工者。深为樟木头人敬重的敬老院老院长蔡运娇曾无奈地说："我们表演时需要穿客家服饰，一般都拿去深圳做。只是罗才娣的坚持，才找到了李光晨。"今年才 38 岁的李光晨，已经做了 20 年的裁缝了。"我 18 岁拜师学艺，跟着我堂哥学了三年手艺。"

李光晨是江西南昌人，家境一般，在家里排行最小。"我 18 岁时，父亲已经 60 多岁了。"考虑再三，他退学去学了三年艺。"当时不但没有报酬，还要自己背米去吃饭，菜都是青菜豆腐。"学的时候，他手指都被缝纫机的针刺穿过。1996 年，他出师了，过来樟木头打工。"就在裁缝店干活。"两年后，赚了第一桶金的李光晨在樟木头振兴街开了一家裁缝店。

制作客家服饰十五年

从 1998 年到 2003 年，是李光晨裁缝店的黄金时期。"每天都要加班，客人最多一天能来二十多个。"最高峰时，他店的员工有十多个。"每天都加班到凌晨两三点。"到 2003 年，他在斜对面开了一家更大的裁缝店，没有想到，生意却不如以前了。"如果不是考虑到孩子在这边读书，都想去别的地方发展了。"

与其他的客户一样，罗才娣听说了李光晨的裁缝手艺后，找到了他，并且拿来了一件客家衣服作为模板。李光晨便接下这活了。那是 2012 年的事情了。事实上李光晨早在 1998 年自己开店那年，就开始接到制作客家传统服饰的单了。"那时候开始已经没有人在日常生活中穿了，主要是各种表演的需求。"至今，他已经有 15 年的手艺了。"闭着眼睛也会做了。"

李光晨的裁缝店目前主要做各种旗袍、客家传统服饰，以及日常的一些衣服。"现在旗袍最多，有近一半的量，客家传统服饰所占的份额只有十分之一，只有四五个客人。"不过李光晨都是按照客人拿来的模板制作客家传统服饰。"量不大，所以没有专门去琢磨。"李光晨做一件旗袍手工费可以收到 400 元至 600 元，特别精美的甚至八百上千，但客家服饰一件仅有 150 元。

做一件衣服要四个小时

　　"现在已经没有私人织布的了，都来扯布裁剪。"樟木头盛发制衣店设计师李光晨从一排布料中挑出一面花布，上面布满了大朵大朵的牡丹花。客家服饰比较单纯，它没有少数民族服饰那样色彩斑斓。"不过胸裙现在客人喜欢用这些花布制作。"

　　李光晨先是在台面上铺平布料，接着从一小盒子里取出一片蓝色的裁衣划粉，右手捏紧，然后沿着左手的直尺慢慢地画线。"这个快不得，快了线不直，也容易弄皱衣服。"他手中的直尺乌黑发亮，为竹子所造，据说是他进裁缝店就开始用着的，已经有 20 年的历史了。

　　画线时有些地方会重叠，需要用到不同颜色的划粉。李光晨便在小盒里翻找不同颜色的划粉。不一会儿，布料上就有了衣服的模样。"接下来就是裁剪了，剪刀也有多种规格，一般粗布用大点剪刀，薄布用小点剪刀。"这剪比较考验功夫，李光晨左手轻轻按在布料上，右手抓着剪刀轻轻沿着线剪开。

　　与旗袍相比，做客家传统服饰很容易。"因为它们造型单一，只有一个款式，做起来并不难。"李光晨说一般花三四个小时就能做好一件衣服。只是根据不同的价格选取不同布料而已。裁剪好衣服后，还要裁剪包条，即是后面包边用的成细条布料。

包边最花时间

　　李光晨裁缝店外面一间放着两台缝纫机。"平时我比较少缝纫，一般都是我老婆做这一个步骤。"他坐下来，双脚放在脚踏板上，左手按着裁剪好的布料，"嗒嗒嗒"声一起，布料便随着针线滑动。针线横竖走向都有，这需要他右手改变缝纫机速度。"以前客家服饰制作主要是以手工为主，主要工具用针线缝补，缝纫机是后来才逐渐使用的。"

把裁剪好的布料缝纫成一件衣服后还没有完工。李光晨拿起刚才剪好的一条条细布条说，还要用这些细条布条把袖口等衣服边上的地方包起来，用缝纫机缝好。这个步骤很讲究技巧，包条和衣服边上吻合度很关键。"工作量不大，但花时间最长，一件客家衣服包边起码要花一个多小时。"

客家传统服饰跟日常穿的衣服不一样，其纽扣是开在胸口的一边。"我们的纽扣都是纯手工制作的。"李光晨从屋里拿出一些纽扣。只见在一张张纸上，附着粉色、紫色、红色等各种颜色的纽扣，花纹多样，有菊花、蝴蝶等形状。"制作时间要看花色繁杂程度，有些需要上个钟都有。"一件衣服最后一步就是上纽扣。用布料制成各种花色的纽扣后，就缝到衣服上。"特别精致的纽扣，需要用手工针线钉上。"

一门四传人代代舞麒麟

> 樟木头镇是全市唯一纯客家镇，麒麟是客家人的图腾。樟木头麒麟舞两次进京献演，上过上海世博，到过广州亚运，去过国外，且成功列为国家非物质文化遗产保护项目，这些都众所周知，而年过五旬的樟木头麒麟舞领军人物蔡玉财，是目前全东莞市唯一被广东省"钦定"的麒麟舞传承人，以及他们家"一门四传人，代代舞麒麟"的故事却鲜有人知。
>
> ——题 记

只要一听舞麒麟的音乐，心就跳出去了

在官仓蔡氏宗祠前的空地上，蔡玉财抓起麒麟，两脚微微弯曲，麒麟随之舞动。

"乌鸦扇翼！"突然，他放开双手，用嘴咬住麒麟头并让其高高昂着，然后双手拉起麒麟身上的服饰，张开双臂做出一副飞翔的动作，一合一扇，就像鸟在飞翔。

"麒麟引青！"只见他连续做出了采、引、提、吃、吐等动作，如行云流水，一气呵成。这时，虽无鼓点，但他仿如踩着鼓点般有节奏地左右摇摆了一下麒麟，然后，猛然立起，看着前方，仿佛要把天上的太阳摘下来似的。"乌

鸦扇翼"和"五青",是蔡玉财的绝招。"我每时每刻只要一听到舞麒麟的音乐班音乐一响起,心就跳出去了!"蔡玉财说自己一生对舞麒麟是非常痴迷的。

樟木头麒麟舞起源的考证

能以群体活动的交换动态,活跃于民间的就数舞麒麟了。麒麟文化内涵丰富,历史悠久。

据民国版宣统辛亥年陈伯陶重修的《东莞县志》卷九中记载:"邑尚技击,秋冬闲,延师教习。元旦至晦,结队鸣征鼓,以纸糊麒麟队,画五采。缝锦被为麟身,两人舞之,舞毕,各演拳脚,曰舞麒麟"。这是东莞舞麒麟最早的记载,但樟木头舞麒麟的年代更早于此。

经当地泥坡村蔡氏祠堂实地考证,其远祖蔡元定在明代嘉靖年间诏赠选功郎,也是一位擅长舞麒麟者。其祠堂大门中间彩画木雕即为麒麟,年代远达450年之久。

当地麒麟传承人蔡运林老先生称:"樟木头舞麒麟盛行于明末清初时期,至今已传承至第八代。"

麒麟舞艺术在樟木头传承了至少500年

对于樟木头历史最久远的民间舞蹈舞麒麟的历史考证,民国版宣统辛亥年间《东莞县志》中也有记载:"樟木头位于东莞市东南部,是东莞市唯一的纯客家镇,客家舞麒麟是明末清初由客家人从北往南带来的,距今有450多年的历史。"据此推断,舞麒麟在樟木头的历史,距今应在500年以上。

客家人素来民风淳朴,热情好客,当地村民尤为盛行舞麒麟,每年秋收后的农闲时间便开始练习拳脚。各村由姓氏相同的青壮年在老者或师傅的带领下练习舞麒麟技和武术,直至除夕通宵达旦。大年初一各村麒麟队首先在村中空坪上表演一场舞麒麟,然后前往各村家家户户拜门,因而麒麟拜门便成为人们迎春接福的主要形式,这种形式从明末清初一直流传至今,延绵不绝。

一门四传人，代代舞麒麟

据《樟木头镇蔡氏传承表》记载，樟木头镇蔡氏麒麟舞的第一代传承人为已故的石新社区一个名叫蔡廷广的人，其出生年月和文化程度均不详，是以师承方式所传承下来的，传承技艺和麒麟武术。

而到了现年55岁的蔡玉财这一代已传到了第七代。2008年4月，全省曾公布了一批省级非物质文化遗产项目代表性传承人，东莞市共有12位民间艺人上榜，分别涉及民间美术、民间音乐、民间舞蹈、传统手工技艺、民俗等项目，而蔡玉财就是其中一人。据悉，迄今为止，蔡玉财是全市唯一被省"钦定"的麒麟舞传承人。

据介绍，蔡玉财已故的爷爷蔡蛇发是樟木头蔡氏麒麟舞的第五代传承人。蔡玉财的两个儿子蔡育明和蔡育邦也分别是第八代传承人。

正所谓是："一门四传人，代代舞麒麟。"

10岁开始拜师学舞麒麟

50多年前，十里八乡的客家人都有舞麒麟的传统，宗族之间经常交流切磋，特别是秋收后，村村之间更是表演不断。

而蔡玉财就出生在泥坡村的一个"麒麟世家"里，爷爷是武术好手，更是舞麒麟高手。从小就天赋过人的蔡玉财非常喜欢看舞麒麟。麒麟的轻盈和威猛深深吸引着他，舞起来的威风样子，让他羡慕不已。于是，每次看完他都模仿别人的动作，回到家还抓起小凳子学着舞。

10岁那年，蔡玉财捧起茶杯拜师。而师傅正是爷爷的得意高徒，也是自己的"偶像"。

说起自己当年学麒麟舞的经历，蔡玉财笑言，很小的时候并不知麒麟是什么东西，只是感觉大人舞起来既好玩又新奇。直到拜师学艺的那年，耳濡目染、从小受父辈熏陶的他，才开始真正了解麒麟舞文化。

蔡玉财说，除了对麒麟的新奇和对父辈们的崇拜之外，支撑他在舞麒麟道路上一路走下来的另一个原因则是：学习舞麒麟、练习武术可以防身！

看起来容易，舞起来难。"不耐心是学不到东西的。"蔡玉财说，小时候学舞麒麟挨了师傅不少打。

由于训练只能在农闲时进行，在有限的时间里，他必须做到最好。为了将师傅传授的口诀背熟，不管是走路还是吃饭，他总是口诀不离口，睡觉前也要背诵一遍，一直到烂熟于心。为了练好动作套路，蔡玉财甚至天天在灯光下对着自己的影子进行训练。

樟木头舞麒麟的灵魂人物

蔡玉财出师后第一次出去见"世面"的时间是 1984 年。1984 年至 1986 年的 3 年间，他将麒麟舞出了自己的村子，几乎走遍全市乡村进行舞麒麟表演，还到过惠州、深圳等市表演，观众好评如潮。巡回"演出"，引起了轰动。

而与他一起玩泥巴长大的伙伴也个个都舞麒麟，长大后，也均是舞麒麟的好手。从 10 岁拜师学艺，直到 22 岁，蔡玉财才出师"走江湖"。他始终牢记师傅蔡东财"一定要坚持这个艺术，让它走出中国走向世界"的叮嘱，也一直梦想有朝一日，樟木头的麒麟真的会走向世界舞台。

1996 年，蔡玉财开始收教徒弟。他一边表演一边传授技艺。蔡玉财说十几年间到底收了多少徒弟自己也记不清，只能说粗略计算不下600 人，而徒弟中，老、中、青三代的都有。历史上，樟木头麒麟舞的传承大都是同族同宗之中以师带徒方式培养"麒麟子"，且延绵至今还保持"传男不传女"的习俗。

其间，蔡玉财担任了樟木头麒麟队队长，成为这个团队的核心。到了 2003 年，蔡玉财带了近 60 个队。

担任了队长的蔡玉财仍然坚守儿时的梦想，他和他的队员对传统的麒麟身进行了改造，把麒麟身长缩成两米多，舞动起来比以前更灵活轻盈了。

2001 年，蔡玉财带队参加广东首届麒麟舞大赛，一举拿下了金奖；2003 年在樟木头举行的中国麒麟舞大赛，蔡玉财精心编排了两个节目，一举夺得了两块金牌2003 年 12 月 8 日，樟木头镇被有关部门命名为"中国民间文艺——麒麟之乡"。

从拜师到如今一晃几十年过去了，蔡玉财从未想到自己也成了樟木头舞麒麟的灵魂人物，并被聘为樟木头镇文化广电服务中心担任舞麒麟师傅。

父子三人同上世界舞台

樟木头的麒麟已然走向了世界舞台，更让蔡玉财欣慰的是：在他的影响下，大儿子蔡育明和小儿子蔡育邦均在十多岁的时候也对麒麟舞萌发了浓厚的兴趣。

"当时看到儿子对麒麟艺术有好感、有爱好，我很开心，很兴奋，希望他们在这个艺术方面继续学下去，代代传下去。"蔡玉财说，当时，两个儿子每天放学后都会和小伙伴们练习两个小时的麒麟舞，然而没学几天，蔡育明、蔡育邦就和许多初学麒麟舞的一样，有了放弃的念头。

"初学麒麟舞一般人都觉得很辛苦，麒麟舞起来要全身运动，脚软手软的。"这一点，蔡玉财非常理解。他除了经常开导儿子之外，还以身作则，在教导自己的徒弟时，从来都是身体力行。

不过训练起来，蔡玉财却并不讲父子感情。蔡玉财说："训练一视同仁，就是希望每一个学生、每一个队员都学到最精、最好的动作，为什么呢？因为这是一个团队，不是个人的表演，如果在队伍中有一条麒麟配合不好，那么就影响整个节目的效果。"

慢慢地，两个儿子也都习惯了这种艰苦的训练，因为生在麒麟世家，耳濡目染很快使他俩也成了全镇舞麒麟的一名好手。在 2010 年的上海世博和广州亚运会的麒麟参演中，均留下他父子 3 人矫健的麒麟舞雄姿。

麒麟舞在樟木头当地最受欢迎

据介绍，麒麟表演是由一位男性青年舞麒麟头，一位少年舞麒麟尾，在锣鼓和唢呐的伴奏下，做出麒麟各种各样的舞蹈形态。

樟木头舞麒麟表演时分头套和尾套两部分，俗称麒麟套，体现"麟趾呈祥""采青赐福"两大主题。头套表现麒麟梳理舔脚、舔尾、舔身、洗脸等动作。尾套表现麒麟寻青、闻青、试青、找青、逗青、采青、吃青、吐青等艰辛过程，表示麒麟降福人间，给人们带来美好的祝福。传统表演时间约为 20 分钟，随后进行武术表演直至结束。

樟木头人称，客家人坚信自己是"龙的传人"，"龙生九子，麒麟为长"。由此赋予了麒麟独特的文化内涵，并从中找到了认同感、自豪感和归宿感。

"我们樟木头舞麒麟都是师傅口传身授，每个姓氏自当一门，多为祖传，世代相承。"蔡玉财说，每年秋后，村里同宗同姓的年轻人集中到本族祠堂里的"拳馆"练习功夫，由本族的麒麟师傅传授舞麒麟。

在樟木头，舞麒麟是一种民俗文化，也是客家人的文化之根。"舞麒麟不但能强身健体，丰富文化生活，弘扬客家精神，而且能增强民众凝聚力，彰显集体力量，带有很强的社会功能，所以极受群众欢迎。"蔡玉财如是说。

曾一度被视作封建迷信而被禁舞

深得祖上技艺真传的蔡玉财，精通李家拳蔡家棍及全套舞麒麟的技法和锣鼓音乐，是一个全面的舞麒麟能手。

他介绍说，樟木头麒麟舞的传统舞蹈大都沿袭传统的麒麟舞套路来表演。而这种樟木头历史最久远的民间舞蹈也曾一度作为封建迷信的"把戏"而被禁舞。

在"破四旧，立四新"的年代，麒麟舞也不可幸免地贴上了"四旧"标签，而加以禁止。

麒麟传承人蔡运林老先生称，樟木头麒麟舞除抗日战争和"文化大革命"时期停止活动外，其余各个历史时期都有不同程度的舞麒麟活动，就是在"人民公社""大跃进"年代，客家人也是舞麒麟去参加各种喜庆活动。

"从名义上说，麒麟舞在樟木头从新中国成立后开始曾断断续续中断了二十多年，而实际上在我们泥坡村这样的偏僻山村，大家一直在舞，从未间断。"蔡玉财说，偏僻山村舞起麒麟来，敲锣打鼓放鞭炮外面人都不知道。

或许正是人们出于对麒麟舞的痴迷或出于对祖先图腾的敬仰，麒麟舞的传承才逃过了一劫。

五大改革让麒麟舞扬名天下

蔡玉财称自己四十多年的舞麒麟技艺与樟木头麒麟舞的发展是共同成长的。

据了解，近三十多年来，我镇麒麟队参加各种表演活动达2000多场，参与演员达10000人次，观众100万人次，表演场地也从小天地走向大舞台，先后参加北京奥运会、上海世博会、广州亚运会、杭州"群星奖"展演、全国麒麟舞大赛、国庆天安门广场展演和加拿大多伦多等主要城市展演等重要表演活动，麒麟艺术表演十分活跃，盛况空前。不仅如此，樟木头麒麟舞去年还成功地被列为国家非物质文化遗产保护项目。

辉煌的背后也蕴藏着许多艰辛。蔡玉财说，是改革开放给客家麒麟艺术带来了新的生机。

1996年是樟木头麒麟舞发展史上的转折点。在当地党政部门的重视下，客家人本着"取其精华、去其糟粕，古为今用、推陈出新"的原则，对客家麒麟艺术进行了有益的探索和大胆改革，使这项民间艺术再现时代精神风貌和艺术特征。

据介绍，当时在创新麒麟艺术上出现了五个方面的转变：一是时间上的转变，从过去约30分钟表演缩短为现在的10分钟时间；二是形式上的转变，从过去单打、双打到现在加入群体打斗表演；三是内容上的转变，从过去仅以拜门表演到现在的文艺演出表演；四是服饰上的转变，从过去旧式的服饰到现在更具时代感的服饰；五是队伍上的转变，从过去以自然村组队到现在跨村以表演节目需要组队。

全镇已有21支麒麟队队员1500多人

"这些转变，极大地丰富了客家麒麟艺术内涵，为该艺术的发展注入了新的活力。"蔡玉财说，2010年11月又开赴广州参加亚运会闭幕式表演时，樟木头就曾派出 50 条麒麟的强大阵容一齐上场表演，"这样舞麒麟并不多见"。

"樟木头麒麟舞能走到今天，远远离不开镇委、镇政府的大力支持和培育。"采访中，他再三提及镇委、镇政府在麒麟舞发展创新中所起到的主导作用。

据介绍，樟木头麒麟舞从 1996 年组建的二三支麒麟队，发展到今天全镇已有 21 支麒麟队，遍布全镇 9 个社区、自然村和各公办中、小学，队员 1500 多人。这其中，队员的身份也不再是以前的纯村民，有在政府上班的、有在校学生、有做老板的、有开出租车的，也有打工的，甚至新莞人也现身其中。

樟木头麒麟舞成功入选省非遗传承基地

2012 年 6 月又传好消息：樟木头麒麟舞成功入选省非遗传承基地，成为全市唯一麒麟舞省级非遗传承基地。

2012 年 6 月 9 日，在石龙镇召开的广东省 2012 "中国文化遗产日"活动启动仪式上，对获得第一批广东省非物质文化遗产传承基地进行授牌。据悉，东莞市共有两个项目基地入选第一批广东省非物质文化遗产传承基地，其中，由樟木头镇文广中心申报的麒麟舞传承基地榜上有名。

据介绍，该传承基地选址在樟木头樟罗社区的刘屋村祠堂。麒麟舞成功入选省非物质文化遗产传承基地，这将有利于把这项民间艺术更好、更有效地传承下去。

麒麟舞成为樟木头一张重要文化名片

毋庸置疑，樟木头麒麟舞经过传承、改革和创新三个阶段，目前已成为樟木头一张重要文化名片，在对外经济和文化交流中日益发挥重要作用，且已经成为当地活动时间最长、参与人数最多、项目规模最大、文化影响力最广、民众凝聚力最强的民俗文化活动。并先后被中国民协命名为"中国麒麟之乡"，国家文化部命名为"中国民间文化艺术之乡"

等称号。

对于如何保护樟木头舞麒麟这一优秀民间艺术瑰宝，促进麒麟艺术事业的繁荣发展，樟木头镇政府也制定了一系列关于麒麟舞的保护规划。

据介绍，樟木头镇成立舞麒麟非物质文化遗产保护领导小组，统一协调全镇的舞麒麟非物质文化遗产的保护工作；建立了以樟木头中学、中心小学和实验小学为主体的3个舞麒麟培训基地；设立了舞麒麟老艺人保护基金，改善舞麒麟老艺人的生活环境和生活待遇；成立了全镇舞麒麟协会，促进麒麟文化的挖掘、整理和保护工作；加大各项投入，每年投入资金50万元以上扶持舞麒麟艺术的发展；每两年举办一次全镇舞麒麟比赛，不断提高舞麒麟技艺水平；建立了麒麟艺术档案，专人负责麒麟艺术的培训、挖掘、保护和传承工作；编写了麒麟艺术教材，纳入中小学教学日程等。

另外，在麒麟传承上，樟木头镇也加大了麒麟非遗的经费投入力度，恢复了麒麟制作工艺技艺，加强了麒麟艺术的收集、整理、挖掘、保护和建档工作。

日前，镇委、镇政府不仅采取切实措施，使麒麟艺术形象成为樟木头镇城市的形象标志，而且还将麒麟舞列入樟木头镇"十三五"文化发展规划和镇级重点文物保护项目，使客家舞麒麟保护工作有法律依据，以便保护工作依法开展。

"麒麟舞作为老祖宗留下来的'宝贝'，但也有很多的年轻人不愿去学！"说完这句话后，蔡玉财看了看祠堂天井中的那方天空，显得有些沉默。

此时，唯有细细的风声在古祠里飘荡……

对话麒麟舞传承人

笔　者：已经延续数百年的勃勃生机的民间艺术——麒麟舞，正成为樟木头镇的一个文化品牌，昂扬又务实地朝着"文化强镇"的宏伟目标迈进。应该如何摆放民间文化的位置，怎样建设以本土民间艺术为品牌的乡镇文化，为经济的发展和精神文明建设提供坚实的基础和依托，已经成为我们民间文化工作必须面对的课题，作为全东莞市唯一被广东省"钦定"的麒麟舞传承人，您能不能谈下您对如何传承麒麟舞的看法？

蔡玉财：麒麟舞只有老带中、中带青才能延续。麒麟舞分舞麒麟和音乐班两大块，一般情况下是年轻人在舞，年老的则在音乐班配合着打音乐，麒麟在音乐的节奏中急缓有序地舞，互相默契配合。上了年纪的因气力上不来是舞不动的。而现在麒麟舞发展面临的困难不仅是现在的年轻人不愿学之外，而且伴随舞麒麟这种音乐班的民间音乐很少有人懂，且这种音乐班的人才很难培养。

笔　者：麒麟舞作为老祖宗留下来的"宝贝"，为什么现在大多数的年轻人不愿去学呢？

蔡玉财：现在的年轻人觉得学这个没出路，思想观念完全不同于我们那个年代的人，我们那时学舞麒麟是要自己掏钱求师父教的，现在是我们做师父的给钱求人家学，这些人还不一定学。除此之外，现在人的体质也赶不上以前的人。

笔　者：麒麟舞有没有固定的套路？

蔡玉财：麒麟舞是纯民间的艺术，没有固定的套路，例如樟木头蔡氏麒麟舞与清溪的其他姓氏的麒麟舞套路肯定不一样，且都是口传身教的，各派自成风格。例如，在2003年由我镇承办的中国（樟木头）首届麒麟舞大赛上，全国一共来了20多支麒麟队，这些麒麟队连麒麟造型都不一样。

笔　者：您认为樟木头麒麟舞该如何创新发展，迎来"第二春"？

蔡玉财：套路的创新必须建立在传统的基础上，没有传统的，怎么去创新？那创出来的麒麟舞也就不叫麒麟舞了。如果完全丢掉传统的套路，那这一民间艺术将会失传。

阅读延伸：樟木头麒麟舞大事记

1998 年举行全镇麒麟武术大汇演

1999 年成立樟木头麒麟改革领导小组

2000 年举行首届樟木头麒麟舞大赛

2001 年参加广东省首届"黄阁杯"麒麟舞大赛

2001 年成立樟木头麒麟舞协会

2002 年前往加拿大进行民间艺术交流活动

2002 年被广东省命名为广东省民间文化艺术之乡

2003 年成功承办中国（樟木头）首届麒麟舞大赛

2003 年举行第二届樟木头麒麟舞大赛

2004 年成功承办中国第七届民间文艺山花奖赛事

2004 年参加在杭州举办的全国群星奖展演活动

2005 年进京参加了国庆 55 周年游园活动

2005 年参加广东省民间文艺汇演

2007 年入选广东省非物质文化遗产保护项目

2008 年再次进京参加了北京奥运城市广场展演活动

2008 年参加广东省第二届麒麟舞大赛

2008 年被国家命名为中国民间文化艺术之乡

2009 年参加全国传统舞蹈展演活动

2009 年申报国家非物质文化遗产保护项目

2010 年 7 月作为东莞唯一代表赴上海世博会"广东"文艺展演

2010 年 11 月又开赴广州参加亚运会闭幕式表演

2011 年参加广东省第三届麒麟文化节暨麒麟舞大赛

2011 年参加首届广东社区文化节"岭南风情"全省农民文艺大汇演

2011 年入选国务院国家非物质文化遗产保护项目

2011 年再次被国家命名为中国民间文化艺术之乡

2012 年成功列为第一批广东省非物质文化遗产传承基地

2014 年 3 月，樟木头"麒麟制作"成功申报市级"非遗"项目，
填补了"麒麟制作"这一"非遗"项目上的空白。

"麒麟开光见青"的几大禁忌

按传统惯例，新制作好的麒麟，双眼需用红布蒙着，要"开光"后才能舞动。传统中"开光"仪式是为了祈求麒麟灵体能附着于制作好的麒麟之上，"开光"仪式是为了赋予麒麟"灵性和仙气"。古时候麒麟的"开光"仪式非常神秘，并有几大禁忌。

第一，必须选在日朗星稀的月圆之夜，还必须是子时之后，黎明之前，且要在古树之下，这是因为传说中"麒麟之灵"属"至阴之灵"，而月圆之夜阴气最重，只有这个时候，"麒麟之灵"才会现身人间。

第二，麒麟未"开光"之前，不可以遇到除了行礼仪之外的其他人，否则被撞见的这个人是要行"哀运"（即"霉运"）的。传说未"开光"刚制作好的麒麟没有"麒麟之灵"的灵气附体，所以"煞气"很重，凡人撞到"煞气"将走"霉运"。

第三，不能遇到孕妇。传说麒麟是"四不像"，如果撞见孕妇可能会投胎到其腹中，她可能会生个"四不像"的怪胎。

当然这都是迷信说法，不过我们却可以从这些听起来近乎荒诞的规矩中发现，我们祖先对麒麟是多么的敬畏。就在今天这种敬畏也丝毫未减，所以这些规矩也还保持着，今天不管是哪个村、哪个社区的新制作了一只麒麟的话，都必须要遵照这个传统风俗习惯进行"开光"处理。过程中，麒麟舞者托着麒麟，抬着锣鼓悄悄地在月圆之夜出发，来到预先选好的古树下后，烧上香，供上神位，由麒麟队中资格最老，年龄最长者虔诚地将麒麟头上的红布轻轻揭去，即刻锣鼓、鞭炮声齐鸣，一条新的、有生命力的麒麟"诞生"了。

传统还要求麒麟"开光"后便能马上见到青青的树叶，这就叫"开光见青"了，"开光见青"的麒麟才被认为真正是挡灾避邪的吉祥物。

据老一辈的麒麟舞者介绍，麒麟"开光"后若不见青，就预示着这只麒麟将不能算是吉祥之物，在以后的活动中也没生气。"开光"后的麒麟要一直留在队里舞，直至舞到散架不能再舞，不能中途转让或卖给任何人，这是祖上流传下的规矩。据说是因为麒麟在那里"开光"就意味着将会为那个地方的人们带去吉祥如意，如果中途转让或卖给其他人的话，就等于是把自己好运气和风水转给别人，所以这是绝对不允许的。从这些严格规矩可以看出，先祖们对麒麟是多么的敬畏和礼拜。

樟木头麒麟制作成功"申遗"的前世今生

有着"中国麒麟之乡"之美誉的客家古镇樟木头，舞麒麟有500多年历史，麒麟制作至今也有180多年历史。继2011年樟木头麒麟舞成功申报国家级"非遗"后，2014年3月，樟木头"麒麟制作"又成功申报市级"非遗"项目，填补了"麒麟制作"这一"非遗"项目上的空白。

——题 记

据了解，在"麒麟制作"项目上，樟木头镇目前已有五代传承人。当今，在樟木头会制作麒麟的人已不多，只有樟木头刘屋村麒麟制作者刘金星和他的两名学徒刘飞航和刘思运。而麒麟舞项目代表性传承人仅有省级"非遗"传承人蔡玉财一人，樟木头刘屋村的麒麟队队长刘伟团也成功申报为市级"非遗"传承人。

市文化馆非遗保护部专家认为，刘金星制作的"眨眼麒麟"，在继承传统麒麟工艺特色的基础上，加以创新，形成了独特的制作工

艺，具有极高的艺术观赏和收藏价值。

麒麟制作已有 180 多年历史

据考究，樟木头麒麟制作至今已有 180 多年历史。在"文革"期间曾一度中断，后于 1976 年开始恢复。

目前，在樟木头会制作麒麟的人，只有樟木头刘屋村麒麟制作者刘金星和两名学徒刘飞航和刘思运。樟木头麒麟制作创始人不详，现已发展到第五代传承人，前两代传人不详，第三代创始人是刘锐，第四代传承人为刘金星；刘金星的两名学徒刘飞航和刘思运则为第五代传承人。

据介绍，东莞周边客家地区的传统麒麟制作在造型、尺寸、色彩、重量等方面基本相似，而樟木头"眨眼麒麟"工艺在原基础上给予了改造创新，工艺更为复杂，细腻完美，做工精巧，扎实耐用。樟木头麒麟头体宽为 41 厘米，高度为 50 厘米，重量为 1.5 公斤，形状外表似龙头，喻为龙的儿子。

"眨眼麒麟"饱满、丰盈

刘金星制作的"眨眼麒麟"以防水、耐用著称，整只麒麟是用黄竹扎框，优质皮纸糊面。其最大的特点是眨眼迅猛、有神；画在麒麟上的牡丹、桃花、菊花、蝴蝶等更是色彩鲜艳、细腻生动，使整只麒麟舞起来威武、轻盈，充满灵性；在扎框架时，刘金星将开闭眼睛的"机关"扎在框架内，通过直线拉动，实现了麒麟的眼睛从"半闭"到"全闭"的转变。

为了让麒麟在各个角度看上去都好看，刘金星还在麒麟鼻孔、耳朵背部等地方多粘些毛絮，并在麒麟头附近安装铃铛等装饰物，让麒麟的艺术形象更为饱满、丰盈，麒麟舞动起来也富有节奏感且带有神秘色彩，看上去也特别灵动。

近年来，刘金星根据客户要求制作大小不一的麒麟，还制作出头部直径 9 厘米的小麒麟，是当前省内用传统手艺制作出来最小的麒麟。其技术难度高，工艺程序完整，均得到同行的赞许。

"眨眼麒麟"热销国外

由于刘金星制作的"眨眼"麒麟设计精美，形神兼备，长期以来受到不少舞麒麟师傅的青睐，并在加拿大、马来西亚等地热销。

在樟木头麒麟史上，樟木头"眨眼麒麟"曾随镇麒麟队在国家、省、市举办的各类赛事中荣获金奖，参加过北京奥运会、上海世博会、广州亚运会、杭州"群星奖"、国庆天安门广场展演，并走出国门，远赴加拿大多伦多等地展演，向世界展示了这朵民间艺术之花。

2013年11月底，刘金星制作的"眨眼麒麟"首次参赛，荣获全省首届非物质文化遗产麒麟舞大赛暨麒麟头制作技艺银奖。

"眨眼麒麟"制作工序

黄竹、胶藤、皮纸、胶纱布、色浆是樟木头麒麟制作的基本材料。樟木头麒麟制作过程十分考究，工艺复杂，细腻完美，做工精巧。一般为砍竹、破篾、扎框、糊裱砂纸、打石膏、晾晒、打磨、上色、上光油定色和安装饰物等工序。制作工期一般为12天。

据介绍，为使麒麟技艺得以传承和发扬，近年来，刘金星还到学校授艺，开设传统麒麟制作培训班，让麒麟制作普及到幼儿园、小学。

麒麟制作步入技巧断层危局

樟木头"眨眼麒麟"曾在海内外大放异彩，但随着时代的变迁，社会的发展以及当代文化思潮的影响，樟木头麒麟制作工艺也面临举步维艰、技巧断层的现状。

樟木头镇文广中心有关负责人介绍说，这主要存在以下因素：一是麒麟制作工艺复杂，制作一头麒麟大约需要12天时间，每年大概只能售8个至10个，销量低，收入少，制作成本比较高，且年轻人受当代文化思潮的影响，当下青年人审美观念发生了很大的变化，对传统工艺失去兴趣，传承步入危局；二是目前樟木头麒麟制作者仅有刘金星和他的两名学徒，刘师傅年纪偏大，麒麟制作面临着后继无人的窘境；三是改革开放后，经济社会得到了发展，但却使原生态的麒麟制作工艺不但失去了生存的环境，还缺乏足够的保护措施。

共投入 1000 多万元发展麒麟艺术

据了解，为了抢救客家麒麟艺术，使之得以传承和继续发扬，樟木头政府对非物质文化遗产非常重视，成立了非遗保护领导小组，安排专人负责此项工作，定期组织举办相关活动，邀请相关专家进行指导，并配备专项资金，扩大对外宣传，营造良好的社会氛围。

"我们积极组织樟木头麒麟制作参加首届非遗麒麟舞大赛暨麒麟头制作技艺展，以便让更多的人认识麒麟制作这项民间工艺。"樟木头镇文广中心有关负责人称，樟木头镇已将麒麟制作工作列入镇十三五发展规划，专项资金纳入财政预算，另外，还通过参加国内各项麒麟舞大赛订购麒麟；设立麒麟制作老艺人保护基金；建立麒麟艺术档案；安排专人负责麒麟艺术的培训、挖掘、保护和传承工作等方式来抢救这种"非遗"。

据统计，樟木头镇十几年来投入麒麟艺术专项资金共达 1000 多万元人民币。现在每年关于麒麟活动一项有专项资金 5 万元。此外，政府和文化部门还动员当地企业和个人热心捐助，广纳社会人士资助，或以活动冠名权、广告宣传等形式筹集麒麟制作资金。

阅读延伸：樟木头麒麟的工艺制作和组成部分

樟木头麒麟制作的种类主要由麒麟头、麒麟被和麒麟尾巴三个部分组成。麒麟头由额、角、眼、嘴等组成，额头方正，角是肉角，两眼外突，嘴巴前突，呈龙头形。麒麟被由披肩和被身组成，披肩上绣有"风调雨顺"四个字。麒麟尾用软棍为内芯，外套一层毛状皮，一般长 80 厘米到 100 厘米，外露 20 厘米到 25 厘米。

麒麟头制作上主要有 6 道工序。第一道工序是削篾片，第二道工序

第五辑　历史钩沉

是扎架,第三道工序是糊宣纸,第四道工序是上色描图,第五道工序是安装各种饰品,第六道工序是上光油定色。

而樟木头麒麟舞中的响器类有小鼓、中鼓、锣、大钹、唢呐五种。道具类则有队旗、锦盒、帖子。

武术器械类有短刀、大刀、双刀;棍有长棍、中棍、齐眉棍、三节棍;三叉、长矛、板凳、锄头、耙子、藤条编制的盾牌等。服装种类不一,上身可以打赤膊或穿着一件短袖圆领文化衫,裤子和鞋都是平时生活中所穿的,但无论是舞麒麟还是打功夫。所有演员一定要扎一条红色腰带,打绑腿。

"的哥"也成"非遗"传承人

　　2014 年 3 月，樟木头镇继麒麟舞项目代表性传承人已有省级"非遗"传承人蔡玉财一人的基础上，樟木头刘屋村的麒麟队队长刘伟团也成功申报为市级"非遗"传承人。而不为人知晓的是，这位"非遗"传承人却是一名"的哥"……

——题　记

　　在刘屋村传承谱系中显示，该村共有六代麒麟舞传承人，第一代传承人为刘志堂；刘伟团为第四代传承人代表人物。

　　出生于 1966 年 7 月的刘伟团是樟木头刘屋村人，12 岁学艺，1978 年开始跟随刘官保师傅学舞麒麟，精通棍庄及全套麒麟舞的技法和锣鼓音乐，是较全面的舞麒麟能手。由于基本功扎实，技术全面，舞蹈编排出色，组织力强，受到老老少少的热烈欢迎，并且成了樟木头麒麟武术的领军人物之一。目前他担任刘屋村麒麟舞队长一职。

　　说起刘伟团，其实，他只是一名的士司机，平常开车载客，有演出活动的时候就负责召集队

员排练。由于麒麟队经费的欠缺，他已经越来越感觉到组织活动的不易。"队员们都要养家，排练和演出都是需要大量时间的，大家都不愿意为此占用工作的时间，年轻人就更不愿理睬。"刘伟团忧虑地说，现代社会的娱乐方式多样化，麒麟舞这样的传统民间项目已很难引起年轻一代的兴趣。

据介绍，1978 年开始，刘伟团每年都会组织队伍到各村、镇进行麒麟舞表演，还远到广州、深圳等市进行表演，观众好评如潮。

1988 年开始，他边表演、边教授徒弟，所带过的麒麟队曾多次在省内，乃至全国比赛上获金奖。他先后到凹芝头村教授麒麟舞 60 多人；到凹背围教授锣、镲、麒麟舞 30 多人；到清溪罗群埔教授上、下套路和锣、鼓、镲乐器 30 多人；而且还到过深圳、惠州等市，总授徒人数达到 500 多人。现刘屋村祠堂作为麒麟舞传承基地，固定每个月都会给麒麟队和麒麟爱好者进行授课。

据了解，传统的客家麒麟舞表演形式主要有独舞麒麟、双舞麒麟和群舞麒麟三种。传统的麒麟舞主要是按仪式、上套、下套、武术表演，具有较为固定的程式化表演特色。传统的客家麒麟舞的音乐特色主要是锣、鼓、镲、唤呐等乐器伴奏。而刘伟团的麒麟舞则是以灵活、生猛、有力度著称，他最具特色的麒麟舞特点是用牙咬着麒麟头来模仿动物爬行，以重心低、劲道足、力度脆灵、凶猛，将动物的形态活灵活现地展现出来，其套路表现麒麟舐脚、追尾、滚动、翻腾、采青等动作的喜怒哀乐。

刘伟团与他的麒麟队，2003 年参加中国首届麒麟舞大赛曾获第一名；2005 年获首届樟木头麒麟舞大赛金奖；2012 年获得广东省首届非物质文化遗产麒麟舞大赛金奖、在东莞市第五届龙狮麒麟比赛自选套路上获第一名；参加过上海世博会"广东周"麒麟表演等。

舞狮不舞麒麟的客家人

锣鼓声中，骄阳下，只见一头懒洋洋的狮子，始是伏地打盹，继而随着鼓点做出各种姿态。不久狮子醒来，开始出洞，窥测方向，突然间，鼓声急促起来，面对梅花桩，"醒狮"一跃而起，探桩、上桩、飞桩、采青、回桩……实在是惊险刺激、扣人心弦；那狮子在高桩上，还随着鼓点，做出千姿百态的动作与喜、怒、哀、乐的表情，醒狮神态表现得淋漓尽致、栩栩如生……

作为东莞市唯一纯客家镇的樟木头，舞麒麟成当地的一种民俗文化，这众所周知，但樟木头的客家人也有一部分人只舞醒狮不舞麒麟却鲜有人晓。

罗屋村罗氏后裔长者罗仕林说，整个樟木头只有罗屋围、百果洞和樟木头围三个村的客家人是舞醒狮不舞麒麟的。

至于为什么舞醒狮不舞麒麟，罗仕林称自己也解释不清，"反正从老祖宗那一代一代传下来，就是只舞醒狮不舞麒麟的"。

"据我所知，舞醒狮在罗屋围的历史至少有150年，至于从哪一年开始舞醒狮我就不知道了。"罗仕林说，舞醒狮与舞麒麟一样也是客家人的文化之根，不但能强身健体，丰富文化生活，弘扬客家精神，而且能增强民众凝聚力，彰显集体力量，带有很强的社会功能。

在罗屋围村办会议室里，就有一面锦旗。这是1999年春节在全镇组织的"贺岁麒麟、醒狮武术大汇演"上，该村的醒狮队夺得了优胜奖。

就如麒麟是樟木头蔡姓客家人的图腾一样，醒狮是樟木头罗氏客家人的图腾。樟木头罗氏客家人素来民风淳朴，热情好客，本村民尤为盛行舞醒狮，每年秋收后的农闲时间便开始练习拳脚。青壮年们在老者或师傅的带领下练习舞醒狮的技艺和武术，除夕直至通宵达旦。大年初一醒狮队首先在村中空坪上表演一场舞醒狮，然后前往家家户户拜门，迎春纳福。这种民俗文化代代相传，延绵不绝。

据传说狮是天龙九子之一，职司守门及辟邪驱魔，兴隆祥瑞之灵物。舞狮来源，传说纷纭。据史书记载，舞狮源自汉朝，汉武帝通西域，每当招待西域使节到访时，便设歌舞助兴，演员上面具扮鸟兽。但外国使节发现扮兽行列中，独缺狮子。经询问后得知，原来当时中国还未有狮子出现。后来，西域使节便送了一对狮子给中国，经西亚的丝绸之路运来中国，由驯狮郎带领狮子表演的西亚驯狮舞也一并流传中国。

客家人舞醒狮从何年代开始实难考证，但如果按罗仕林"樟木头罗氏舞醒狮传统是老祖宗一代代传承下来"的说法，那么，从1735年迁居此处至今已有281年历史的樟木头罗氏，在樟木头舞醒狮也就有281年的历史了。

第六辑

指间流沙

　　文化，就是一个城市向前发展的清新剂，它不断提炼着城市亘古即有的精神力量，在现代道路上奔驰的人们，需要这一力量继续发散，提供最有养分的乳汁……

文化樟城铺陈"小香港"盛景

几十年的沧海桑田，樟木头从一个逃港成风、贫穷落后的边陲小镇，到繁华"小香港"、商贸重镇、魅力岭南小镇、健康之都、"中国民间文化艺术之乡"的文化重镇，或许文化在其中所扮演的角色并不一定仅仅是"吹号手"，也不仅仅是吹拉弹唱那么简单。在"文化樟城"的今昔映照中，我们无疑都有着深刻的期盼。客家古镇遗风，"小香港"的味道，岁月的守候，家园的心情停留……这些历史与现实之间的传承，无疑都需要在古镇麒麟、客家山歌、广场以及类似如"三家巷"这样的旧建筑中找到答案……

四大文化：激活樟城原点

文化，是抽象的，是不可捉摸的，它只可意会不可言传，只能感受不能感触，只能体会不能体验。它传达的是一种趋向、一种取向，是一种氛围。凡有着历史厚重的古镇，均以深厚的文化底蕴而见称。樟木头

客家古镇，在几十年的沧桑历程中，她的文化也逐渐在历史的车轮下散发出更加多元和时尚的气息。

2009年初，当届镇委、镇政府提出："提升文化力，促进竞争力，扩大影响力，增强软实力；立足于樟木头的历史、地理、人文基础，极力培育'感恩文化、客家文化、观音文化和生态文化'，通过'四大文化'的培育、传播、渗透和转化，凝聚形成樟木头精神，为经济社会全面发展提供强大竞争力。"这为"文化樟城"的发展作了定位，也大大激活了古镇的文化原点，让一切都变得更加鲜活。

当年，机关单位齐唱国歌、全民动员感恩该感恩的人、村民热捧客家山歌、麒麟舞舞得更加写意、政府牵头成立客家山歌协会、以"三家巷"为首的13处古建筑加以修缮和挂牌保护、全民学习客家话、"将军馆"顺利试馆……在樟木头镇委、镇政府提出培育感恩文化、复兴客家文化、弘扬观音文化和倡导生态文化的培育"四大文化"年里，一切都显得是那么的协调统一，又是多么的铿锵有力。

在培育感恩文化增强樟木头人荣辱与共的凝聚力；复兴客家文化回归樟木头人的精神认知；宣扬观音文化净化樟木头人的心灵感悟；以及充分挖掘和利用宝山、观音山等丰富的生态资源，使之形成推动经济社会发展的新兴产业的进程中，四大特色文化互为一体，互为补充，不断凝聚着樟木头人精神，不断提振着樟木头人信心，不断提升着樟木头人素质。

虽然某一次感恩活动不代表感恩文化、某一场客家山歌赛事不代表客家文化、某一次虔诚礼佛不代表观音文化、某一个生态公园不代表生态文化，"阳春白雪"也罢，"下里巴人"也罢，毋庸置疑的是这些看似形式的"活动"和工作的背后，总能散发出无穷无尽的魅力，总能让人获取一种特殊的力量，总能给予人一种贴心的温暖。这种魅力、力量和温暖，正是文化的"功效"。

如今，樟木头镇委、镇政府又提出"文旅并举"的发展思路，为樟城文化发展注入了新的内涵。人们看到：一个全新的文化新樟城，正奏着和谐优美的文化音符，悠扬于岭南大地……

客家山歌：期待又一张"文化名片"

即使城市早已现代化，那"三家巷"却永远残留着客家古镇的古韵。即使记忆老去，那客家山歌却永远不老。

樟木头，是东莞市唯一纯客家古镇。虽然现在香港人、外来入户居民以及新莞人占相当大的比例，但客家山歌始终在传唱着樟木头人的历史和喜怒哀乐。

"你们是来找山歌王的吧。"早晨，笔者走进樟罗社区凹背村，一位 60 多岁的阿婆笑得开心。那天，笔者找到了被樟木头客家山歌爱好者尊称为"客家山歌王"的巫春兰。

"不用写，不用看，张口就能唱。我用山歌来表达快乐，消除疲劳。"眼前 59 岁的"客家山歌王"也和阿婆一样笑着。

12 岁时，巫春兰就开始唱山歌，她天生有一副好嗓子。在她放牛的山头，到处都可听见优美的山歌。16 岁了，她开始自己创作山歌，也逐渐明白传唱的山歌里的意义。

唱了一辈子山歌，写了一辈子山歌，在市内外许多歌唱比赛中获奖无数。对于她来说，2009 年 9 月 29 日在樟木头影剧院举行"第六届小香港旅游节"的"山歌飞扬客家山歌比赛"时，那一时空定格最重要，不仅因为她和她的山歌姐妹们赤着脚唱山歌拿到了 9 个社区比赛的最高分、捧回了金奖，而且她深深热爱而又沉寂多年的樟木头客家山歌又重新开启了新的创作时代。

"毛泽东思想放光芒，照在我心里亮堂堂，阶级斗争不忘本，阶级斗争记心上。"巫春兰说，山歌始终有着时代的烙印。

但"文化大革命"以后，"到处都不准唱歌了"。她显得有点委屈，直到改革开放后百花齐放，她才重新扬起了歌声。虽说可以唱，但文化的眷顾并未落在这被客家人称为"天籁之音"的山歌上，客家山歌曾经一度淡出人们视野……

巫春兰、罗财娣和连福娣，人称"山歌三剑客"。只要稍有空闲，巫春兰就会约上她的两位"死党"去茶楼喝茶，茶香飘起时，正是山歌悠扬时。

"现在唱山歌完全不一样，那是一种激情！"她突然变得高亢，"现在生活变了，说不出来就唱出来。问涯为舍开心，八十山歌唱不停，千言万语一句话，生活改善乐开心。"

2009年初，镇委、镇政府提出打造"四大文化"，客家山歌的传承和发扬又点燃了古镇的热情。镇里成立了客家山歌协会，9个社区纷纷成立了自己的山歌队，队员发展到数百人，实现了客家山歌社区全覆盖。60多位客家山歌传授者欣然"出山"，开展山歌弘扬、传承工作。其中，也涌现了一大批山歌创作者和优秀山歌作品，山歌题材广泛，反映着新时代的脉搏。更为难得的是，客家山歌队的成立也吸引了众多青年人的参加，另一山歌传承人蔡王庆表示，他们将用心去教会年轻人唱客家山歌，让他们体会唱客家山歌的乐趣，爱上客家山歌，传唱客家山歌。

"我们在老山歌的传统中加入时代元素，节奏变得明快，年轻一代都喜欢。"某山歌创作人员说，立足于樟木头人的人文基础，樟木头镇成立了客家山歌协会，目的在于全力提炼樟木头客家山歌的特色文化，丰富客家文化的新内涵，提升全镇文化竞争力，打造樟木头镇的人文旅游品牌，通过复兴客家文化，让樟木头人回归精神认知。

也许，樟木头客家山歌协会的成立将有利于让樟木头镇客家山歌大众化，让客家山歌走出镇区、市区、省区，推向全国，让樟城的客家山歌也如麒麟舞一样，成为樟木头镇又一张"文化名片"。

广场文化：十年群文，全市最辉煌

"全体群众今晚8点到石马坪承和楼集中学习'减租退押，清匪反霸'八字运动，请各家各户大家相互转告。"1950年10月的某天午饭后，听到高楼上喇叭筒里传来开会通知的7岁蔡能兴，赶紧撇开一起玩耍的伙伴，端起空饭碗往家里奔跑，因为他要把通知的内容第一时间转告给父母……

"那时群众开大会通知，就是靠人专门用铁皮做成一个喇叭筒，登上高楼对全村喊话通知的。"想起小时候的场景，今年73岁的蔡能兴老人仍觉得特有意思。

据他介绍，新中国成立前，樟木头有部分华侨富商携带收音机回国，绝大多数村民是没听过广播的；新中国成立后，每逢乡里开大会通知，都是用铁皮喇叭筒的方式去下达通知的。

直到 1958 年底，才成立了樟木头公社有线广播站，每天早、午、晚各广播一次，播音时间为半小时。

1962 年至 1965 年，各生产大队相继设立广播站，转播公社、县、省节目。此外，不定时播出自办节目，宣传当时的方针政策和日常工作事务，如会议、通知、劳动分工等。文娱节目多为播放"革命歌曲"，偶尔也有自编自唱的山歌、快板，表扬好人好事。乡土气息浓郁，深受群众欢迎。

蔡能兴老人的话，从樟木头镇文化站原站长、已退休多年的刘永业那里也得到了证实。

1965 年 4 月，公社成立幻灯放映队。刘永业也就从乡里抽调到公社，根据生产队所谓的好人好事"自编、自制、自放"，"把编好的故事画到幻灯片上，上好颜色，制作好之后就下到各乡放映。用快板或客家山歌解说。当时什么东西都没有，下乡是靠大板车拉设备，下到各乡各村，很受老百姓欢迎"。73 岁的刘永业说，20 世纪六七十年代，文化对樟木头来讲，还很苍白。

在那个推广博罗县黄山洞大队"学毛著"经验，大搞"三忠于"活动，人人表"忠心"，个个跳"忠字舞"，出入持"忠字牌"，处处建"忠字台"，天天向毛主席"早请示，晚汇报"的年代，所有的文化都是"红色的"。

"那时文化都很贫乏，没什么娱乐。唱唱山歌，对对对联，就很开心啦！"刘永业笑着说。

"跳舞在西城，演出在东城，晨练在南城"——这是樟木头人对樟木头广场文化的最好诠释，同时，也让西城文化广场享誉"平民夜总会"之称。

每晚 7 点，吃罢晚饭的薄全生都要整整齐齐地收拾好自己，急急地赶到西城文化广场的露天舞池。"铁打的舞池，流水的舞伴"，十几年来，尽管广场上的露天舞池一茬又一茬地人来人往，但那里始终都有他的舞伴。

年近 50 岁的薄全生是一名从事土建设计的工程师，1993 年来樟木头，算是较早投入"打工潮"的白领阶层。

据他介绍，当时樟木头正处于改革开放的浪潮里，城市建设日新月异，内地大批打工仔、打工妹蜂拥而至。而文化的荒瘠让这些人大多无处可去，于是，西城文化广场就成了"平民夜总会"。每当夜幕降临，华灯初上，来这里跳舞、寻乐的"草根"人群，从 1999 年初开始至今，在这里就从来没有寂寞过。

在樟木头老一辈人的记忆里，现在的西城文化广场原先是一片农田。进入 21 世纪初，镇政府大抓文化设施建设，大力创建文化新城。2000 年初，一座综合性的室内文化活动场所樟木头文化活动中心宣告建成，楼高 11 层，建筑面积 7600 平方米。而西城文化广场则是 1997 年开启使用。

"当年开办这个露天舞池那才叫辛苦！"谈及当年西城文化广场露天舞的开创，樟木头文广中心副主任赖业伟侃侃而谈。

——当年的他正是负责群文这一块。

赖业伟介绍说，在镇委、镇政府的重视和支持下，1998 年元月建成、投资 1500 万元、占地 7 万平方米的东城文化广场落成，与占地 40 万平方米的滨河公园融为一体，文化设施齐备，活动精彩丰富，"每周有两三个演出"，成为全省镇级首批"十佳文化广场"；1998 年 11 月在去肇庆领"十佳文化广场"奖的那次，宣传系统同时也组织了一批人去参观学习肇庆公园舞的先进做法，"回来就跟着搞"。

1999 年元旦刚过，赖业伟就和他的同事们开始张罗着西城文化广场的露天舞会。万事开头难。场地虽有，但如何吸引人气呢？这很让他费脑筋。

于是，文化站请来了市艺术团进行舞蹈培训。"当时的做法非常辛苦，会跳的在广场池子里跳；不会跳的就集中在影剧院门口，由文化站的专业舞蹈老师教。"赖业伟说，慢慢地，会跳的带不会跳的，来这里娱乐的也就越来越多，一色的集体舞，气氛非常好，场面很活跃，其中也有一些维持治安秩序的义工队。"广场上的人在下面广场跳舞，分管文化的领导们就站在三楼的办公室往下看，跳舞的是黑压压的一片，很有趣。"他说。乐韵柔扬，流光溢彩，舞影翩翩，人头攒动……

据统计，每晚参与活动者（含围观群众）不下 1000 人。周边镇的舞蹈爱好者也参与其中，有些镇开始在效仿，省市媒体纷纷报道，甚至吸引省市领导参观和周边地区的人观摩学习。

——西城文化广场的知名度由此可见一斑。

"省、市领导参观时也亲自下到广场舞池里与大家一起跳。"赖业伟说，广场舞蹈的好处就是把当地人从麻将桌上拽到了舞场，极大地丰富了他们的业余生活。据当时文化部门与公安部门的调研，每晚的 7：30 至 9：30 这个时间段，樟木头的社会治安明显好转。

赖业伟讲，1996 年至 2006 年，是樟木头群文发展的高峰期，群文氛围非常浓厚，"每年樟木头的群文工作获奖率达 99%，还都是一等奖！"除广场文化外，麒麟舞和书画展也做得红红火火。

群文获奖无数，他记得最清楚的是 2002 年 11 月那次，中老年舞蹈队参加中国（威海）新秧歌大赛，镇文化站编创的《风雨袭来夕阳红》节目，获得了中国舞蹈家协会和威海市人民政府颁发的金奖……

舞到今天，西城文化广场的广场平民舞蹈整整舞了 10 年。

如今，虽也人影绰绰，但比起当年的风光毕竟有些褪色。"文化一定要创新才有生命力，如果管理跟不上，或者没有专人去指导、引导，可能来跳舞的人会越来越少。"对于广场文化的发展，赖业伟心存忧思。

西城文化广场的平民舞蹈固然精彩，但如果认为樟木头只有这种平民文化，那就错了。看，南城公园里，一班中老年人正自发组织唱露天卡拉 OK，另一班人还扭起秧歌舞，其乐融融……

每天上午 9 点，家住雅翠花园的谢叔都会步行到南城公园，不是看风景，不是散步，而是和一群人一起开露天 KTV。公园里，有三四群自发组织在一起的退休长者，每天上午，他们在公园的不同地方打开麦克风，亮开嗓子，或是摆上音箱跳集体舞。一个上午的时光，就这样沉醉在歌声和舞蹈的旋转之间。

58岁的谢生是其中一群歌友的"头儿",人称"谢经理"。"我这个'经理'是大家开玩笑赠给我的。"谢叔笑着对记者说。他来自江西南昌,退休前在江西省第二运输公司开车,儿子在樟木头工作,所以老两口就跟着到了樟城。他在南城公园唱歌跳舞有三年多了,为了帮大伙维修音响设备,他不图报酬,发挥着自己的设备维修长处,帮大家一起管理设备。他太太也天天跟着一起来,除下雨不方便,他俩一般是天天准点到的。他说:"大家水平不太好,但凑在一起心情放松了。以前就爱好唱歌,主要是开心,其他没什么想头,玩着玩着就戒了麻将,身体比以前好多了!"为了这个露天KTV,谢叔还自己抄了5本歌本,从民歌到流行歌都有,总共有300多首歌。

这三四群歌友,每天上午9点到12点,都会雷打不动地出现在公园。很多人,刚开始只是路过公园的游客,最后也成了铁杆歌友。主要以中老年人为主,其中也不乏有许多年轻人的身影。有人笑说:"这群唱歌的老人家,也成了南城公园不可缺少的一景呀!"

博物馆:博物馆里流淌着文化

相传,观世音菩萨初抵中华时就曾在樟木头观音山上驻足。如今,观音山上,晨时钟声清远破晓,暮时鼓乐厚重悠长。山中漫步,山路上、小溪旁、林径间,经常可以遇到身穿袈裟的僧人,蜿蜒而上的佛光之路也许在等待你的俯首磕拜……而漫步在观音山古树博物馆,你定能听到近百棵古树对千年历史沧桑的喁喁细语。

山脚下,一个以收藏、展示、研究明清家具文物为主的综合性私人博物馆,也由香港冠和集团总裁苏永友先生累计投资约市值2亿元创办,并于2001年9月建成开放。

应该讲,博物馆里的一件件物品都是一本本生动的"活教材",更是民族传承的"文化符号",让更多的人通过实地参观,使其记住乡愁,唤醒乡土记忆,传承乡土文化,守望乡土文明。

"这是一个非常难得的民间博物馆,里面有着很多珍贵的历史文物,而且文物种类极为丰富！"几乎每一个参观过冠和博物馆的人都会发出这样的赞叹。苏永友，这位接受西方教育却热忱于中国古典文化和历史的馆主轻轻地说："我要为保存和弘扬中国悠久的历史文化出一份力。"

樟木头，自明洪武年间始，历来为兵家必争之地。

1949 年前，她是抗日战争时期东江纵队和解放战争时期粤赣湘边纵经常活动的游击区，不少爱国人士在这里抛头颅、洒热血，写下了一曲曲荡气回肠的歌……

从 1950 年起，樟木头一直都有中国人民解放军驻防，就连 1997 年 7 月 1 日凌晨赴香港接收防务的中国人民解放军驻港部队，也曾于 1993 年间在樟木头赤山设过训练基地。

第四野战军 44 军 131 师某团、42 军 125 师某团、42 军 126 师某团、炮兵 67 团等，都曾驻扎过或正在驻扎这里。所以，长期以来，军与民形成了"鱼水情深"的关系，双拥文化一直传为佳话。

历史记载：1989 年 9 月 22 日，中共广东省委、省政府、广州军区授予原樟木头镇委书记蔡育文"拥军模范"称号；同年 12 月，广东省人民政府授予樟木头镇"拥军国防教育先进单位"称号；1997 年 7 月，樟木头镇被解放军总政治部和国家民政部授予"全国拥军优属先进单位"；2009 年 8 月，时任樟木头镇委书记、镇人大主席李满堂被授予"广东省军民共建先进个人"称号……

据目前不完全统计，在这些驻樟部队中已走出了 69 位将军。

经过 4 个多月时间的筹划，2009 年 9 月 26 日"樟木头将军馆"终于揭幕。该馆收录了曾在樟木头镇军营驻防过后来成长为副军级以上首长工作战斗经历和有关资料，记录了樟木头镇开放不忘国防、致富更重拥军的优良传统和党政军民上部队的鱼水情深，也代表了樟木头镇新形象，成为一个资料翔实、内容丰富的全国镇级唯一的"将军馆"。

"将军馆"作为一个爱国主义教育基地，是红色文化的载体，丰富了樟木头的旅游资源，既有一定的历史意义，又有一定的现实意义。

试馆两个多月，"樟木头将军馆"接待游客近万人，"红色文化热"又在樟城大地掀起……

麒麟舞：500年的麒麟，舞到天安门

夜静天高，弯月斜照。

村前的老樟树旁，密密匝匝地围满了人。随着咚咚锵、咚咚锵，擂响热烈的锣鼓声，金光一闪，一队麒麟腾空而起，仿佛虎跃深涧，蛟龙出海！

闪转腾挪，跳跃翻飞，一忽儿风起云涌，一忽儿低伏静观，一忽儿顽皮嬉闹，一忽儿威武雄壮。咚咚锵，咚咚锵，鼓点疾如风，快如电，耳边仿佛有千军万马，排山倒海。身穿红色运动服，腰扎红绸带的精壮小伙子，在跳跃翻飞中与舞动的麒麟合二为一，一时间，分不清是麒麟带着人在飞腾，还是人带着麒麟在狂舞。只听见一声威武的呐喊，一队麒麟齐刷刷冲天而起，似乎要把那天上的月亮摘了下来。

——这就是麒麟舞，中华麒麟之乡樟木头的麒麟舞。在南方轻软的气息里，在南方含蓄的山水中，能舞动这样的麒麟的，寥寥无几。

而蔡玉财正是这支麒麟舞的"领舞者"。

1962年，蔡玉财出生在樟木头的一个麒麟世家，当时舞麒麟是门可以糊口的活儿，秋收后，村里的麒麟好手会组队四处表演，但逢表演，人家都会或多或少地递上红包，这是乡俗。

小时候的蔡玉财心里一直渴望，哪天也能像师傅一样，通过扎实的"舞功"将麒麟舞推向世界。直到22岁，蔡玉财才真正出师"走江湖"，到别的村子里去巡回表演。令他没有想到的是，期盼了多年的愿望，终

于有一天樟木头的麒麟真的会走向世界舞台，更没有想到自己会成为这个团队的核心。

2003年12月8日，樟木头镇被中国民间文艺协会命名为"中国民间文艺麒麟之乡"。在本土艺术的传承中，让蔡玉财引以为傲的是，小小麒麟曾两次舞进北京天安门，一次是2004年国庆节在天坛公园的精彩演出，另一次是2008年8月作为广东代表团的节目之一，被选送参加"北京2008"城市奥运文化广场活动，也是樟木头麒麟队迎来的历史上最辉煌时刻，麒麟舞走向世界。那天，伴随着阵阵鼓乐，他们力求将麒麟的调皮、好动、威猛特性，惟妙惟肖地表现出来。让蔡玉财始料不及的是，当7匹小麒麟一出场，就博得了观众的阵阵掌声。北京观众对麒麟的好奇与热情，超乎他的所想。观众的掌声不断，队员们就舞得越起劲。刚从表演区走出来，一些热情的粉丝跑过来留影合照。

回想起自己40余年来对麒麟舞的执着与痴迷，蔡玉财激动地说，"这是我一生最快乐的时刻。"

据了解，近年来，樟木头镇先后拨出近千万元对麒麟舞进行精心培育，现在全镇有上规模的麒麟队19支，麒麟100余条，队员上千名，分布在各社区、中学、中心小学和实验小学，曾先后组队参加过国内外各种重大活动1000多场，还曾受邀出访过多个国家，获得大小荣誉不计其数。可以说，我镇参加麒麟舞活动人数之多、表演之频繁、艺术之精湛，在全国是独一无二的，麒麟舞已经成了樟木头人生活密不可分的一部分。

阅读延伸：樟木头文化大事记

1965年4月，成立幻灯放映队。

1966年5月，成立公社文化站。

1971年8月，教师蔡法传在广州买了一台9寸黑白电视机，为樟木头首台电视机。

1984年4月，离休老干部蔡子培倡导，成立樟木头文化教育委员会。

1997年1月1日，樟木头电视台成立并正式开播。

1998 年 1 月，东城文化广场建成启用。是年 11 月被省委宣传部、省文化厅命名为广东首届"十佳文化广场"。

2004 年国庆节，樟木头麒麟队受邀在北京天坛公园做精彩演出。

2008 年 11 月，樟木头被文化部命名为"中国民间文化艺术之乡"。

2009 年 1 月 1 日，第一份《樟木头》报出街，结束了樟木头镇没有属于自己的刊物的历史。

探究"小香港"的由来

　　樟木头之所以称"泰安","宝山仙话"中的"黄大仙与宝山传说"有交代；樟木头之所以叫樟木头,"樟木头的由来"也已解读；而樟木头被誉为南粤小明珠的"小香港",又是怎么来的呢？是源于"首届香港人旅游节"呢,还是源于"2002 年 5 月的镇党代会",抑或源于哪句深入人心的广告语？在寻访"小香港"由来的过程中,众说纷纭……

——题　记

说法一：源于"首届香港人旅游节"

　　作为樟木头的第一代摄影师, 69 岁的连恩球见证了樟木头在短短 30 多年里,从一个边陲小镇到"小香港"的巨变。他认为樟木头之所以被称作"小香港",应追溯到樟木头举办"第一届香港人旅游节",时间是 2002 年七八月间。

　　在这个本地人口仅 2 万多的小镇,那时就有这么一种有趣现象,前来该镇的香港人大大多于本地人,常住人口只占香港人的 20% 至 30% 左右。周末,特别是香港的公众假期,便有大批香港人坐火车或汽车经深圳前来樟木头,高峰时超过 10 万人,这些人或是来探亲度假,或是来休闲旅游等,其中相当一部分人已在樟木头购了房置了业,来樟木头,等于下班回家一样。2001 年 5 月 8 日的《羊城晚报》就曾以"十万港人度假樟木头"为题,报道过这一盛况。

　　"那时,街上走的都是香港人,哪里还看得见本地人。"连恩球说。

　　从 1995 年樟木头地标式建筑—42 层 108 米高"大富豪广场"拔地

而起的东莞市当时最高建筑，到首届香港人旅游节樟木头房地产市场的火爆程度再创新高，这个当时创造了全国外销房数量之最的小镇，一次次成为世人关注的焦点。

但"小香港"的提法，真的是源于"第一届香港人旅游节"吗？

说法二：源于"2002年樟木头镇党代会"

官方说法是，应提前到2002年5月的镇党代会算起。

据《樟木头镇志》记载，2002年5月18日至19日的"中共樟木头镇第十二次代表大会"在镇影剧院开幕，大会报告题为《承前启后，务实创新，努力把樟木头镇建成具有"小香港"特色的现代化中心城镇》。这应该是首次将"小香港"记录在樟木头史册的官方时间。

随后，同年7月19日在镇东城文化广场举行"樟木头镇第一届香港人旅游节开幕式暨烟花文艺晚会"，拉开了香港人旅游节的序幕……这场作为房地产招商、销售推广平台，"国味"中夹杂"港味"的首届香港人旅游节，当时在香港无线电视台及各种报刊做了大量报道，聘请多位香港明星作形象大使，进行宣传活动，使"樟木头一小香港"的城市品牌不胫而走。

全镇第一个外商投资房地产项目，是1991年由广礼投资有限公司投资的翡翠花园，它位于镇中心区，即现在的"老妈子餐馆"一带。占地面积2500平方米，建筑面积6500平方米，建成住宅78套，铺位68间，几天内销售一空，总销售额1700万港元，这是首创利用外资开发房地产成功之举，更是香港商业房地产进军东莞的最早记录。随后，樟木头房地产进军香港市场的楼盘，如雨后春笋……

随着樟木头房地产档次越来越高，樟木头面临的土地局限也已引起镇委、镇政府的高度重视，首届旅游节之中，政府重新规划并将镇中心区面积从原来的4.8平方公里扩大到全部可利用面积28平方公里，在完成南城新区的建设后再完成西城旧区的改造，将房地产建设从外延的扩张向内涵的提升转变。

从那时起，樟木头外销盘的销售对象逐步从香港的中下阶层向中上阶层发展，吸引这部分人来投资度假。在 2002 年已经积累了十余年发展房地产的经验基础上，当时的镇党委首次把"建设具有小香港特色的现代化中心城镇"写进了党代会的报告。

说法三：源于"帝豪花园广告词"

坊间流传的还有一种说法是：先有帝豪花园——"香港人的家"，然后才有樟木头"小香港"。此说法，把"小香港"的起源时间，一下子提前至 1997 年 7 月至 12 月之间，同时把"小香港"的名词创新归于了民间。

在樟木头经过的火车汽笛声中，激起了许多港商投资樟木头房地产的激情和希望。自 1991 年翡翠花园的第一家外商投资房地产项目起，到 1992 年邓小平同志视察南方时，樟木头已有 20 多家房地产商。1993 年至 1995 年，樟木头房地产在全国乡镇里也是一枝独秀，仅 1995 年就销售了 3 万套房子。帝豪花园是 1997 年 7 月开始破土动工，由香港裕纬发展有限公司投资，应该说，它"诞生"于我镇房地产快速发展期。

1997 年间，樟木头外销楼盘的销售中心都一起挤在香港旺角周大福中心，近二十家之多。在此，帝豪花园也"抢"得了一席之地。面对御景花园、荔景山庄这些大型成熟的港式楼盘，如何取胜于香港市场？这是摆在帝豪花园决策者面前的一个难题。

"只有从楼宇品质和广告策略上下功夫！"当时曾一起参与过帝豪花园销售策划的港人何棣棠先生对当时的情形仍记忆犹新。

凝集着集体智慧的广告词："帝豪花园——香港人的家"就这样出街了。为了强化这句广告词，帝豪花园在香港媒体上大力宣传时曾提过樟木头"小香港"的说法，但找不到文本证据。

一晃十年，樟木头生变。毋庸置疑的是：这个被称作"香港人的家"的帝豪花园，至 2007 年 12 月已售近 3000 套商品房中，86% 为港人，"帝豪花园—香港人的家"这句广告词在香港更是家喻户晓。

说法四：源于一篇新华社报道

有人对樟木头的房地产开发的评价是：缓解了香港的住房问题。

据资料显示，1992 年至 2002 年，十年时间樟木头订立的房地产项目达 113 个，吸引外资 70 多亿港元，建成楼盘 87 个，其中 20 层以上 32 幢，30 层以上 12 幢，别墅 1300 多套，是当时全国开发房地产业绩最好的城镇，同时也是全国最多香港人居住的城镇。香港评出的十大明星楼盘，樟木头就占了三个，而这些高楼大厦 80% 以上是 20 世纪 90 年代的"杰作"。1995 年建起的 42 层 108 米高"大富豪广场"就曾成为 20 世纪 90 年代东莞高楼"霸主"。樟木头的高楼引来了香港人居住，所以，至 2002 年，在短短的时间内这里迅速聚集了近十万香港人。一位新华社记者在到处闪烁着霓虹灯的樟木头游走一圈后，不禁描述说，这里是"小香港"。

至此，"小香港"的由来又多了一个版本。但这位新华社记者到底是谁？什么时间写过一篇什么文章提过"小香港"？仍无人说清、无据可查。曾自 20 世纪 90 年代至今仍供职于镇政府工作的一位同志证实过这一说法。说"小香港"的提法时间在 1996 年左右。在今天看来，那时能提樟木头"小香港"，还是相当需要勇气和魄力的。

随之而来的是：樟木头的"小香港"称号伴随着房地产的兴旺和香港人的不断聚集而流传开来，而樟木头的低廉物价更催生香港人在樟木头购物，带回香港的大物流时代。

说法五：源于"1993 年荔景山庄团拜会"

"'小香港'的提法，早在 1993 年就有啦！"一位不便透露姓名的权威人士一语惊人。

据他回忆，那还是 1993 年一二月间，荔景山庄在香港新界召开的一次业主春节团拜会上，当时荔景山庄的发展商为造声势，更为打开樟木头在港的外销市场，请来香港各大媒体报馆、香港影视明星、香港著名节目主持等各界名流与业主共同联欢，同时特邀当时主政樟木头镇的部分党政领导。也就是在那种场合，镇里某领导在没有现成的发言稿的情况下，即兴发言时，掷地有声，一鸣惊人，脱口而出——"将樟木头打造成'小香港'！"

当时该领导还从医疗、教育、居住环境、交通等八个方面逐一详尽地解读如何将樟木头打造成"小香港"，通篇发言行云流水，一气呵成。精辟的论述，创新的构想，口若悬河的口才，气贯长虹的气势，博得在场与会人员雷鸣般的掌声……

次日，香港《东方日报》《新报》《明报》等各大媒体，以"某某说，将樟木头打造成'小香港'！"为题，一纸风行，一炮打响"小香港"。

于是，香港街头巷尾，"小香港"成名于世。

听说当年因"小香港"之名，港人蜂拥樟木头置业，一大批港人在外销证尚未批复，自己没有亲临樟木头考察楼盘素质，甚至不了解户型结构的情况下，在香港展销会上，用手指"笃"定楼盘规范楼书，抢购落订……"那场面，只能用疯狂形容。"亲历并见证当年销售火爆情形的某香港销售员李小姐说。

至此，樟木头才真正打开了外销楼盘的外销局面，当年销售业绩达万套之数。

"但囿于当初的改革开放初期环境，姓'资'姓'社'之争仍很敏感，'小香港'只还在藏藏掖掖之中，不敢越'雷池'……"这位权威人士如是说。

写作手记——

樟木头"小香港"的由来，不管它的传说版本有几种，亦不管哪种说法更贴近史实，但今天一个不可回避的现实是：有"小香港"之称的樟木头，大街小巷、酒楼食肆、车站超市等场合，到处有香港人的身影。目前，这个小小樟城，已住上了 15 万香港人；樟木头镇政府也已做实、做足了"小香港"品牌；"小香港"伴着樟木幽香，香飘万里了！

麒麟舞成校园文化新亮点

　　"百姓愁，麒麟走；天下和，麒麟舞。"每逢盛事都舞麒麟，这是我们客家古镇的风俗。据民国史料记载，500多年前樟木头就已经有了麒麟舞。在樟木头，无论是祭祀，还是乔迁，或是某家小孩满月、新婚大喜等，都要舞麒麟来庆贺，特别是在新春佳节，麒麟队敲锣打鼓四处拜年更是深受所有乡民喜爱和欢迎的民间习俗。在许多民俗逐步淡出历史舞台的今天，为什么舞麒麟却能风靡樟城，并长盛不衰呢？

——题　记

舞麒麟，感觉像明星

　　如果说樟木头的麒麟艺术是神州大地上的一朵奇葩，那么中心小学麒麟队更是中心小学体育教育蓬勃发展中独具魅力的一道风景线——

　　"最出彩的是2004年国庆那次，派出28名小队员赴北京天坛公园表演！"谈及当年精彩情形，当时带队的杨社明教练至今仍记忆犹新。是的，2004年国庆55周年华诞活动中，他们是被指定为广东省唯一少年节目赴京演出的队伍。

　　从杨老师大量的麒麟教学论文、教学案例中，可以看出他是一位多年从事客家麒麟艺术研究的体育老师，其中《麒麟艺术》教学案例还曾获省综合实践二等奖。"麒麟舞是我校体育教育的品牌项目之一，参与研究的人，不止我一个。"他说。

　　刘晓东，六（8）班的学生，刘屋村人，从小受外公影响，爱好麒麟，在村里爱和小伙伴们一起跟着哥哥练松骨、拉脚筋、站马步，二年级正式进校队训练，从入队一开始，家里人就很支持，父亲还常抽时间指导，他曾代表樟木头多次去广州、杭州、北京等地表演。

"舞麒麟就像玩游戏一样，可以带给我很多乐趣！"他开心地说。

一说麒麟，同村队友六（1）班的刘文聪浑身是劲："麒麟样子很英武，舞起来好生动，我们都喜欢！"他也是从二年级开始系统性训练，平时在家一有时间就向村里大人讨教，有时一练两个钟头，很刻苦。他说，练马步是基本功，虽然苦，但能得到师傅或教练的表扬是件很开心的事。2004年，去北京表演之余，在长城游玩时，他和他的麒麟被老外们的相机抢拍不停……"咔嚓，咔嚓，感觉真像明星！"他骄傲地昂了昂头。

他们根在樟木头

咚咚锵，咚咚锵！

伴着时轻时重、时缓时急的锣鼓声，小麒麟们摇头摆尾，跳跃挪闪，时而狂欢嬉耍，时而凌空翻腾，表现舔脚、滚动、翻腾、采青等动作的喜怒哀乐。舞姿威武而轻盈，质朴中充满着灵性……

被誉为客家人图腾的麒麟，走进中心小学的时间是2004年。为了让麒麟文化播种校园，一般四年级开始选材、组队、培训，每年老带新，以循环梯队式发展。到今天，已向社会输送了近300多名"麒麟新苗"。目前，有50名队员，22条麒麟，分两个队，由3位体育老师负责指导。训练时用塑料桶作训练道具练习，挤早上、下午课余时间进行，一周两次，逢重大活动时才演出。相比之下，中心小学麒麟队是樟木头众多校园麒麟队中最正规的一支队伍。

据介绍，选材上，他们不仅考虑孩子灵活性、力量性、爱好、乐感等因素，还以当地原居民籍为首选，然后再考虑客家范围的生源。

"这些小队员培养出来后，不管以后在哪里，他们的根仍在樟木头，这对我们客家麒麟文化的传承有很大的促进！"何康宾如是说。

如今，麒麟文化已完全融入到校园，成特色教学的亮点。

如何"请"进课堂？

在"广绣""广彩"濒临消亡中；在长安的"醒狮"逐步淡出人们的视野中；在许多年轻人对传承优良习俗的艰难中，我们深感担忧！

一种民俗，一种传统文化，一种传统艺术，它能走过几百年、几千年，一直走到现在，在自觉与不自觉中，它肯定有着自己的渊源！

远一点的：河南"木版年画"、山东"剪纸"、陕西"皮影戏"、贵州"傩戏"、四川"变脸"，在大浪淘沙中，仍显民俗本色；近一点的：广东三大民系异彩纷呈，"雷歌"制成了DVD，"木偶戏""水色表演"引入了市场。

作为校园文化特色之一的麒麟文化，如何将原生态的客家文化加入现代的审美情趣，使客家文化艺术焕发新的生命力？麒麟舞，是否能走出传承中的困惑？不仅仅停留在校园文化的园地上，而是如凤岗人的"客家山歌"一样"请"进课堂……

"问渠那得清如许？"

"像中心小学这样的校园麒麟队，有3支！"樟木头镇文广中心群文负责人说。

樟木头镇现有上规模的队18支，麒麟100余条，队员上千名，分布在各村、中学、中心小学和实验小学。镇政府每年下拨50多万元作为扶助经费，各级领导都十分重视麒麟队伍建设，才使得麒麟文化在樟木头镇遍地开花、蓬勃发展。

"问渠那得清如许？为有源头活水来。"麒麟文化，衍生成中心小学校园文化亮点的最大一股活水，不就是樟木头镇委、镇政府在硬件、软件和人才建设上的大力支持吗？

近年来，樟木头镇参加麒麟舞活动人数之多、表演之频繁、艺术之精湛，在全国可以说是独一无二了。麒麟舞，已经成了樟木头人生活密不可分的一部分。据了解，樟木头镇文广中心已出版了《麒麟教材》，其内容涵盖：麒麟舞的起源、发展及基本套路的动作图解等，让一般人拿到手，按图索骥，都可以舞……

新旧火车站照片照见"小香港"蜕变

在一组组场景的对照中，照见樟木头火车站的往昔与今朝，照见一个边陲小镇到"小香港"翻天覆地的变化，照见樟木头改革开放 30 多年来的丰硕成果……

——题　记

时间"嘀嗒"向前，城市不断变迁，生活也悄然在变。同一处场景，不同年代，不同照片，不同面貌，在经意或不经意中形成城市新旧的鲜明对照。在樟木头火车站焕然一新的今天，我们顺着"老照片"的视角，聆听铁轨呼啸的声音，把镜头聚焦火车站……

木棉树变成火车站楼

樟木头的铁路建设，源于清光绪三十三年（1907）中英合办的广九铁路破土动工之时。

"喏，当年那棵木棉树的位置就是现在的火车站客运大楼。"——樟木头第一代摄影师70岁的连恩球指着自己珍藏多年的老照片说。

1985年4月，樟木头火车站开始动工扩建，铁路两旁各建一排大楼，并由两座天桥横跨铁路连接起来。连老伯有幸在动工之前，拍下了这张"老火车站远景"照片，时间定格在1980年6月8日。这也许是现存最早能表现火车站场景的一张珍贵照片。

"过去的东西始终是过去的，如果没有照片，根本就想不起来，也找不回来。所以通过照片可以看到樟木头以前是怎么样的，现在又是怎么样的。改革开放三十年，变化太大了！"连恩球如是说。

从连老伯的"老照片"中，我们重温着北京西至九龙线开通、樟木头第一次通车典礼仪式的现场情景。在难得的城市资料照片中，留下的是城市一段历史，见证的是一个边陲小镇在30多年飞驰铁轨中的沧桑巨变！

"小香港"声名鹊起

顺着历史的脉络，我们从《樟木头镇志》上了解到：

1995年，樟木头火车站再次扩建，新建一幢樟木头火车站客运大楼，于1996年9月投入使用。

1997年广深铁路升级改造，年底，广深电气化铁路全线建成并通车。

2001年10月，全国现代化程度最高和运行速度最快的铁路——广深铁路初步实现特快旅客列车的"公交化"运营。

经数次提速,樟木头至广州行程从原来一个多小时缩短至40分钟;樟木头至深圳行程从原来的40分钟缩短为20分钟;每日停靠火车班次由1994年的5次增加到如今的56次……

至此,樟木头火车站成为广深、广九、京九、广梅汕四条铁路的交汇要地,交通四通八达。

正因为行程时间大大缩短,也就拉近了城市的距离,所以,从20世纪90年代开始,也就有了十几万港人涌入樟木头安家、置业、度假。一时间,"小香港"声誉不胫而走。

开往春天的"和谐号"

有人说是樟木头火车站成就了"小香港",然后再是"小香港"带动了樟木头火车站的高速发展。难怪副镇长黄美青对媒体也是这样评价:"樟木头火车站打通了山坳里的樟木头通向世界,特别是香港的主脉络。"

2008年10月18日,为解决火车站城建发展滞后的交通"瓶颈",让樟城这列开往春天的"和谐号"开得更快、更稳。镇政府斥资500万元,历时60天,对火车站站前广场进行大改造。这次改造工程包括:广场地面、隧道、灯光工程、路面工程、绿化及路面扩建工程等。

2009新年的第一天,樟木头火车站以全新的站姿呼啸着生活,呼啸着南来北往的精彩!

阅读延伸:樟木头火车站建设史

樟木头地处山区,四面环山。民国前,交通十分不便,陆路运输主要靠肩挑脚走。不但没有可通行汽车的公路,甚至连走木轮板车的路也艮少。樟木头通往县城只有一条山间大道——湖洞径。其时,货物运输只有靠石马河水运。

清光绪三十三年(1907)7月,中英合办的广九铁路破土动工,于清宣统三年(1911)4月通车。樟木头是广九铁路大站之一,客货运输由此中转，可至粤东、粤北。

广九铁路起于广州，经樟木头、深圳至香港九龙。广州至深圳段称广深铁路，现长147.26公里，在东莞境内有56公里，其中在樟木头境内6公里。

民国二十七年（1938）10月，为阻止日军入侵，国民革命军炸毁石龙南桥两个桥墩，广九铁路交通中断。日军为了军事运输，于1944年10月3日修复石龙南桥通车。

新中国成立后，樟木头段兴建两条专用线：一条由樟木头站至白果洞采石场，另一条为军用线。

1988年增建一条货场线。1989年，广深铁路为适应改革开放和经济发展的需要，建成复线。

1994年12月22日建成三线，成为国内第一条三线并行，全程封闭的准高速铁路。

1997年广深铁路升级改造，全线建成电气化铁路。

2000年，铁路所货场增加了两条货场线和两条货场牵出线。

2005年8月26日，广深四线动工建设，形成普高和准高速两对往返铁路，实现高速、普速分离，客货分流。

"彩虹桥"史记

　　号称国内之最，陪伴樟木头人走过了二十多个春秋，见证樟城辉煌的不锈钢彩虹天桥，同样有着自己的春华秋实，有着自己的不平凡和落寞无奈，也有着自己的历史……

——题　记

　　民间有一种说法，说樟木头不锈钢彩虹天桥是国内最长的不锈钢人行过街天桥，并在一些报刊、网络上能读到类似的文字。而据《樟木头镇志》载："为当时东莞乃至广东省人行天桥之最。"不管为国内之最，还是省内之最，有一点是无可置疑的，那就是它建设时的创造性和权威性。

它的真名叫："彩虹天桥"

　　据有关资料显示，为了疏通交通，确保交通安全，樟木头于1991年至2005年在境内共兴建了5条隧道11座人行天桥，其中不锈钢天桥就是于1991年开筑，1992年竣工，横跨莞惠公路。桥长148米，桥面宽度5.5米，一个桥孔，净跨72米。

　　在人们的传颂中，几乎所有人都把它称为："樟木头不锈钢人行天桥"，其实它有一个更写意的名字，叫"彩虹天桥"。何为彩虹？你看它的整体外形就知道答案，它是由两根直径0.96米的不锈钢

弧形圆柱组建而成,这不正恰如一道彩虹架在车流如鲫的惠樟公路上吗?

"惠樟"上的一道"彩虹"

每一条人行天桥都是飘在公路上的"彩带"。说到"彩虹",不得不追溯惠樟公路的历史……

1911年广九铁路通车后,樟木头火车站客货运输日益繁忙,带动公路发展。民国十年(1921)12月,惠樟公路局成立,筹建第一期陈(江)樟(木头)公路,以后相继建成惠樟公路、莞樟公路,是东莞县最早建成的省道之一。

莞(城)樟(木头)公路于1930年6月兴建,东莞县自行集资,规定路边10里之内的田亩每亩征收毫洋1元为股份,共筹款36万毫洋,于1935年12月18日通车。路经附城、寮步、大朗、黄江,至樟木头全长37.5公里。莞樟公路曾多次改造,初建时路面只有7.32米宽。

1992年市公路局把原两车道扩建成4车道;而后,樟木头为了改造城镇面貌,路面拓宽至100米,双向6车道,3条绿化带,2条人行道。"彩虹天桥"就"诞生"于这一年,当时也是为了解决樟木头镇中心区的交通瓶颈而建。

2004年7月,莞惠线在东莞市交通局统筹下再行扩建改造,车道路面由原来7—9米扩大为16米,2004年再扩大为25米,双向6车道,并铺上沥青,成为一级公路标准。

而横跨莞惠公路的"彩虹天桥",也就成为"惠樟"上的一道绚丽的"彩虹"……

"打工者乐园"

年近70岁的薄向学是一名从事土建设计四十余年的老工程师,1995年建的"大富豪广场"就倾注了他的心血。他1993年来樟木头,算是较早投入"打工潮"的白领阶层。

据他介绍,当时樟木头正处于改革开放的浪潮里,城市建设日新月异，内地大批打工仔、打工妹蜂拥而至。而文化的荒瘠让这些人大多无处可去，于是，紧邻天桥的西城文化广场就成了"平民夜总会"，而更多的打工者在夜幕时分，徜徉于"彩虹"桥上，看夜的迷离和城市变化的点滴，看一层一层"长"出的高楼大厦，看脚下永远"流"不完的车流……

所以，彩虹天桥不仅成就了打工者心中梦的"彩虹"，也被誉为"打工者乐园"。

"摆地摊的，卖小吃的，谈恋爱的，算命的，纳凉的……形形色色，五花八门，夜市一条桥。"他说。

见证过"小香港"辉煌

樟木头靠近香港，1990年起大力发展房地产，吸引大批香港人到樟木头置业安居。到21世纪初，全镇楼盘105个，已售商品房5万多套，港人在此置业、休闲居住人数达15万人。根据1993年统计的数据，整个广东省在香港卖出的房子，60%是樟木头的。故此，樟木头与香港无论从地域、经济生活、文化互补等各个领域都休戚相关。

2002年5月18日至190，中共樟木头镇第十二次代表大会决定举办香港人旅游节。其间，在桥的双面特意竖起"至yeah小香港，缤纷樟木头"广告牌，同时为旅游节立意，为"彩虹"添彩。此后，它也就成为每年一届香港人旅游节的主题，更是樟木头镇的标志性字样。

如今，这字样已成时光留下的印迹，仍然醒目，仍然活力如昨。当年，乃至那个时代，它曾让北上的香港人倍感亲切，也曾让桥下川流不息的车流一起见证过樟城改革开放所带来的繁荣，更曾让樟木头人引以为豪。

依旧"彩虹"照人

"彩虹"，历经17年，外表风采依旧，但17年的风餐露宿，人都会有点小病小痛，何况桥？

2008 年 12 月 23 日，天桥两端被樟木头镇有关部门用铁皮围住，并告之"此桥进行维修，禁止通行"，一时间，猜忌四起。

"病因"在哪？据知情者透露，净跨 72 米的单孔，其承重力有一部分是靠两条"彩虹"形不锈钢圆柱，用 30 根不锈钢包钢筋作"绳吊"牵引。据有关人员回忆：在当年挂"至 yeah 小香港，缤纷樟木头"这几个广告字之前，桥上挂着的是"团结拼搏，求实进取"的广告大字，挂上去时，由于每个 6 平方米的字体较大、较重，一般的支撑是撑不住，加上当时施工技术不成熟，所以，施工人员切开了"绳吊杠"不锈钢，用角铁电焊固定。

之所以称不锈钢桥，其"彩虹"形不锈钢圆柱体和"绳吊"都是用不锈钢焊接密封。经年累月，水流切口，锈蚀钢结构，终于让它在 2008 年底过不了检测。

加固整修，"彩虹"病休一年有余后，于 2010 年 3 月重新开启。如今，桥下，车流依旧；桥上，喧哗再现。"至 yeah 小香港，缤纷樟木头"这几个大广告字，依然鲜活，依然闪烁着五彩光芒……

是啊，"彩虹"终于又实现了一次华丽的转身……

樟木头蔡氏名联释义及联后故事

对联又称楹联，俗称对子，是我国独有的一种文学形式，有着非常悠久的历史，体现了我国人民独特的生活情趣。对联对仗工巧，音调和谐，内涵丰富，为社会各阶层所喜闻乐见。在古代，对联文化十分普及，上至达官贵人、文人墨客、富豪商贾，下至平民百姓、街头小贩、渔牧农夫，都能出口成对。在客家古镇樟木头蔡姓望族，就有几副经典的对联在民间广为流传。

> 西山世胄
>
> 南宋家声

意思是：西山公的后裔，南宋蔡家世传的声名美誉。胄有两种含义。第一指的是盔，古代战士打仗时戴的保护头部的帽子：甲胄（甲衣和头盔）、介胄（"介"，甲衣）；第二指的是帝王或贵族的子孙：贵胄、胄裔、胄子（古代帝王和贵族的长子，都要进入国学学习，后亦泛称国子学生）。在这里，世胄指子孙、世代的意思，也有"世家子弟，贵族后裔"之意。家声：门风，家族世传的声名美誉。《史记·李将军列传》："单于既得陵，素闻其家声，及战又壮，乃以其女妻陵而贵之。"《新唐书·狄兼谟传》："卿，梁公后，当嗣家声，不可不慎。"

此联系乾隆四十年（1775）官仓蔡氏崇礼堂（官仓蔡氏宗祠）落成后，落成之年高中秀才的蔡纪淮（清波公）所作。蔡纪淮是樟木头沙园村人，作此联的那年，他年仅 27 岁。此联寥寥数字，言简意赅，可谓氤氲墨香，文采飞扬。对仗鲜明工整，朗朗上口，高度概括了官仓蔡氏根源声望。

西山：蔡元定（1135－1198），字季通，学者称西山先生，建宁府建阳县（今属福建）人，南宋著名理学家、律吕学家、堪舆学家，朱熹理学的主要创建者之一，被誉为"朱门领袖""闽学干城"。幼从其父学，及长，师事朱熹，熹视为讲友，博涉群书，探究义理，一生不涉仕途，不干利禄，潜心著书立说。为学长于天文、地理、乐律、历数、兵阵之说，精识博闻。著有《律吕新书》《西山公集》等。

　　与此名联有一定渊源关系的对联是：樟木头官仓坝背蔡王春家藏民国二十五年衍基手本《蔡氏族谱》第一页上，有丰门百年书写《祠堂大门对联》："西山世胄，风调雨顺，国恩家庆；南宋家声，国泰民安，人寿年丰。"

> 系出闽省，自西山九峰以及虚斋，理学昌明充足光照一姓
> 家居广南，从潮州揭邑而来莞水，渊源久远庶几蕃衍千秋

　　意思是：世系出在福建省，自从南宋的西山公、九峰公以及明朝的虚斋公，理学都非常昌明足够光照蔡家一姓；家居住在广东南部，从潮州揭阳的河婆迁来东莞，渊源已经久远差不多繁衍了千年。

　　据考究，此联系乾隆四十二年（1777）同为清波公所撰官仓崇礼堂的中厅对联。娟娟46字文从字顺、笔润墨浓、详而有体。读之，让人如饮香茗，如尝佳酿。

　　九峰，即蔡沈（1167－1230），元定季子，南宋学者。

　　虚斋，即蔡清（1453－1508），晋江（今属福建）人，明成化十三年（1477）解元、明成化二十年进士，以善《易》闻名。

> 基发尖田，不论上田下田，好福田宜广种
> 堂开祗德，不拘大德小德，称明德自为馨

　　此联为官仓蔡氏宗祠第三进后壁排放蔡氏列祖列宗神位处的侧壁对联。据官仓后裔蔡石军介绍，这一副蕴含着治家修身的哲理对联，是先人清波公自撰的。联中"尖田"就是指揭西县河婆的尖田村，说明樟木

头官仓蔡氏是从揭西县河婆尖田村迁过来的。

何事热闹繁华，抚景灯开，满座亲朋来宴贺

不必佳肴美味，肆设家筵，一堂伯仲乐元宵

此为石新社区大埔围村的村民在正月"点灯"仪式上，用大红纸张贴在众屋上的对联。该联由书香门第的蔡炳燊撰作。

石新社区大埔围村的村民与樟木头其他蔡姓客家人一样，村里有人生了男孩就要在众屋新搭的棚架上每个男孩点一盏灯，经过这种仪式后才能成为本村人。华侨在外生了孩子也要寄钱给亲友代办，才承认是本村人。"点灯"的时间是由农历元初八至元宵节，点灯孩子的父亲叫"丁头公"，要到东莞茶山区茶园买丁公仔回来插在棚架上供人观赏，到元宵节晚便派给小孩子，或到丁头公家里讨丁公仔。元宵节晚上有人舞麒麟打锣鼓到丁头公家里参拜，讨些米澄、爆谷、花生等物放在棚架侧的台上给大家食，熙熙攘攘很热闹。

开灯与元宵节同时进行，开筵叫"食丁酒"，大红纸的长对联贴在众屋上，红彤彤一片节日的气氛。从上联的"何事热闹繁华，抚景灯开，满座亲朋来宴贺"，再到下联的"不必佳肴美味，肆设家筵，一堂伯仲乐元宵"，一问一答中有谦词且又实在，"点灯"民俗与元宵庆贺节日都嵌在联中，意境深远。

坐镇岗陵春不老

行为云雨岁常登

意思是：坐守在巍峨的山冈上，看大自然气象万千，万物丛生，因行云播雨、雨露滋润而至大地回春，我们年年都应常常登临于此，来感念大自然之美好气息。

此联亦为清波公所作，乃系道光二年（1822）清波公72岁感慨人生在大尖峰顶北（今观音山上）建造"老仙岩"仙人庙刻石联，至今犹存。

1998年，原樟木头石新社区书记蔡伟友曾主持修整观音山"老仙岩"

仙人庙，并铺于 356 石级而上，为观音山古迹。此联借用仙人自由自在，比喻作者不羁时务不受拘束的情怀，教人珍惜时光热爱大自然。

日日烧香，看清手脚无容秽
年年祈福，摸着心肝不许横

意思是：日日烧香要看清自己的手脚不能有污秽；年年祈福都必须要摸着自己的心肝不允许起横。

此联系凤山古庙大门对联，何时何人所作失传。这种上联和下联都分两层的对联为双式联（或称两层联），通常是上层提出，下层阐释。此联对仗工整，教人要真心实意虔诚，不可口是心非生有邪念，颇为传诵。

凤山古庙始建年代无法考定，毁于 1958 年建农械厂取料，1987 年 5 月坝背国兴在樟木头旧汽车站井边偶见"凤山古庙"石刻门匾后，随即与蔡衍军、蔡飞洪、蔡光明、蔡松添、蔡官平用汽车运回石刻门匾。1992 年由围心村的蔡福来、柏地村的郑带娣牵头重建返火，石刻碑记至今下落不明。

相传南朝宋皇帝御驾亲征至海阳县之揭阳霖田（在今河婆西南）被贼围困得巾、明、独三山结义兄弟连杰、赵轩、乔俊解救，封为"三山国王"，后建庙敕封"三山国王庙"（即霖田庙，为潮汕地区祖庙），今称"霖田祖庙"。后外迁之民不忘供祀"三王"，至明清时期，在广州建有"大王庙"，在清溪上官仓建有"二王庙"，在樟木头官仓建有"三王庙"（即凤山古庙）。

为恶必灭，若还不灭，祖父有余德，德尽则灭
为善必昌，若还不昌，祖父有余殃，殃尽则昌

意思是：为恶必灭亡，如果不灭，是因为祖上或父亲积有余德，德用完了就一定会灭；做善事必昌盛，如果不昌，是因为祖上或父亲积有余殃，殃去尽了则一定会昌盛。

此联系凤山古庙正厅楹联，何时何人所作同为失传。这种有同词共用的"对联"多数刻在厅堂前部的柱子上，称楹联，不能当作门联或春联贴在门口，否则就"不对"了。此联引用刘备遗嘱："勿以恶小而为之，勿以善小而不为"之典故，可谓异曲同工，劝诫人们莫做恶事要从善行善举，乡间极为流传。遗憾的是不知何时颠倒了上下联，把下联当作上联，上联当作下联，一直讹传至今。

> 硕士破天荒，毕业储才，国内咸推拔萃
> 伟人兴地利，荣归故梓，乡中极表欢迎

意思是：硕士打破家乡记录，毕业于北京储才馆，成绩突出，在国内也属出类拔萃的人才；伟大的人物都出自人杰地灵，如今荣归故里，家乡父老表示热烈的欢迎。

此联是民国十七年戊辰岁十二月（1928年1月）蔡氏在石马坪村口搭彩牌欢迎赤山村的蔡丽金从北京储才馆毕业回乡时的对联，作者不详。此联构思美妙，字字贴切，娓娓道来，如数家珍，让乡人百诵不倦。

蔡丽金：（1899－1952）赤山村人，1946年7月28日任广东省高等法院检察官，10月1日任国民政府主席广州行辕审判战犯军事法庭主任军法检察官。1947年3月270，由他亲手判决日本华南派遣军司令官兼第23军司令官陆军中将田中久一死刑。

> 养正本圣功，童蒙启迪
> 贤人为国宝，良冶陶镕

意思是：教育培养纯正无邪的品质，这是圣人的成功之路，是要从童年启蒙开始的；贤德的人都是国家之宝，要像精于冶炼铸造的工匠烧制陶器一样，才能培养教育出来。

"蒙以养正，圣功也。"（出自《周易·蒙卦第四》）意为：启蒙是为了培养纯正无邪的品质，这是圣人的成功之路。良冶：良冶指精于冶炼铸造的工匠。《礼记·学记》："良冶之子，必学为裘。"元代的王炎午《望祭文丞相文》："干将莫邪，或寄良冶，出世则神，入土不化。"陶铭：烧制陶器。《大清高宗纯皇帝实录》中有"陶铭总本于大钧，模范勉遵于良冶"句。

此联系石马养贤学校对联，作于1930年春，作者不详。其时，养贤学校刚落成，并开学。此联以鹤顶格的形式嵌"养""贤"两字，寓意深刻，耐人寻味。

英才难能可贵，平权民主，登加国圭璧廷所
巾帼不逊须眉，义工博爱，捧英王钻禧勋章

意思是：英才难能可贵，力推平权、民主之主张，进入加拿大国家政府部门工作；巾帼不逊须眉，以义工之博爱之精神，获得了英国女王伊丽莎白二世居位60禧年钻石勋章。圭璧：古代帝王、诸侯祭祀或朝聘时所用的一种玉器。《诗经·大雅·云汉》："靡神不举，靡爱斯牲。圭璧既卒，宁莫我听。"朱熹集传："圭璧，礼神之玉也。"

2013年3月23日，樟木头蔡氏宗亲联谊会在官仓蔡氏宗祠前举行"祝贺宗女德贞荣获英女王伊丽莎白二世钻禧勋章"仪式。仪式上挂出此副彩牌对联。此联由蔡桂光起草，蔡石军、蔡福祥、蔡庆同共同商定。

蔡德贞：蔡福祥之女、蔡丽金孙女，1956年生于香港，加拿大平权会负责人，2012年12月10日获英女王伊丽莎白二世居位60禧年钻石勋章。

百年艰辛创业胼手胝足赢来丰衣足食
历代勤劳发展树人育贤以达国泰民安

2013年10月6日，位于樟木头石新社区的大埔围村宗亲乡邻举行隆重的庆祝仪式，以庆祝石新大埔围村走过风雨百年。此联为庆祝仪式上张贴的对联。寓意：石新大埔围村经过百年的艰辛创业，以手脚上磨出老茧般的辛勤劳动，终于赢来了村民们丰衣足食的好日子，历代的蔡氏子民勤劳发展，致力于重教尊贤、培养后人，以实现国泰民安的共同美好愿景。

> 烈士成仁光斯乡土
> 佳儿执法罪彼倭首

意思是：烈士舍身成仁，其光辉照耀生于斯长于斯的家乡；好男儿将一定严格执法，将那日本侵略者之倭寇首脑认罪伏法。

此联为仁孝亭石刻碑侧对联。仁孝亭建于1948年8月，坐落于惠樟公路赤山村与谢岗镇定公岭下。为民国时期蔡丽金所建，对联为蔡丽金所撰。

据《樟木头镇志》载：1945年秋，侵华日军已成败局，但驻守于东莞一带的日军仍做垂死挣扎，调兵临海的澳头以图与联军作一决战，故在沿途抓捕百姓为其挑运军事物资。其时，赤山村民蔡锡传（系时任国民政府广东高级法院检察官蔡丽金之父）遣散村民，独自留村看守，被日军抓去充当挑夫，行至中途逃脱，徒步回村，因年迈体弱，一路颠簸至谢岗定公岭地段不幸身亡。

蔡锡传为人正直、尚德、重礼，在乡中声望较高。蔡丽金及村中父老闻讯，国恨家仇悲愤交集。为了雪耻及尽孝，决定建此亭以资纪念。

仁孝亭基座有数级垫台，一对石狮子分设两旁，并有一座石刻文录。仁孝亭的建筑主体为八根柱子成交角形竖立，上盖黄色琉璃瓦层叠成尖塔状，亭中央有一座"仁孝亭记"，碑侧书此副对联。仁孝亭于大炼钢铁时被拆毁。

樟木头宗祠名联拾遗

　　祠堂楹联就是用于宗祠的楹联。追本溯源，是人之本性；尊祖敬宗、颂扬祖德乃子孙后代的传统美德。在祖先分派繁衍历史中，祖上所涌现和所发生的可歌可泣之人物及事件，都作为家族的一种荣耀载入了谱牒文化，使后代子孙难以忘怀而世代颂扬。

　　从某种意义上讲，祠堂楹联是直接昭示这些先贤的美德和意境以及他们在历史上的丰功伟绩，传递宗族思想及行为规范，鞭策后人奋进向上的最好表现手法。同时，祠堂又是族人祭祀祖先或先贤的场所，祠堂有多种用途。除了"崇宗祀祖"之用外，各房子孙平时有办理婚、丧、寿、喜等事时，便利用这些宽广的祠堂以作为活动之用。另外，族亲们有时为了商议族内的重要事务，也利用祠堂作为会聚场所。

　　在客家古镇樟木头，据了解，各村以大姓为主均建有宗族祠堂，全镇有祠堂 19 间，河东片有 4 间，河西片有 15 间。除蔡氏宗祠的几副宗祠名联之外，樟木头其他姓氏的宗祠对联也各有千秋，并光彩留世。

　　百果洞村有一座"志杨黄公祠"，建于清康熙年间，坐落于百果洞村村口，长约 14 米，宽 4 米半成长条形状。此宗祠建筑风格与客家人宗祠的建筑风格有异。为四进三个天井，最后一进设置一个神龛，摆放祖宗神位、香炉、祭台等物品，神龛侧书联：

祖德重华垂骏业
宗功长锡振宏图

　　樟洋赖氏宗祠又称颍川堂。修建年代不详。故址在樟洋（旧称洋四围）大围之中心地带，占地面称约 1000 平方米，为三间三进砖瓦结构建筑。门前左右有两个台地，石柱顶梁，首进为天井，天井左右各设走廊进出里进，后进的占地是摆设神像的地方。洋凹赖氏立村三世祖生有 8 个儿子，后分为 8 大房，每个房族都建有小祠堂安放神主牌位。颍川堂不设神主牌位，而成为专供春节时安放大神位（春节时接回龙山古庙的三大神像）和婚嫁、赏灯（生儿子添丁）、庆贺、摆宴场所，尤其春节赏灯最为热闹，颍川堂大门书四言对联：

元宵热闹

灯景繁华

樟罗连氏宗祠（上党堂）坐落于樟罗连屋大围中心地带（始建时间不明），是连姓族人的宗祠（含大围、新围仔、背围、新村坑、九明村）。连氏宗祠为一座两进砖瓦结构建筑，中间有个天井，上进为一个木质神龛摆放列祖列宗神位。神龛两侧有一副木刻对联：

迟居祖在濑州，世代源流追远此心向敢懈

任迁公开莞邑，宗枝繁衍书香一脉岂能忘

樟罗连氏宗祠于 2005 年由族人连福如、连进培主持动员宗亲捐资重修，尤其祠堂的壁画及泥塑如实信绘，保留了历史的原貌。祠堂大门有一副木雕对联：

任迁开莞邑

宗枝盛世长

樟罗启辉罗公祠为罗屋村罗氏子民的祖公祠。该祠为砖、瓦、石结构，分三进二天井四偏间分布。占地 360 平方米、高约 7 米有余，人字形屋脊分 15 坑瓦面。大门为花岗石砌成，二进有长石镶成的"止步门"，天井铺石，通风透光。祠堂大门对联：

启祖有德

辉世重光

樟罗启辉罗公祠的二进对联为春节"点灯"专用：

灯花灿烂

景致辉煌

樟罗启辉罗公祠的三进设神龛摆放列祖列宗神位主牌，对壁两侧对联为：

启发裔孙，个个集中堂上恭贺新年，俱宝贵

辉光耀祖，房房齐来祠内叩跪春禧，尽添丁

樟罗刘氏宗祠为樟罗刘姓（刘屋村、凹背围、凹芝头村、塘下埔）公祠，坐落于刘屋村村口处。其意义是纪念先祖，显扬祖德，利用祠堂办理族人事务。祠堂大门书一副对联：

彭城祖德

禄阁家声

樟罗刘氏宗祠内，刘氏男性青年婚娶，户主必先到祠堂拜祖，并贴对联，以示成家立室敬谢祖先恩德。宴客酒席也多数在祠堂举办。每年元月初六（阴历）为刘族人的"开灯"庆典日（"灯"与"丁"同音。于当年出生的男孩谓"添丁"），添丁的户主出资邀请亲朋好友在祠堂"饮灯酒"。祠堂内张灯结彩，灯烛长明。石柱上有一副对联，述说往日的情景：

灯亦光，月亦光，灯月交光，光彻夜；

人也乐，神也乐，人神共乐，乐长春。

第七辑

樟城雅韵

　　就像汪国真的一篇诗歌里那样"我是那样喜欢你／就像喜欢冰峰上的花朵／开的潇洒，也开的寂寞／寂寞里更显出优雅的本色／面对你那双晶莹透彻的眼睛／我甚至难以掩饰／心中的赞叹与欢乐／哎，我该怎么办？／在你面前／我再也无法使自己变得深刻"。所以，在时间无涯的荒野里，我不可能像抹掉玻璃上的灰尘一样，将你留在我心底的记忆和容颜轻轻抹去。于是，我唯有让文字忠实于记录，忠实于当时的场景，忠实于自己的内心，同时，也让文字还原我的曾经⋯⋯

——题记

宗祠怀古

那天，阳光很亮。

阳光是现时的阳光，建筑是清代的建筑。

走进樟木头官仓蔡氏宗祠，正看到一群鹤发飘飘的老者在打麻将、玩纸牌、聊天、品茶，笑声不断，其乐融融时，不由想起《桃花源记》中"黄发垂髫，并怡然自乐"的句子……

此时，祠外一条马路贯穿于宽阔的广场，高楼广厦之间，小车和公汽的喇叭声不绝于耳；川流不息的，还有熙熙攘攘居于邻近的新莞人身影。而古祠，就像是一个坐在那里守望子孙的耄耋老人，历经百年风雨的目光里，写尽了沧桑和柔情，也看尽着朝代更替的兴兴衰衰。

两百多年前留下来的"西山世胄，南宋家声"门联和"蔡氏宗祠"大门横额，在阳光照耀下仍显鲜活。青砖墙体、花岗石柱台、杉木桁架、雕屏画壁、琉璃瓦脊，建筑工艺十分精致。祠堂三进坐北向南、中间两大天井、内面宽敞舒适。前进大门横额写：蔡氏宗祠，门侧对联写着："西山世胄，南宋家声"。

第二进屏门额写着：崇礼堂。侧壁上有对联："系出闽省自西山九峰以及虚斋理学昌明充足光照一姓，家居广南从梅州揭邑而来莞水渊源久远庶几蕃衍千秋。"

第三进后壁排列着前辈祖宗神位、侧壁的对联则是："基发尖田不论上田下田好福田宜广种，堂开祗德不拘大德小德称明德自为馨。"

在现实与历史之间，我不仅遥想当年，中原大地陷入惨烈的人间地狱时，胡骑过处，一片刀光血影，一座座城池化为废墟……中原汉人面临的是这样一个生死抉择：逃，或者死。于是，不论是衣冠士族，还是贫民贩夫，都做出了一个相同的选择：逃，向南方逃命。历史上一场空前绝后的大逃亡从此拉开了序幕，这便是客家人大迁徙的写照。无论樟木头蔡氏是"系出闽省"，还是源于梅州揭邑，可以想象着的是，几百年前的某个阴雨绵绵的一天，或是阳光明媚的某天，"奔命"于此的客家祖先们，一眼望见观音山脚下一马平川，十里林涛，千顷荒原，那当时会是何等的欣喜若狂？

多少年的惊惧逃奔，多少年的茫然南下，这些客家先民们早已疲惫不堪，在他们的内心，对稳定生活的渴望，犹如鱼儿对水的渴望一样。现在，这么一块平畴的土地出现在面前，四面环山，一河川流，莫非这是上苍的恩赐？抑或祖先的庇护？可以想象，那群衣衫褴褛的人或齐刷刷跪在了地上，或热泪长流了。现在，终于有了一块安宁的土地让他们休养生息，他们不想再走了，他们真的累了。于是，这方天空开始升起了客家先民的袅袅炊烟，他们搭起茅草屋，盖起窝棚，中原带来的犁铧翻起了肥沃的黑土，地里长出了绿油油的禾苗……

永嘉之乱、唐末兵燹、宋室倾覆，客家先民几度举族南迁，辗转吴楚，流徙皖赣。也许，他们来到樟木头只是长期流亡生活的一个偶然，也许，这一切都是命运安排的定数。从此，这块拥有天然屏障的宝地终于有了新主人，他们是以客人身份闯进这块土地的，而充满母性的土地也显出一片宽容之心，向流离失所的难民们敞开了母亲般的胸怀。而官仓，如一只母亲的手，擦去了无数难民脸上的泪珠，让失去家园的中原百姓在这里重建了家园。翻开樟木头的历史，人们可清晰地看到，蔡姓落于樟城，自官仓始，于裕丰、石新、柏地、金河等地繁衍开枝。

其实，游走在樟木头各个村落，随时都能看到各个姓氏的祠堂和家庙，这就是客家人祭祀祖先的地方，人口较少的一姓一祠，人口多的一姓数祠，如现在的樟木头镇就有几座蔡氏宗祠，分布在官仓、金河、裕丰等地。有的公祠饱经风雨，显得破旧了，有的则是修葺一新。对祖先的顶礼膜拜是客家人的传统，似乎没有一个民系比客家人更喜欢祭拜祖先了，而那些发黄的族谱大多密藏在祖先牌位下面的箱柜里。我想，这是因为客家人有着感恩之心，感念他们的先祖从战乱连连的中原南迁而下，九死一生，大难不死，方才有了他们这些子孙后代。

应该说，在中国五千年的文明史上，没有哪一个民系像客家人这样，一生注定行走在漂泊的路上。

他们，一路奔走，从北向南，生生不息，永不止步。

千年迁徙，万里漂泊，祖父埋在了长江边，父亲倒在了赣水中，兄弟葬在了武夷山脉，但是他们背起亲人的骨殖，继续往南方不屈不挠地前行。

是什么指引着他们？又有什么激励着他们？

从远方风尘仆仆地走来，在这个坚毅的族群里，内心里高举着的是中华民族顽强不息的圣火，向着更远的远方走去……

没有什么能够阻挡他们的脚步，九死一生，千辛万苦，他们行走的声音像一曲悲怆、激越的交响乐，久久回旋在南粤大地上。

相对于永恒的时空，其实人生就是匆匆的过客。没有哪个民系，像客家人这样真切地体验到了生命的本真。千年迁徙，永生为客，一个"客"字道尽何等悲凉的雄壮！万里漂泊，何处为家，一个"家"字又倾诉几多沉郁的祈求！

这就是客家人，高举圣火，从历史辉煌地走来，并将走向辉煌的未来。

站在蔡氏宗祠的崇礼堂前，我想，正是千年不息的迁徙，孕育并诞生了客家民系，也就有了我们樟木头蔡氏的枝繁叶茂。走在路上，这不正是客家人一种至高无上的生命仪式吗？

走在路上，永不止步，正是这种与日月同辉的客家精神，才创造了璀璨的客家文明。

官仓，这个客家迁徙的一处"驿站"，请接受我虔诚的致敬。

感谢你为繁华入眼的"小香港"注入了客家魂。

客韵流香

　　站在宝山山顶俯瞰眼前这个喧嚣的城市，我突然感觉这一切变得很安静。这种安静可能是因那些矗立在现代群楼间的碉楼，可能是因那些记载了无数人心事的客家山歌，可能是因那些沉淀在樟城人骨子里的麒麟舞，也可能是因那些客家女子凉帽上飘逸着的缀布，抑或从林间、从古巷道、从鳞次栉比的高楼广厦间散发出的沁人心脾的阵阵樟木香气。

　　俯身掬一口山涧清泉，而关于客家古韵的种种细节就是这样在手指间缓缓流淌……

　　岁月悠悠，时光如流。从永嘉之乱到唐末兵燹，再到宋室倾覆，客家先民几度举族南迁，辗转吴楚，流徙皖赣，最终在那条曾经喧闹和辉煌的客家之路上开枝散叶。

　　沧海桑田，千年之后的今天，我们在历史和现实总显得如此悠远深邃的客家古镇樟木头，仍可寻到，麒麟还很鲜活地把霍霍生风的舞步惊起一片婉转的鸟鸣虫叫，让啁啁啾啾和那千年前的流徙声响相仿佛；仍可听到，传唱着客家人历史和喜怒哀乐的客家山歌，与那奔流的宝山山溪一样年复一年地唱着同一支不老歌谣；还有那客家妇女千年戴凉帽也已蜕变成美好风景，而在帽檐位置缝上黑色、蓝色、白色或彩色花布的竹笠，不仅成了客家传统的重要标志，也成为一面勤劳纯朴厚实的旗。

　　作为全东莞市唯一纯客家镇的樟木头，在绵延的历史发展中，尽管如今港式风情繁华入眼，但她骨子里仍然是一个不折不扣的客家古镇，而在其客家文化中，最令人印象深刻的莫过于那威风八面的麒麟舞了。

　　或是夜静天高、弯月斜照的夜晚，或是辞旧迎新、张灯结彩的正月，或是迎亲嫁娶、添丁进口的日子，樟城客家人都爱聚在村前老樟树下，或屋前晒谷场上，或祠内厅堂间，咚咚锵、咚咚锵、咚咚锵地把锣鼓擂得越来越激扬，越来越紧凑，犹如号角，犹如战马嘶鸣，也把人的心敲得热热的，怦怦地跳动。闲暇时，他们可以放下一天的劳累，都引颈期待那一刻的闹热，在年节喜事中表现得尤为尽致。反正，麒麟所到之处都会密密匝匝地围满了人。

在那一声声、一阵阵的鼓点催促下，当人们的心也随之紧一下、松一下地撩拨得把持不住时，麒麟才开始登场。闪转腾挪、跳跃翻飞之间，一忽儿风起云涌，一忽儿低伏静观，一忽儿顽皮嬉闹，一忽儿威武雄壮。也就一阵一阵地把围观人的心提上又挪下、揪紧又放松。它，每一个转身，都是那样的虎虎生威；它，每一个跳跃，都是那样的摄人心魄！最后，只听见一声威武的呐喊，一队麒麟齐刷刷冲天而起，人在跳跃翻飞中与舞动的麒麟合二为一，似乎就要摘到那天上的月或太阳了。

"龙生九子，长子为麟"，有着龙头、鹿角、马蹄、牛尾、狼额、身披五彩鳞甲的麒麟，据称是与凤凰、龟、龙合称"四灵"并居首。在樟城，舞麒麟已有500多年的历史了，它已成为这里客家人祈求风调雨顺、吉祥如意的一种民俗，一种情结，一种文化。从外表看，麒麟舞蹈有些类似醒狮表演，是由一名师傅头顶用竹篾和各色彩布、染料装饰而成的麒麟头，另一人舞动麒麟尾，随着锣鼓、唢呐等乐器吹打出轻重缓急的节奏，做出各种活灵活现的麒麟采青动作及表现麒麟喜怒哀乐的情绪变化。其实，在这些闪转腾挪之间，更多地透着的是客家人的豪迈、坚毅与剽悍。

客家人舞麒麟是有来历的。有人说，孔圣人一出，麒麟就注入了一种文化。据传，孔子出生那一天，麒麟口含一本玉书，送至孔子床前。孔子得此玉书，勤思苦读，终成才高八斗学富五车之圣人，并设帐授徒，教化子民，使中华民族文化得以延续。一向重视教育、崇尚文化的客家先辈从那时起就把麒麟作为布播文明的圣物而加以崇拜，视麒麟为吉祥物。至今，这个美丽传说仍在中原大地广为流传，也给岭南樟城这南方轻软的气息里蒙上了一缕神秘面纱。

竹斗笠，粗布衣，五谷杂粮养育了七尺男儿；黄梅雨，山泉水，明月清风滋润了如花女子。在温润的宝山山脚，除了静静地流淌着的古老石马河水，除却那灵动合一、舞过岁月风霜的麒麟舞，再就是那永远也唱不老的山歌调。有山就有客家人，有客家人的地方就有客家山歌。应该说，平和的大山是客家人生存的臂膀，而山歌，则是客家人放飞的翅膀。

客家人劳作于山野间，天蓝地绿，山高水长，不免感到心花怒放，引吭高歌一曲，扯开嗓门唱几句山歌，山鸣谷应，荡气回肠，抒发心中的情感并以此减少劳动的疲累。晚清客籍诗人黄遵宪就说："（客家）土俗好为歌，男女赠答……岗头溪尾，肩挑一担，竟日往复，歌声不歇者，何其才之大也。"

所以说，每首客家山歌都是一扇洞开的大门，那里面既广大又幽深。从客家山歌中，不仅让我们可以听到歌咏之时的旋律优美，而且也能看到即便是转化为文字一样呈现出的通俗之美、节奏之美、修辞之美和意境之美。

读客家山歌，犹如读一部历史，那里面饱含客家人多少的喜怒哀乐！吟客家山歌，犹如天际的牧歌，那里面饱含客家人多少的幽远情思！在那种朴实美、和谐美的山歌里，可以喝到山涧的清水、地下的甘泉。读着它，也时时会让人感到有一股清泉在心中缓缓流过，是那样甘醇，是那样甜美。

或抒情，或咏叹，或言志。一代又一代，一年复一年。客家人把那歌谣唱过了山山水水，也唱过了沟沟坎坎，从中原唱到吴楚，从皖赣唱到岭南。一路舞，一路歌。如今，那歌谣唱出了"时代曲"，也一天天唱旺了客家人火红的日子！

是的，即便记忆老去，那客家山歌却永远不老；即便网络游戏风靡全球，那客家麒麟舞照样能让客家的孩子们痴痴迷迷；即便"小香港"的城池早已现代化，那风雨中的官仓三家巷却永远残留着飘香的客家古韵。

你看，在文化广场上奔跑的孩子，让这古老的樟城焕发着无限的青春活力。

广东称谓记趣

俗语说，"十里不同乡，百里不同俗"。相同的场景碰到不同的乡俗，会滋生出不同的故事。

"我找王生先生"

1999年秋，我告别妻子也告别故乡，只身南下，寄居于广州同学源来的斗室，早出晚归，整天忙着找工作。一般在周六、周日就早早地赶到广州购书中心的人才市场寻找"东家"，周一至周五的空当则每天买一份《广州日报》，在报纸的信息栏夹缝里搜查一些招聘信息。要么按图索骥上门主动出击，要么抄上地址寄上一封求职信，然后等待消息。

某日翻报，有家公司招高级企业策划，联系地址有，联系人是"王生"，我认为我可以上门去试试运气。于是，一大早，我西装革履地整好衣着备齐材料拎着包出发了。坐公交、查地图，好不容易才找到那家位于东风路的某公司大厦。

"请问王生先生在不？"我推门叩问。

"王生先生？"办公室一位中年男士用一种很诧异的眼神看着我，紧接着反问我有什么事？我翻开手中当天的《广州日报》，指着一则招聘信息说，"我找某某公司人事部的王生先生，想应聘高级企业策划职务。"

中年男士嘴角向左撇了撇，露出一丝不易让人觉察的微笑，然后对我说："你是刚从老家来找工作的吧？你把履历表放我这里，有消息我们会通知你的。"

返回住所的路上，我一直捉摸着那位先生的微笑含义，一边还很佩服他犀利的眼光，他都不用看简历，一见面就知道我刚从内地来广东的，真厉害！

时间过去数月后我才明白，"王生"是广东人对王先生的一种简称，而并非有一位叫"王生"的人。难怪人家听到我找"王生先生"时会露出一脸怪怪的笑，也难怪别人不用看简历一眼就知我是初入广东的内地人。

"靓仔"叫得心花放

初来广东，啥都新鲜。

早上，客居在广州棠下村的某出租屋，我整理了有点凌乱的头发，穿上一条秋裤，准备到楼下买水喝，原来在这里就是穿睡衣也没有人会向你投来异样的目光。

士多店的老板看到我就开口，"靓仔，甘早啊（这么早）？"我笑笑作答。走出士多店，去报摊买份报纸看，卖报的大叔喊，"靓仔要咩啊（要什么）？"跟着再去面包店买面包，进到店里，阿姨那春天般的微笑就露出来了："靓仔，买肉松包啊？"

然后，去商场闲逛，女服务员笑得如一朵花："靓仔，要买什么样的衣服？"就这样，短短不到半个钟头，我就被人叫了四次"靓仔"。我，有些飘飘然起来，想不到自己三十好几的男人，还青春得如此靓丽。一高兴，本来没想买衣服的，一下子买了两件。

刚一出门，正好一位满脸胡须茬茬的农民工也来逛商场，看长相起码有五十好几。女服务员马上迎上去，笑着招呼："靓仔，你是找长袖的还是短袖的？"

敢情老农民工兄弟也是"靓仔"啊？一下子，我无语了。

后来我才知道，靓仔就是帅哥的意思，并不是因为我很帅，而是广东人称呼男的，不叫帅哥，都叫作"靓仔"。称呼女的，不管姿色如何，当然也不叫美女，一律叫"靓女"。只要不是明显的妈妈级爸爸级，广东人都会用粤语称呼你为靓仔或靓女。难怪像我这样初来广东的，除了对广东人无所不吃大感诧异外，也被一些称呼搞得一头雾水。而且喊的人理直，应的人气壮，一点也不觉难为情。如果有人这样喊你，大大方方答应就是，但如果你非去琢磨自问相貌一般，为啥叫我"靓女"时，倒有点犯傻了；到饭馆吃饭，如果对服务员喊："小姐——"明显感到她们的反应慢，但只要你换成"靓女——"声音不用多大，马上就会有人过来招呼你，这几乎成为一个规矩。

前几年逛深圳发现又多了个"靓姐"这个称谓，而且叫靓姐的都是把晨妈划为这一群人里头了。

但是，在教儿子如何称呼别人时倒有些犯难了。在江西老家，常教导儿子要勤叫人懂礼貌，遇到与父母年龄相仿的统称"叔叔""阿姨"，而在广东你敢这么叫吗？你没见到四十好几的还没结婚的男女过年时追着你喊"恭喜发财"吗？

"我有那么老吗？"

其实在广东，"靓女"一词适用的年龄范围非常广，现在的女同胞都会保养，很多已难以从外表看出其实际年纪，反正只要是还显得年轻的，叫一声"靓女"就绝对没错。只有对年龄、风度、气质都呈现出成熟风韵的女性，我们才会恭恭敬敬地叫一声"大姐"，而被叫作大姐的，一般都具有热情、会关心人、生活经验丰富等等特质。当然，"大姐"一词的适用范围就广了，具体到哪个岁数还真不好说。只有当她说话做事、行动都不大灵便时，我们才敢小心翼翼地尊她为"阿姨"，没到七老八十，"婆婆"一词是绝难出口的。

举个例子，你去打的士，司机热情地来一句，"靓仔，去边啊？"是否感觉非常好？广州，就是无数靓仔、靓女出没的地方，就是这样一个有趣的城市。

某日，在樟木头帝豪花园售楼部与几个同事闲聊。这时来了一位香港女业主，头发花白，年龄仿若六十。同事阿芝热情地打招呼："阿婆，有什么可以帮到您？"

不料，妇人勃然大怒："我有那么老吗？有没有搞错啊？你们大陆人还有没有质素？我还没结婚啊！"

在广东，对于还没出嫁的60岁妇人，该如何称谓？我真一下子语塞。

客家"阿嫂"怒红颜

某年某月某日，与妻一起坐帝豪花园业主车，车上邻座有位相熟的花园业主阿兰，女人的年纪难测深浅，但看上去大概与妻相仿吧。寒暄时，她客气地称妻为"阿嫂"，只见妻颔首而笑，算是作答。

到家后，我忙着介绍阿兰的一些情况，当然也有避嫌之意。末了，还补充一句："她大概四十好几吧，女儿今年都快高中毕业。"闻听此言，妻不禁勃然大怒："有没有搞错？她女儿高中快毕业，我儿子才两岁多，我才三十刚出头，她叫我阿嫂？我有那么老吗？"其实，樟木头客家人把平辈兄弟的妻子一般都统称为："阿嫂"，这是尊称，而在我们江西老家称对方为"嫂子"的，一定是对方年龄明显年长于自己。刚来樟木头不久的妻，又哪里知道客家人对这一称呼的含义呢？

所以，一句"阿嫂"怒红颜的"糗事"，让我揶揄妻多年。

趣说"哈嘎哇"

在樟木头，只要你一张嘴，冒出的不是"哈嘎"方言，就是港味白话，要么就是夹着各省地方"特色"的普通话。假如你有机会对这些语言详加体察，你会发现它们原来是那么天生的俏皮。

客家人"矫情"，把"舌头"说成"舌麻"——如果"舌头麻麻"，那译成客家话不就成了"舌麻麻麻"？大有舌头打结之嫌。把"头发"称为"头拿毛"——头不拿住毛，还有头发吗？

客家人"俗气"，理发本是一件艺术性很高的活，从"哈嘎银"嘴里出来就是那么土——"剃头"，香港人则夸张——"飞发"，不过这也让人们能从语言中，真切感受到"剃刀飞舞，青丝一地"的痛快与酣畅淋漓！

客家人也"实在"，把天晴叫"好天"，"落水"就是下雨。若是听到"打风猜"，千万别以为是猜什么与风有关的谜语，这是客家人提醒你"起台风"，在这一点上，我倒觉得香港人率直——"刮台风"。

客家人还"客气"，"华哥""球哥"叫得亲热，那是对男性的尊称。但要是有人说"滑哥",你切记别认为是在叫一"滑"姓兄长,那是香港人说的"塘虱",我们讲的"胡子鲶"!

若是客家人、香港人、新莞人在一起遇到有人哭,那就麻烦了。客家人说在"叫",香港人则说是"喊",明明是哭,你非要说是叫,是喊,那还不叫人哭笑不得?

暗夜里，睁大眼睛为新闻守望

记者，顾名思义，"做记录的人"，即把社会生活中发生的事情记录下来，通过媒体传达给大众。

不知不觉间，成为"做记录的人"已好几个年头，领着一群"做记录的人"向前奔跑也有些时日。这期间，我一直用自己的眼睛，审视社会、关注生活，用自己的笔记录时代的脉搏，有艰辛有感动更有荣耀。

特别是在自己采写《她活一天，我活一天》"8岁女童小美云患'重度地贫'爷爷每天背水泥挣钱为她续命"系列报道活动时，更是享受到了这种"记录"的艰辛、快乐、责任和力量。

那天，《南方都市报》和《东莞时报》的跑线记者先后与我联系，说是"在樟木头镇有一位湖南籍的8岁女童小美云患上了'重度地贫'，其父母双双出走，只靠爷爷每天背水泥挣钱为她续命"，想叫我联系采访对象了解情况做采访。我费尽周折地才与小美云的奶奶取得了联系，并当即与同事蒋鑫和文华驱车赶往小美云所租住的出租屋。

只见小美云正独自一人端着饭碗坐在狭小的客厅里吃中饭。破旧的风扇和一台二手冰箱是这个家庭仅有的两件电器。简易的餐桌上，小美云面前只摆放了三个碗，一小碗米粉，一碟烧好了的青豆角菜，一小碟酱油。"你想不想上学？"面对我们的镜头，小美云停下了手中的饭碗，一直低着头，沉默了好几分钟后，两颗豆大的泪突然一下子从眼眶里蹦了出来……

采访中，我为自己所见所闻的一些情节所震撼……那天，我们是忙到晚上10点多钟才下班回家的。

在本报第一时间介入该新闻事件后，我们所采写的新闻稿件率先见诸了次日各大报端，在社会上产生了巨大反响。关爱，也随之纷至沓来……

　　从一个普普通通的民生采访，到促成全社会爱心力量对"重度地贫"小美云的高度关注，我深深体会到了"记录者"这一职业带给我的幸福和快乐，亦深深体会了记者这一职业无上的责任和义务。

　　如今，角色的转换，自己现在天天在"管着新闻"，而不再去"跑新闻"，但透过记者递交上来的每一份稿件，透过每一个新闻事件的背后，在每一份艰辛、感动之中，我仍深深感受到作为一名媒体从业人员的荣光和力量。这种荣光和力量也一直在支撑自己：暗夜里，继续睁大眼睛为新闻守望。

　　这种守望，让我更多怀念自己做记者那些时日的繁忙、充实和快乐。每每偶遇一个不可多得的素材，奋力敲打键盘时，那一刻总让我兴奋不已；每每写稿写到山重水复疑无路，却柳暗花明又一村时，那一刻总让我兴奋不已；每每完成的稿件引起读者关注，得到其他媒体转载刊登时，那一刻也总让我兴奋不已……每一次的发现、每一次的进步、每一次的突破都让那时的我兴奋和激动，而正是这样的激动和兴奋给了我不停歇、向前冲的工作动力。

　　铁肩担道义，辣手著文章。我想：我从事的是媒体行业，那做记者就不仅仅是一份工作，一份荣誉，更是一种责任。为了这份责任和道义，我就不能停下自己的脚步。

　　回首前情，至今仍清晰地记得第一份《樟木头》报创刊时的情景：创刊出报的前一天，我与时任《樟木头》报社的主编华鸿敏，还有美编刘兴佳、记者李远球，4个人一起到东莞日报印刷厂校对第一份《樟木头》报的清样，字斟句酌地推敲每一个标题，不厌其烦地修改每一个标点，一遍又一遍地校对文字，一次又一次地调好图片，一版不落地看着人家调好每一个版，中间还时刻保持与坐镇编辑部的社长等领导沟通与汇报。等忙完所有工作后，华主编长长地吁了一口气，并驱车找了一家专营本土菜的饭馆，好好地"犒劳"了一把我和兴佳，也为第二天就要诞生的《樟木头》报特意干了几杯。

　　话在酒里，情在酒里。三瓶啤酒下肚，我们，报业梦想油然而生。

　　诗风轻扬，兴未央。我和兴佳从东莞打的到樟木头时，已是当天的深夜 12 点多钟。想到第二天就能手捧第一份出自自己之手、属于樟木头人自己的报纸时，两人酒不尽兴、夜不寐，遂急电治才兄一起夜宵庆贺。

在樟城的新都粥城，一瓶茅台，几碟小菜，三人对酌，豪情万丈。我们以"三千铁甲可吞吴"的气势，左手持着油墨芬香的报纸清样，右手把盏茅台，"煮酒论英雄"。在杯盏交错中，那种兴奋和喜悦，并不亚于当年我从产房里第一次怀抱呱呱坠地的儿子初为人父时的感觉。

"2009 年的第一天，樟城有三件事。第一，太阳照常升起；第二，感恩帮扶继续；第三，我们呱呱坠地。"这是《樟木头》报创刊词的结尾句。如今，当初呱呱坠地的《樟木头》报已 7 岁有余，我亦从当初走街串巷跑新闻的普通记者走上了报社领导岗位，虽不再为每一期出报而去粥城喝茅台，亦不能为写好每一篇稿子找到初为人父时的感觉，但走在路上，我时常回首这些从业往事和曾发生在《樟木头》报的点点滴滴，总难忘那一夜的激情和感动。也许，这就是我对《樟木头》报的感情，更是自己对从事记者职业的荣誉和责任。

记下这份《樟木头》报给我的感动，不仅仅是为了呱呱坠地的"婴儿"正在茁壮成长，更是要鞭策自己站在媒体从业的岗位上，一路要尽到做媒体人的责任，对得住记者职业的这一荣光。

是的，明天太阳照常升起。《樟木头》报每期都是新的。

印象樟城

一

东莞文艺评论家胡磊先生说，东莞是一座很难说得清道得明的城市，它没有北京城的皇派霸气，没有大上海的金堆玉砌，也没有老成都的悠闲从容，更没有深圳湾的标高视界。只有那么一点实在、浮躁和暧昧，但一切的矛盾似乎都能包容其间。

——这就是东莞。

作家逸野说，有的地方，是适合打拼的，工作，挣钱，为人生的目标竭尽全力。而有的地方，是用来居住的，休闲，歇息，享受生活的悠闲自在。这样的地方，必得有山有水，有良好的社会秩序，方便的起居条件，畅通的交通往来。最好，还有民风民情和乡音乡俗都是亲切的。

——而东莞的樟木头，正是这样的一个地方。

起初，我是看不起樟木头的。

记得 1999 年 11 月的某天，位于樟木头的香港裕纬发展公司约我从深圳人才市场来樟木头面试，才让我第一次听说了这么个紧邻深圳的东莞小镇。面试那天，下了火车后，我一路打听一路步行，徜徉在去面试的路上，小镇的宁静与深圳的闹热形成鲜明的对比与反差，让我眼里装不下这个乡下地方。这种瞧不上眼的姿态，以至于在"香港裕纬"顺利入职了好长一段时间里，都闪有"作客他乡"随时逃离的念头。刚来樟木头"香港裕纬"上班时，我对自己说，先试试，不行就走。3 个月试用期满转正，我对自己说，再等等看。半年过去，我说，这地方挺好的！

17 年来，万万没想到的是，我从起初对这个小镇的排斥和观望，已不知不觉地渐次演变成了接纳，乃至于今天深入骨髓的欢喜和热爱了。原本只想把它当作一处驿站，在此"打个尖，歇个脚"作个过渡，万万没想到的是，这一过渡就一下子度过了十几年光阴，并把家安在此处，把这个小镇变成了自己的故乡，让我的孩子也把此处当母土！

17年的时间，足以让一个婴儿长成小伙，足以让每一个爱山"近樟"的人沉醉不知归路。

二

樟木头，是东莞32个镇街中唯一的一个纯客家镇。麒麟是樟木头人的图腾，客家山歌是樟木头人经典传唱的歌谣。在这里，一场麒麟热舞，舞过岁月风霜，舞了一年又一年；一首客家山歌，唱过山山水水，唱了一代又一代。在东莞南方轻软的气息里，在樟木头含蓄的山水中，这一方水土的人民，他们的祖先原本生息在辽阔的中原大地，他们的血管奔腾着黄河的豪迈；他们的手心保存着巍巍泰山的纹路。漂泊与沧桑铸就了坚毅剽悍，山水和自然赋予了厚道纯朴，走遍千山，他们不忘血脉根本；越过万水，他们额头上都留有自豪的印记：客家人！

樟木头，朴实清新的名字里，散发出自然的芬芳。她，行政划分上归类为东莞山区片。樟木为树，顾名思义，树与山，唇齿相依。一个山字，凸现了小镇的风土风貌；一个山字，也美丽了这方锦绣土壤。

"山岭绵延似青龙，曼舞轻吟凌长空。摇首摆尾划弧线，樟城古镇抱怀中。"你看，一道山岭，蜿蜒起伏，青龙般曼舞长吟，一摆尾，一甩头，就自然留下一抹漂亮的弧形。环抱处，樟木头犹如一颗璀璨明珠，被青山簇拥着，呵护着。

史书记载：樟木头原称"泰安"，因盛产樟木而得名。在山野，在村庄，在闹市，这里到处都飘有樟树的芳香。满街的淡雅清馨中，还有那岭南佳果龙眼、荔枝、杨桃、木瓜、香蕉等，闻名遐迩，缤纷了山岭田畴，也香甜了客家人一个个的好日子。

观音山和宝山，分属双面髻山脉和宝山山脉。宝山"以山有宝"得名，《东莞县志》载："旧以山有宝，置场煎银。其上有潭。潭下石瓮，二飞瀑往之奔响五雷，状若芙蓉，为邑中八景之一。"这里说的宝，即是银矿。"凤凰台上金鸡叫，宝山石瓮出芙蓉"，说的就是这里的诗情画意！

宝山，瀑布流泉，深潭浅溪，或奔腾呼啸，飞珠溅玉，或叮咚呢喃，清冽照人。芙蓉寺依山而建。太阳总是带着春天的味道，堆满在宝山芙蓉寺的层层石阶上，满地的绿意滋润着人们干涩的眼睛和情绪，让如沙漏般的思绪凝固着，空白着，让人无所思也无所想。一花一世界，一物一太极。在这样的石阶上漫步，总会让我萌生出一种感激，感谢大自然所给予的滋养，感谢这些石板磨炼着我们的脚步，足以让我们把时间走通，把很多东西想得更透，看得更轻。

而这种透和轻，不一定非得与参禅有关，也不一定非得与礼佛相关联……

观音山的山头是圆润的，山坡是缓缓的，登上山顶，就有了一种豪迈和庄严。蜿蜒起伏，层峦叠嶂，林木葱茏，四季常青。从山顶上俯瞰樟木头全景，闹市、街道、田野、小河，一概尽收眼底，情不自禁地让人生发出登高望远的欣喜和豪情。诚如唐代诗人孟浩然诗云："相望试登高，心随雁飞灭。"极目天舒，心亦开阔。

观音山，翠绿中夹着缤纷，幽雅里不乏圣洁。春天是最先抵达观音山的，报春花素白的小花初绽芬芳；杜鹃花艳红的笑脸醉了漫天朝霞；山脚下性急的芒果花，在一夜之间就盛开了，成了一棵花树，惹得蜜蜂嗡嗡地飞，歇满了枝头；空气中，洋溢着甜润的花香。秋色漫山时分，观音山的天格外的高远，幽蓝的，澄澈的，风儿清爽，云儿飘飘；高高低低的蝉声中，山菊花散落山野，散落了一山的画意诗情；桂花飘香、荔枝透红的月圆时节，伴着山影月色，慢慢地行走，你会知道什么叫"山月随人归"的意境。雨天的观音山显得清幽而透亮，霏霏细雨中，山岭烟雨凄迷，山花若隐若现，有一种含蓄的恬淡美丽在山上一直静静绽放。

在观音山，散漫地行进，走到哪，哪就是风景了。这里，山水交融，水树共生，绿树叠瀑，相映成趣。佛缘路上，飞流直下的仙泉瀑布，其或刚或柔，或急或缓，或分或合，飞珠溅玉，裂帛断绫，似是唱着山歌从远古走来，侧耳谛听，其声音既原始又年轻。乡花拂柳，逆流而上，普度溪则更让人怦然心动。溪体蜿蜒曲折，两边蕨类丛生，清流一年四季穿隙抚石，叮咚动人。

一尊偈石、一卷佛经、一道禅悟、一首箴言、一树菩提、一片佛光。这里，身处在其中，无不让人相信，那万年佛踪、悠远的钟声里，回荡着的是我们前世的长歌、今生的梦幻。

山顶上，观音端坐着，金光万道。照耀心灵的，是佛的光辉；洗涤尘嚣的，是自然的山水。登高放眼，哪有尘世的喧闹？唯有地阔天高！

三

山下的石马河、官仓河，流过田野，穿过闹市，滋润着两岸葱绿，滋润着一张张红扑扑的笑脸，映照着高楼庭院，车水马龙。

山水孕育了天地灵气；自然滋养了一方水土。生活在这里的客家人，把厚重粗朴的中原文化，糅进灵秀细腻的南方山水之间，酿造出独特的人文景观。

渗透着一个小镇历史的温情与现代的面影的樟木头，传统和现代在这里是那样的和谐与统一。厚道和热情，从樟木头人脸上所绽放出的笑容里就能感觉得到；接纳和包容，使樟木头眼界开阔，心胸宽广；不同文化、不同人群在这里汇合交织，碰撞出一串串绚丽的火花。

在这里，传统的客家民风、古老的麒麟舞、现代的摇滚乐、流行时尚，并存交融、相映成趣，悠扬中带有激越。

在这里，老人们悠然地玩太极、下象棋、跳广场舞，年轻人开心地蹦迪、滑冰、追星，无论年龄大小，无论喜好多寡，大家都能各得其所。

在这里，华灯初上，不夜之城流光溢彩，五彩缤纷。街上人来人往，超级市场灯火通明……

在这里，你想吃什么，就有什么；你想在什么时候吃，都可以。酸甜苦辣，南北风味，传统小吃，各国大餐，五花八门，应有尽有。酒楼饭店林林总总，各式招牌广告争奇斗艳，令人目不暇接，眼花缭乱。

在这里，中的西的，南的北的，土的洋的，豪华的简单的，随心所欲。粤菜、潮菜、客家菜当仁不让；热辣辣的川菜、湘菜独树一帜；鲁菜、京菜、滇菜、东北菜、淮扬菜、赣菜大大咧咧占着一席之地。

在这里，简单点的，有卤肉饭、咖啡语茶馆、港式茶餐厅、台湾担仔面；想品尝另类风味的，有日本料理、东南亚美食、法国牛扒。你能很轻易地找到糖醋猪脚姜、沙湾姜撞奶、芝麻糊之类的小吃，寻回你的某种回忆。

在这里，还有那大西北的羊肉泡馍，就在那小店坐下来，摸出五块钱，在冷冷的北风天里，可以吃得热气腾腾、荡气回肠。而我喜欢流连的，还有小巷深处的糖水店、肠粉店、饺子店一类的小店，简单，温馨，有着浓浓的乡土风味，让人情不自禁地怀想田野的碧绿，念及阡陌的诗情……

四

不难看出，优越的地理环境，便捷的公路交通，使樟木头自古以来，成为兵家必争之地。樟木头镇位于广州、深圳、东莞、惠州四个大中城市的中心位置，毗邻港澳，京广、京九、广深、广梅汕铁路和东深、莞惠公路在此交汇，开往香港的直达豪华大巴，也仅需两个多钟头。

踏着时代前进的步伐，樟木头一直是广深铁路重要站点，开往春天的"和谐号"在这里穿行不息，呼啸的车轮带给人们太多的憧憬。起于东莞道滘，止于惠州城区，线路全长100公里，设计时速为200公里的莞惠城际线，也于2016年3月正式开通。高铁的站台已顺利选址樟洋与塘厦的交界处，为接驳南北大交通锦上添花。

自20世纪90年代初建设全国第一个外销楼盘以来，这个占地面积仅有118.8平方公里、山多地少的小镇，就由一个普通的农业镇迅速成长为一个现代化的"小香港"。一时间，房地产业炙手可热，成为这里的龙头产业。

从第一家港资楼盘翡翠花园的落户，到2004年第五批的精品楼盘绿荫豪庭、嘉多利花园、碧河花园、御景花园、帝豪花园、帝雍园、天龙居、皇朝阁、富盈山水华府、雅翠花园、湖畔豪庭，再到绿茵温莎堡、保利生态城、观音山一号、长虹置业、汇景新城、米兰天空，小镇续写过"全国第一外销楼小镇"的楼市传奇，在20世纪90年代初就成为外销市场策源地，将"缤纷小香港"的美名远播。

这期间，樟城楼市不知经过了多少轮的大浪淘沙，也不知历练了多少次轮回的阵痛与惊喜……2012年，占地60平方公里、面积相当于6个深圳华侨城或是2个澳门版图的保利生态城，计划投资超百亿，遵循可持续发展的理念，与自然和谐共生，依托国家级宝山森林公园，按照"一片、双弧、多点"的发展架构规划，拟打造成全球生态宜居范本区。保利生态城在樟木头的横空出世，算是再一次把樟木头地产推到了楼宇标杆的风口浪尖。

从辉煌到落寞，从沉寂到闹热，潮起潮落。但，依然光鲜如昨。

据统计，这个本地人口只有2万余人的小镇，在2009年之前，"小香港"吸引了一批又一批香港人到这里置业安家、休闲度假。其中，有5万多套房被香港人购买，15万香港人在这里拥有了自己的家园。

随着时间的洗涤和深莞同城概念的推广和不断延伸，如今，大批深圳客、东北客早已成了香港人的接力棒，在星罗棋布的楼盘里一一安下了家。

以前曾有人说，深圳是"北方人的城"，樟木头是"香港人的家"。几经沧桑，风云变幻，现在的小镇融入了更多元素和更多的人流，不但是香港人的"后花园"，也成了深圳人的"后庭院"，成了东北人的"候鸟窝"大家耳朵听到的是"同声同气"，眼睛看见的是"左邻右舍"，心里踏实，心情舒畅。不管是香港人还是深圳客，不管是新莞人还是外来客，大家都在这里买房置业，安家定居，在匆匆奔忙的人生路上，选择在这里作为停靠的港湾。难怪有人说，回到樟木头，才真正有回家的感觉。

一业旺，百业兴，龙腾虎跃，八面来风。

随着地产业的风起云涌，物流业、商贸业、旅游业、餐饮业等各行各业都随之带动起来，好一派欣欣向荣的景象。曾经的"香港人旅游节"成为别具特色的嘉年华盛会，使"小香港"魅力四射，让这里，天然柔和中，更加热情温厚；让这里，淡雅清幽里，细糅进青春活力。

五

如果说，"中华麒麟之乡""全国卫生镇"的称谓是对这个小镇的肯定和表彰，那么，稳定的治安、淳厚的民风、生活的便捷、交通的发达、政府的优质服务、生态环境的优良、食肆内涵的丰富多姿、斑斓多彩的生活底色，则是公众聚焦的热点。现代人对家的理解，已经远远超越了传统的观念，哪里适合居住，就在哪里安家；选择在哪里居住，哪里就是故乡。

在樟木头，寻找感情认同与精神归依的人不在少数。"中国作家第一村"的文艺批评家、香港中文大学访问学者张一文就曾说："樟香是无法抗拒的，近樟香是不言而喻的，走进樟木头这座玲珑小城，沐浴着它的蓊郁香气时，那种陶醉更是发自心底的。"诚然，作家陈亦新在某年八月的一天，沿着候鸟的迁徙轨迹，从三千公里外荒凉的甘肃出发，背起行囊，一路南下来到了这里，他在《樟木头，三千公里外的家》中说，"每次，樟木头都向我风情万种地招手。它的笑，绽放在山巅，一蹙眉，便是万千风雨。"总是感叹"自己被上帝流放了，四顾无人，满目萧然"的作家朋友雪漠，在这温润的小镇上，一下子就找到了许多知音，从此，"收起目光，落在眼前的纸上"。

"愿把根留住，就此靠港，今生再不远航"的作家朋友，远不止张一文、陈亦新、雪漠。你没看到，短短数年的时间，小小古镇就先后聚集了四十好几位来自全国各地的作家朋友，他们热闹地在小镇造"村"。一时间，"中国作家第一村"在这里搅得是风生水起。文有"作家村"，武有"将军馆"，声名鹊起。

六

可以说，人们选择樟木头作为自己的宜居之所，不过是樟木头斑斓生活底色的一个注脚而已。

今天，樟城的文化内蕴在不断地传承延续着。翻开《旅游新樟城》这本书，你会发现，除了城西一座有"宝"的山上，"石瓮芙蓉"在静静地开放；除了城东巍峨的山麓可带你走进"南天圣地，百粤秘境"；还有在城中，有一个广东省最大的民营博物馆，也是全国第一家以古典家具展览为主的冠和博物馆，在古典中流淌着明清两朝的文化；"将军馆"里走出了69位共和国将军的风采……

或许，这些都是《旅游新樟城》中大家所熟悉的歌。

但，你是否读过，防御外侮内犯清朝石马圩碉楼的伟绩？

是否读过，抗洪英雄洒在石马河边烈士纪念碑上的鲜血？

是否读过，书写着"烈士成仁光斯乡土，佳儿执法罪彼倭首"的仁孝亭？

是否读过，龙山古庙那清代百姓祈求风调雨顺的声音？

是否读过，代表典型客家民宅建筑风格、隐于出租屋群的东莞"三家巷"？

是否读过，古色古香中装满蔡氏子孙百年香火的官仓宗祠？

是否读过，民国东莞县政府留在养贤学校里的那灿烂光辉？

是否读过，被时光遗忘、百余年风雨不倒的近仁书室？

是否读过，辉世重光里的罗氏宗祠？

是否读过，点燃过革命烽火的凤山古庙？

是否读过，曾经让樟木头人引以为傲的东莞最大私家花园？

是否读过，那些散落民间的许多仙话传说……

它们，一样清亮；一样古风绵长；一样奏响樟城旅游新华章。

古祠遗风、飞檐翘角，一砖一瓦里，都无不散发着不一样的厚重历史气息。今天，古镇的传统正在经历新的现代性，而这种现代性又将成为樟木头未来传统的灵魂。怀着对历史的敬畏和对未来的感召，樟城正在建构和演绎着历史名城、生态旅游新城的恢宏图景，她带着自信丰富和完善着自己的灵魂。

总是在春天，我们踏着悠闲的脚步在这块土地上行走，把美好写进印象里，把眼中的剪影写入心中……让书页翻动，书香四溢。

后　记

　　樟木头是东莞32个镇街中唯一的纯客家镇。樟木头客家人在数百年来繁衍生息中，沉淀、积累、形成了属于自己的特色文化。但随着社会经济发展、外来文化的影响，文化多元化的裂变，快节奏的现代工业文明的冲击，一方面，人们的生活方式、语言习惯正在发生巨大改变，一些传统的文化现象逐渐淡出人们的视野，甚至慢慢消失。另一方面，人民大众眼花缭乱，对传统文化没有足够的保护意识；有限的文化遗产传承受制于年龄、学识等因素，濒于湮灭的边缘。

　　可以说，这个客家镇在舞蹈、音乐、饮食、习俗等方面都有自己的"个性"，是一个内涵非常丰富的地方。走进这个地方，就好像沿着一条山路进入一方盆地，眼前的世界让人豁然开朗。"有情有义客家人"、别具一格的客家文化……这些都深深地吸引了我。

　　文化的传承除了精神的一代代流传之外，还需要文字和影像作记录，以不同的方式把文化保存下来，以作为它们曾经存在的证据。我写此书的目的也在此：对文化的传承作记录。

　　我1999年就来到樟木头，也算是早期来樟的新莞人之一。其间，对樟木头的每一个变化都是感同身受的，尤其是在报社工作中，因为工作的机缘，我对樟木头的一切更是近距离地感知。我曾深入客家"三家巷"，对樟木头客家人祖先的房子及姓氏作了全景式的扫描调查，甚至，毫不夸张地说，我比有些当地人还了解他们祖先的历史。我亦对当地的名人，也曾作过深入采访。总之，我熟悉樟木头的一切，就像熟悉一片树叶，清楚它的脉络及纹理。说起这个小镇的一切，我就像说起自己的手足一样平常。

　　在写这本书的时候，我考虑过它的架构，以及它的不同内涵，我打算以不同的篇章呈现出来。在全方位地回顾了它的一切后，最终形成了七个版块，分别是：宝山仙话、姓氏源流、民间风俗、古镇风物、历史钩沉、指间流沙、樟城雅韵。从这些字面意义上，基本上反映了我想要表达的东西和想要说的话。

"宝山仙话"是有关樟木头的一些民间传说，樟木头的名字由来已久，从清朝的泰安改名樟木头，有着一个非常美妙的故事传说，另外还有其他民间传说，这个篇章是传说篇，叙述一些街头巷尾所流传的逸事。

"姓氏源流"主要是针对镇内一些大姓，如罗氏、蔡氏、刘氏、黄氏等，在写这四大姓氏的时候，我分别从源志、今志、钩沉、姓氏之旅、后世忆访、名人志等多个方面描述。我的描述分得很细，是想通过这些细部的描述，全面地展现一个姓氏中包含着庞大的内容。一个姓氏远远不是我们表面看到的汉字，它的内里源远流长，充满无数丰富的内容。在中国的传统文化中，家族向来是国家最重要的组成部分。一个姓氏，就是一部迁移发展史，传承与积累着历史传统和文化背景。通过拨开历史的云雾，我们以姓氏为线索，踏访出一条清晰的线路，勾勒出樟木头各姓氏的来龙去脉、今昔之貌，从而可还原樟木头历史的局部变迁，也让人对樟城的历史文化沿革更加深入地了解和更为深入地体验，并心生敬畏与尊重。

"民间风俗"是我在采访了很多年事已高的老人后得出的一些有价值的东西。有些老人年龄已超过80岁，从他们口中讲出的一些失传的风俗，实在令人感叹。通过一次次地采访这些年岁已高的老人，给樟木头客家文化的内涵增添新的注脚，也算是对樟木头客家风俗的抢救性采访吧。

"古镇风物"是对客家古镇——樟木头的一些特定环境的特定描述。这些东西，有些作为文化遗产被保护起来，有些是文物普查活动过程中重要保护对象，都有其深厚的历史意义。

"历史钩沉"是对樟木头多方历史的回顾。这章的内容有古树、有历史名人、有非遗传承项目……内容比较庞杂，却是包涵了多种气象万千的多元文化。

　　"指间流沙"从字面上看就可以看到它的消失感、无奈感，这章是对樟木头一些蜕变及现象所作的描述。

　　最后一章是"樟城雅韵"，其实就是我所有的关于樟木头的随笔和散文。我来樟木头这么多年，很多时候会被它内里的一些东西所打动，从而有感而发，形成文字。很多时候，感情的东西都是稍纵即逝，必须要以文字作为载体方能固定。这些文字形成后，其实我已忘了当时的心情，但我的文字忠实于记录，忠实于当时的场景，所以，文字还原了我的曾经。

　　总之，这部书稿的形成是缘于我对樟木头这个客家文化的一些了解，于我而言是一种灵魂深处的激情迸发。这个小镇，算得上是我的第二故乡。我在它的地盘上行走了这么多年，在它的怀抱中成长了这么些年，毫不夸张地说，它已融入了我的血液。

　　对一个小镇这么深入血液和骨髓的感情，怎能不拿起笔创作呢？这便是我是写作这本书的初衷。同时，也想借此来唤醒昔日樟城将要逝去的一些记忆，让散落在民间的逸闻、掌故重放异彩，从而吹响传承保护传统文化的号角。从文字本身上来说，这不一定是一部披沙拣金之作，但对近乎湮没的樟城客家文化抢救性发掘和对民间非遗的保护传承或许有一定的帮助，至少，为后人了解樟城历史文化沿革提供了一些文字佐证。若如此，功莫大焉。

　　然，因时间精力有限，本书的文字未能精雕细琢，略显粗糙；加上部分记载对象已经消失，资料搜集难度较大，部分章节的内容或有欠缺，希望广大读者朋友多多补充。同时，也诚望方家指正。

　　不管如何，现在，书已成定稿付梓。我所有的所见所闻、所感所想都由文字来承担。

　　谨以此，献给我曾经生活了十多年的小镇。感谢它的宽容、温厚，使一个外乡的游子在此落地、生根，并完成了生命中的蜕变。

　　在此，我还要感谢樟木头镇文化宣传系统的各级领导，给予了我切入樟城文化的平台；感谢"中国作家第一村"作家村民刘芬，为本书脉络梳理付诸心血；感谢曾经为本书文字而一起参与采访过的故友及同事们，如郑子龙、蒋鑫、区馨尹等；感谢蔡石军、刘永业等樟木头前辈及其他受访对象的真情叙述，给我的文字赋予了更多的思想、内容，甚至灵魂。

有一种温暖叫感恩；有一种幸福叫珍惜；有一种感动叫分享。我将带着这些温暖、幸福和感动，继续前行……

陈剑锋
2016 年 4 月 6 日写于东莞樟木头报社

后 记